中国当代侦探推理悬疑小说精选系列

前埠村疑案

张黎宇 著

群众出版社
·北京·

图书在版编目（CIP）数据

前埠村疑案 / 张黎宇著. —北京：群众出版社，2018. 7
ISBN 978 – 7 – 5014 – 5841 – 7

Ⅰ. ①前…　Ⅱ. ①张…　Ⅲ. ①长篇小说—中国—当代　Ⅳ. ①I247. 5

中国版本图书馆 CIP 数据核字（2018）第 144776 号

前埠村疑案

张黎宇　著

出版发行：群众出版社
地　　址：北京市丰台区方庄芳星园三区 15 号楼
邮政编码：100078
经　　销：新华书店
印　　刷：北京市泰锐印刷有限责任公司

版　　次：2018 年 7 月第 1 版
印　　次：2018 年12月第 2 次
印　　张：9.25
开　　本：880 毫米 × 1230 毫米　1/32
字　　数：216 千字

书　　号：ISBN 978 – 7 – 5014 – 5841 – 7
定　　价：38. 00 元

网　　址：www. qzcbs. com
电子邮箱：qzcbs@ sohu. com

营销中心电话：010 – 83903254
读者服务部电话（门市）：010 – 83903257
警官读者俱乐部电话（网购、邮购）：010 – 83903253
文艺分社电话：010 – 83901330　　010 – 83903973

目 录

一、末日之叹

渭北农民陈文光直到被执行死刑的那个早上，也没有弄明白一件事情，而他的五十年的人生特别是后四十年的人生又与这件事情休戚相关。由于多年处在这种高度紧张之中，他已经弄不清楚他所经历过的一切究竟是梦还是现实，他越来越纠结，越来越弄不明白。因为弄不明白他也就懒得去想，这两年在渭北县看守所，他竟度过了他人生中最舒心的日子，清静无为，衣食无缺，管教民警还定期和他谈心，同监舍的狱友也对他高看一眼，执勤、倒水、打扫厕所这些事都不用他操心。两年来，他从来没有和这些人说过话，他们问他话他也懒得搭理，问多了他也就回答四个字：不知道嘛。但他明显感觉到这些人怕他。这又是为什么呢？从小他陈文光就经常被人欺负，没有人欺负的日子都不习惯了，可在看守所里却有人怕他，他百思不得其解。弄不明白也就无所谓了，所以昨天晚上法官来宣布对他的死刑执行决定，问他还有什么事要交代时，他也只平静地回答了四个字：不知道嘛。令陈文光纠结的事是，他的男根怎么会起不来呢。他一生记得最真切的事情就是他年轻而强壮的父亲经常把他抱在怀里，逗弄着他的小鸡鸡大声喊：“我娃是个牛牛娃，我娃是个牛牛娃。”他恍恍惚惚还记得他爸躺在炕上，把他举得高高的，他竟然尿了，撒了他爸满脸。他爸还对他傻乎乎的妈说：“老婆你快看，我娃的牛牛扎得多端正。”爸爱娃，农闲时节、雨雪天气、饭后和睡前，常会拉着他的手说：

罗罗面面
油馍串串
猪肉扇扇
蜂蜜罐罐
我娃是个福蛋蛋
福里生
福里长
从小就能把福享

一辈子的好时光也就是儿时了，他身下还有两个弟弟，陈文伟和陈文广，爸也这样亲过和爱过他们。陈文光知道自己脑子乱了，也许他记忆中爸的这些亲昵举动是对陈文伟和陈文广的，反正陈文光记住了。

对母亲的记忆就没有那么阳光了，充满了屈辱和悲伤，甚至还有罪恶感。

他连母亲姓什么都不知道，从记事起，他只知道他们东河滩的村民叫母亲“瓜秀秀”。当地人把傻瓜简称瓜，母亲的名字应该是叫秀秀。在他牙牙学语的时候，就跟着别人叫母亲“瓜秀秀”。长大了，他才知道母亲是个智障人。东河滩村顾名思义是河滩地，很适合长庄稼，水草茂盛也利于牛羊生长。虽然母亲什么也干不了，但父亲勤劳能吃苦，又是生产队的队长，就是后来有了陈文伟、陈文广，他们家虽然日子过得紧巴些，但也算是衣食无忧。父亲就像一只老鹰，用翅膀把母亲和他们护得严严实实的。可惜那年修赵家河水库，父亲在排除哑炮时被炸死了。

那本来是一个冰河解冻的年份，国家刚从动乱中恢复了一些元气，人们开始对生活有了希望，他们家却遭遇了重大变故——陈文光的父亲死了。

赵家河在离他们家十五公里开外的上游，河是无名河，从哪个村流过，就以哪个村的村名来命名。在赵家村处，河道相对狭窄，公社决定在赵家河处筑坝拦水、引流灌溉。据说县革委会内部还有争议，有人说那地方并不适宜筑坝，今后会对下游造成水患，闹不好会死人的。公社书记不管这些，在公社广播站大喇叭上一吼，河沿岸的村子就动员起来了。那时讲的是：与天斗，其乐无穷；与地斗，其乐无穷；与人斗，其乐无穷。人心齐，泰山移。爸是生产队的队长，自然要带着社员长年战斗在农业学大寨的水利工地上。

爸是用白布裹着被手扶拖拉机送回村的。按当地风俗，意外死亡在外的人叫“横死”，“横死”的人不能进村，要直接送往墓地。可爸是因公牺牲的，是烈士，村里人给了他最高的礼遇。在窑洞门口的院子里设了灵堂，村里在家的老幼妇孺都前来烧纸祭奠。隔壁的十三爷趴在灵前大声哭喊：“娃呀，生死路上无老少，阎王爷跟前的判官他瞎了眼，叫娃你早早地走了。可你是为大家伙儿死的，先走为大，我在这里给你磕头了。”陈文光那年才十一岁，男长十二夺父志，可十一岁的他不得不担负起长子的责任，带着弟弟们拄着纸棍在祖坟里请回灵来，在十字路口给爸甩了纸盆。最让人撕心裂肺的一幕发生在爸的坟堆将要堆起来时，谁也没有注意到妈也来到了墓地，这个平时只知道嘻嘻傻笑的疯女人，披头散发地冲进人群，用手扒着刚堆积起来的新土，嘴里发出了狼嚎似的叫声。

所有的人都住了手，秋天的东河滩一片肃杀之气，满河滩都回响着悲凄的哭声。

“文光，快叫你妈，快叫，再不叫你妈就瓜实了！”人群里的大妈在指教着他们。

“妈，妈——”

孩子们哭喊着扑上前，娘儿几个抱在一起，哭成了一团。

这一切应该都是真的曾经确切发生过的。那座水库的废墟至今还在，那个秋天的河滩还和如今一样，原野也还是那个原野。可爸没有了，妈也没有了，家就这样散了。文伟、文广也有好多年没有见了。特别是第二年秋天发生的事，那种屈辱、惨痛和羞愧让他的脑子彻底乱了，似梦非梦、如梦如幻。他在痛苦中离开了初中一年级的教室，多次对着父母的坟头、对着汩汩流淌的小河、对着五月的太阳赤裸着下身发问：我是男人吗？这个问题注定要纠结他一生。在他生命最后一天的又一个五月的早晨，当法官对他验明正身，法警将戴着脚镣、手铐的他要押上刑车时，陈文光迟疑了。他的目光在天空和大地间茫然地交替着，直到一声撕心裂肺的喊叫才使他的目光定格。

“爸——”

随着喊声，两个女人跪倒在了警察环绕的不远处。

“哥，冬冬去外地上大学了，我带霞霞来给你送衣裳！”田秀妮带着哭腔大声喊。

“快回去吧。”陈文光嘴里嘟囔着，见田秀妮母女被女民警搀扶着走远，他回过头来大叫了一声：“换条裤子!”

法官惊愕地看着他，陈文光不得不又重复了一句：“换条裤子!”

在这种情况下换条裤子是一件非常麻烦的事，法官用眼睛征询着在场的检察官和公安局长的意见。得到领导的首肯后，看守所长一只手拿着一卷卫生纸，另一只手拿着田秀妮送来的衣裤递给陈文光，并在法警和看守警察的帮助下打开了他的镣铐。陈文光慢条斯理地套上上衣后，旁若无人地脱去旧裤子，从容不迫地套上新裤子，用手提着裤腰，认真地看着自己的男根，说了一句令所有在场的人都目瞪口呆的话：“咦，还睡着了。”然后他挽好裤腰，抬头看了看天，对着所有在场的人苦笑着说：

“其实，人生是个屎。”

二、清晨血案

在“5·29”血案发生的那个早上，渭北县副县长兼公安局长黎铧心情本来就很不平静。去年年底，他接到过市委组织部的一个通知，说是要安排市审计局对他进行离任审计。他当时还心中窃喜，看来他在基层工作快熬出头了。想想也应该，他在基层工作十五个年头了，已年过半百，不知不觉间在华南市已经成了任职时间最长的县公安局长。审计工作严谨而烦琐，四个工作人员忙碌了近两个月，才在春节前拿出了审计工作报告。黎铧想自己不贪不占、不独断专行，讲规矩、守纪律，警务保障室的财务人员也本本分分、兢兢业业，票据管理也中规中矩，所以他对这次审计也没太在意。谁知不审不知道，审后吓一跳，还真审出了问题，而且不是一个，居然是八个问题。在看到这些问题后，黎铧蒙了，惊出了一身冷汗。首先做自我批评，然后训财务人员，还一个劲儿地请教审计人员该怎样整改。审计人员见他真的不懂财务，而且反应过度，反倒安慰他，还逐条解释给他听。他这才弄清楚，有些问题是账务问题；有些是管理问题；有些是体制问题。但是站在审计的角度来说，还是有点儿违纪违规，他还是要负领导责任。反正只要他当一天局长，公安局的所有工作，他都得负主要领导责任。他接受审计人员的建议和忠告，加强财务监督管理和财务人员的培训，对于存在的问题马上安排整改。原以为这件事就这样过去了，谁知道昨天却接到县纪委一名副书记的电话通知，市纪委五室两名主任带员住进了渭北宾馆，要求公安局财务人员带着账务票据，从明天早晨起协助市纪委查账，核查审计报告所列举的问题。黎铧心想这还没完没了了。尽管心里无冷病，但还是不愿吃西瓜，还是感觉有点儿头大。他像往常一样六点钟准时醒来，和平日不一样的是他强迫自己冷静，赖在床上看手机。自从半年前在妻女的指导下上网玩微博起，早晚看手机就成了他强迫自己冷静的法器。严格地说，早晚分工不同，晚上主要是看点赞和评论转发的人有多少。还别说，微博里竟然有了几百名粉丝，经常互相点赞的朋友也有四五十人呢！早上主要是写，写自己的心情和转发“盆友”和“亲”们的美文和图片。公元2014年5月29日的这个清晨，黎副县长兼局长正打算六点半准时起床，洗漱后去河堤路转转，然后回来吃早点开始一天紧张的工作。当然，今天的工作重点就是配合纪委查账了。可就在六点半整的时候，手机铃声响了，是指挥中心主任秦剑打来的，秦剑在电话里报告六点零四分有群众报案说在本县相公镇前埠村一组发现一名妇女被杀，五分钟前报案说又有四人被杀。黎铧的心一紧，迅速地穿好警服，一边整理风纪，一边发着指令：“通知龙泉派出所和刑警队出警，告诉报案人保护好现场，尽快弄清情况，我们马上出发去现场。”

五月的渭北高原就像是一个情窦初开的少女，清新怡人又活力四射。苹果树、梨树和桃树都已经挂果，性急的杏儿已经逐渐褪去青涩，羞答答地露出了黄中透红的脸。早已扬花的麦穗贪婪地吸食着日月风电之精华，恣意茁壮着满腹颗粒。油菜也依恋着细碎金黄的花儿在蜜蜂的嗡嗡声中生长。省道两旁碗口粗的国槐绿树成荫，树间的野花在刚刚喷薄而出的朝阳下怒放，就如同乡间少女初会情郎，说不出的娇羞妩媚和热情奔放。渭北县副县长兼公安局长黎铧却在这个充满活力和诱惑的五月早晨，迎来了人生中又一个巨大的挑战。在行进中的二十多分钟里，先是龙泉派出所所长王一宏报告说他们已经到达现场，初步看被害的是六个人。紧接着是主管刑侦的副局长铁英报告，除六人遇害外，现场还有一个伤者，他已经安排封锁了现场，控制了伤者，并安排先期到达的民警开始了走访调查。

“按照你的安排开展工作，一定要保护好现场，我马上到。”

对黎铧来说，使用铁英就像使用自己的右手一样自如，他也绝对相信铁英会比他的右手还有用和得力。他来渭北县任职的时候，铁英还是刑警大队的大队长，这个并不高大的刑警大队长白白净净、眉清目秀，既没有白杨般的挺拔，也没有松柏般的雄伟，并未被黎铧看好。记得四年前提拔铁英当副局长的时候，黎铧还曾惊出过一身冷汗。那时候县委书记李克俭刚从县长升任书记，出于对政法系统的偏爱和信任，李克俭决定第一拨研究提拔干部从政法系统开始。除对干部任用程序上提出明确要求外，还强调民主推荐时要现场唱票，让参与推荐的人现场知道谁得票最高。组织现场推荐工作的组织部副部长提醒黎铧说，这预示着这次推荐将在任命中起决定性的作用。“你弄好则好，弄不好不光丢你的人，也会丢了领导和组织的人，更会给你今后的工作带来被动。”那哥们儿推心置腹地说。其实黎铧所面临的形势远比那哥们儿说得严峻，这主要是因为铁英带着大案队队长赵刚正在福建石狮追逃。赵刚年轻，但颇有铁英之风，正是黎铧心目中最合适的下一任刑警大队大队长的人选。虽然远在千里之外，但铁英和赵刚已经打回电话，问他们是继续追逃，还是赶回来参加投票。尽管黎铧连想都没想就回答说继续追逃，但他的心里还是发虚。警察的晋升之路本来就窄，百分之九十九的基层警察到退休时也只能享受正科级待遇，遇到提拔机会，竞争就会非常激烈。铁、赵二人不在现场，能得到足够的票数吗？不让两个人回来，这不是把宝全压在他黎铧一个人身上了吗？因此那天的推荐会前，他破例对参加推荐的一百二十名民警多交代了一句话：不要忘了在外面辛勤工作的同志。谢天谢地谢领导谢战友！当场唱票，铁英得票一百一十七张，赵刚得票九十三张。那天回到办公室，黎铧面对墙壁上的渭北县治安管理防控图，暗暗发誓绝不辜负渭北县民警对自己的支持和信任。铁英还真行，带着赵刚等一帮铁血刑警，在黎铧任局长的这七年里，连续侦破了古井沉尸、血溅舞台、除夕爆炸等有影响的大要案件，使五十六起命案成功告破，硬是完成了命案必破的目标任务，也给自己赢得了渭北神探的美名。

下车后，黎铧随着铁英在技术中队长刘新战的引导下，从外围查看了中心现场。这是一个距前埠村集中居住区有一华里左右、仅有三户人家的零散居住地。三户人家的房子坐北朝南，比邻而居。一条乡间小路从省道蜿蜒至门前。房前屋后是果树和农田，树以苹果树和梨树为主，间以桃树、杏树和柿子树。田野里则是大片的油菜花和早苞谷，真可谓绿水青山、鸟语花香。这个小村距省道不足半里地，却也算是世外桃源了。中心现场在最里边一家，这是一家养鸡专业户，有两个院子，小路以北的院子住人，以南对门的院子养鸡。户主冯广乾和妻子郭素秋遇害在鸡舍一侧的苞谷地里，他的父母遭难于北房的炕上，儿子则惨死于东偏房的脚地。邻居婶婶倒在街面上。更进一步的勘查，那就得等专业技术人员了，黎铧注意到在冯广乾家紧邻西边还锁着一扇小门，看来是个废弃的院落。他正想仔细看看，手机的铃声突然响起来了，电话是市公安局长刘长河打来的，就在刚才来前埠村的路上，黎铧已简要地向刘长河局长汇报了案情。

“你尽快弄清弄准案情，市局路也宽副局长带着刑侦、技术、网安等几个支队的同志来共同开展工作。我随后就到。你能说清楚情况，直接向市政法委伊书记汇报一下。”

“好吧。”

黎铧答应着，但心里有点嘀咕，他想这么大的事你不汇报，我汇报合适吗？再说我还没来得及向我们书记、县长和政法委书记汇报呢！就是给你汇报前我还得给路也宽副局长汇报，这种程序上的错误会给领导心理上添堵，我黎铧哪敢犯这样的错误。他站在田野的垄背上尽量用平和的语气向县委书记、县长和县、市政法委书记作了汇报。县上的领导都被这突如其来的血案惊呆了，市委常委、政法委书记伊永红毕竟当过县、市公安局长，他当即在电话里指示了三点：1. 加大工作力度快速破案；2. 做好善后工作；3. 告诉县委政法委书记做好矛盾纠纷排查和化解工作。

打完电话，黎铧便在铁英的引导下，在邻居家的偏房里见到了伤者陈文光。坐在屋内沙发上的陈文光，看起来有四五十岁，深灰色长裤和土白色衬衫上满是血迹，但不时揉搓的手和脸上却相对干净，伤者出奇地平静，竟然看不出他对纷杂的外部世界的反应和内心的活动。

“能说说是怎么回事吗?”

黎铧也平静地问道。

没有回答。

“问你呢，昨儿个黑咧出啥事咧?”铁英用当地方言重复地问。

伤者抬头看了黎铧和铁英一眼，又低头用双手搓着脸，嘴里说：“半夜来个人，把广乾打了，也把我打了。”

“打了你啥地方?”

“这里。”伤者用掌背指点着自己的右后背，显得很痛苦地说。

“你还见啥咧?”

“我昏过去了，不知道嘛。”

再问还是四个字：不知道嘛。

出得房门，黎铧突然提高声音焦躁地对铁英说：“担架来了没有？赶快把没死的那个送医院，怎么这么慢呢!”

铁英一怔，旋即回答道：“来了，来了。我已安排医院全力抢救。”

“告诉院长，必须救活。”黎铧一边说，一边走出院门。“你留下技术中队封锁现场，安排刑警队和派出所的其他警力由内向外辐射调查走访，弄清死者家庭的基本情况和社会关系，隔离控制此人，不准任何人和他接触。”

“明白。”铁英答应着转身离去。

黎铧对着原野长叹了口气，对身边的指挥中心主任秦剑说：“通知八点钟在这里召开局长办公会。你将初步情况正式报县委、县政府两办和市局指挥部吧。”

三、同仇敌忾

渭北县公安局在“5・29”案件现场，召开了一次紧张而特别的局长办公会。说紧张，是因为班子成员和科所队长就站在中心现场隔壁的院子里，时间也就五分钟左右，就在这五分钟时间内铁英副局长还在不停地打着电话。说特别，是因为整个会议就黎铧一个人讲，他低沉略带急促的声音和语气在清晨花草果蔬的清香中透出了一丝揪心的战栗，使空气中的血腥味扑鼻而来，连不时传来的布谷鸟“布谷布谷”的叫声也显得凄厉起来。“大家都看到了，六名受害者，惊天大案。关于案件侦破，市局刘局长一会儿就到了，我已经给铁英做了交代，刑警队和派出所正在开展工作。新的考验来了，我先给大家做一下安排。各级领导肯定要来督战，领导们由纪楠政委负责接待，同时负责好后勤保障工作；延安副局长在局里负责车流水转的日常工作；爱国副局长抓好武装巡逻，案子未破之前谣言肯定很多，城里会人心惶惶，要加强社会面的稳控，还要随时和交警队做好设卡盘查准备；叶坚副局长带领网安大队加强网络侦查、网络监控和网络舆情引导；金焕书记负责接待媒体，适时准确简要地发声，以防不负责任的炒作。李敏捷大队长给这里留一个中队维持交通秩序，其他中队正常工作。这几天全局的工作重点就是‘5·29’案件侦破工作，警力的调配由铁英负责。大家看这样行不行？”

“行。”

“黎局长，我想安排人把省道沿途的监控调一下，有一处是邻县的，要早点联系。”交警大队的大队长李敏捷说。

“好，敏捷想得周到，就按你的想法办。如果大家再没有啥了，就分头行动。”

见大家陆续离去，黎铧赞赏地看着李敏捷的背影。交通警察在警察序列里是一个较为特殊的警种，工作独立性强，有单独的办公场所，服装也和其他警种有明显区别。在县上不光和局里一样为正科级建制，而且同属一级财政预算单位。县委、县政府在发文时常图省事免了公安二字，称县交警大队。检法两长常取笑黎铧乱了班辈。更为糟糕的是，市局交警支队也把县局交警大队当自己的直属大队用，在工作安排和考核检查上，从不给县局通气打招呼；省公安厅交警总队就坡下驴，更不把县局当回事，直接一竿子插到底，县局的内设机构俨然成了他们直属的基层单位了。可这在下面就成了问题，久而久之，有的交警大队长就不知道自己是葱还是蒜了，有时把自己当一根葱，有时又把自己装成一瓣蒜。和县局关系处好的没有几个。当初派李敏捷就任交警大队长，黎铧也是为了少生是非。李敏捷那时在局里也身兼要职：党委委员、纪委书记兼指挥中心主任。黎铧当时还舍不得李敏捷走呢，可他今天庆幸自己选对了将！

“书记来了。”

不知谁在身后提醒了一声，黎铧才从沉思中回过神来，他快步迎了上去。

来的不光是县委书记李克俭，身后还跟着县人大常委会主任林永福和县政协主席席军科。李克俭高大，却不帅气，主要是脸上疙疙瘩瘩的。本来就是个严肃的人，加之他是从红都交流过来的干部，口音上和这里的人稍有不同，也就很少开口，做任何事情都是干得多说得少，有时干脆只做不说。在这样的场合，他更是一言不发。和往常一样，黎铧迎上去很认真地给李克俭敬了礼，然后领着渭北县三巨头来到中心现场的外围，轻言细语地给他们介绍了情况。最后告诉他们：由于案情重大，目前只能进行外围勘查和调查走访，对中心现场的勘查要等省厅和市局的专家和专业技术人员来了才能进行。

“按照你们的程序工作吧。走，我们去村委会开会。让你们政委来参加，你忙你的。”

“好吧！”黎铧恭送李克俭一行离去，不由得从内心里发出了一声叹息。论年龄李克俭还小黎铧两岁，但黎铧明显感到这四五年来李克俭的背有点儿驼了，头发也已经花白。黎铧自己本来就是一个很孤傲的人，但他对李克俭的尊崇几乎五体投地。在黎铧的心目中，李克俭是一个真共产党人，焦裕禄式的好书记，真汉子。他旁观和目睹了李克俭在河堤路风暴中的苦苦挣扎、据理力争，硬是让渭北县县城扩大了一倍。见证了李克俭从县长到书记的艰难拼搏和宦海沉浮，眼看着李克俭带领全县干部和群众抓铁有痕踏石留印，把一个渭北高原的国家级贫困县发展成为本省十强县的第七名，黎铧感动啊！在“7·23”泾河特大洪水暴发转移群众时，黎铧最早看到的是身着雨衣、声嘶力竭的李县长；在“12·07”学生煤气中毒的群众家里，黎铧最早看到的是眼睛里含满泪水的李县长；在高速公路苯泄漏的现场，黎铧最早看到的是愤怒而声嘶力竭的李书记。哪里有困难、哪里有群众、哪里有危险，哪里就有李书记的身影。黎铧还听说就在李克俭任县长和书记的这十年里，他的母亲和岳母相继辞世，渭北县竟然没有人知道。在黎铧任职于渭北县的这七年时间里，有六年春节放假，黎铧都是最后一天最后一个送走李克俭，去年腊月二十九中午，李克俭让黎铧去县委机关灶吃饭。黎铧去后才知道，是李克俭老家红都人给李克俭送来了几大桶做好的羊肉。吃过饭后，李克俭让机关灶的工作人员给他再留点，他在假期回县检查值班时吃，剩余的都送给了公安局灶上，让值班民警享用。黎铧从内心感激李克俭，正是李克俭的决策，他才盖起了渭北县公安局十一层的指挥中心综合楼和十八层的丽警苑民警住宅楼。使渭北县公安局成了名副其实的华南第一局。对不起了，李书记，“5·29”又给你添乱了。

李克俭一行刚走到省道上，就迎面碰上了华南市政协副主席兼市公安局长刘长河所率领的车队。这个队伍里面不光有近三十名的刑侦专家和专业技术人员，还有三条威猛的警犬。县长谭永远也随同来到了现场。谭永远和李克俭几乎同时接到黎铧的报告，他想发生了六人被杀的案件，刘长河肯定要来现场，就主动给刘长河打了个电话。果不其然，刘长河在电话里说，他正在组织省厅和市局的相关人员往渭北县赶。当李克俭指示县委、县人大常委会、县政府和县政协的主要领导都去现场，在了解完情况后就地开会时，他借口说政府有急事需要安排，在县城等着刘长河。毕竟刘长河还是市政协副主席，市级领导呢。再说，几天前刘长河还因为“广场一号”业主上访之事，对谭永远在一天内连发了两次脾气。虽然发生了惊天血案，可作为主要领导还是要每临大事有静气，必要的礼节还是要讲的。也可以借机向刘长河解释解释。尽管当前正在开展党的群众路线教育实践活动，反对形式主义、官僚主义、享乐主义和奢侈浪费之风，但对领导最起码的尊重还是应该有的。这不，虽说面前是六具尸体的血案现场，刘长河副主席在和渭北县几大班子领导招呼寒暄几句，介绍完省市有关领导和同志后，指着那几条警犬说："别小看它们，它们可是有编制的，财政供养。"一句话说得在场的人情绪放松了好多，人群里还有了窃窃的笑声。

"5·29"专案组很快就在案发现场成立，华南市政协副主席兼公安局长刘长河亲任专案组组长，副组长由市公安局副局长路也宽、市局刑警支队支队长杨毅、渭北县副县长兼公安局长黎铧担任。黎铧担任调查走访组组长，市局刑警支队政委、刑侦专家袁顺意担任现场勘查组组长，杨毅担任审讯组组长。路也宽同时对善后事宜、维稳工作以及后勤保障、舆情引导等相关工作做了安排。在随着现场勘查组对现场做了初步了解后，刘长河说因为要参加市委座谈讨论"广场一号"的会议，对路也宽和黎铧做了交代后便离开了渭北县。

说到"广场一号"，刘长河就黑了脸，心里隐隐作痛。他自己也知道，因为"广场一号"迁怒于渭北县和黎铧没有道理，但他不怪他们，又该责怪谁？刘长河在仕途上是强人，但在华南市公安局长的位置上遇到了挑战，用他自己总结的话来说，当公安局长要锞子硬（坚强、勇敢、不怕事）、脸皮厚（禁得起领导批评、群众辱骂、亲友讥讽、小人贬损）、能喝恶水（代人受过、不去辩驳误解、我不进地狱谁进地狱）。他从政之初是在组织部，从科员到科长再到副部长，一直是管官的官，上正处是在上届畅建立书记手上，他成了管钱的官——华南市财政局长。听说当时在市委常委会上颇有争议，多数常委认为刘长河从未直接参与过经济工作，当财政局长不合适。但畅建立书记坚持了自己的意见，刘长河虽然最后被任命为财政局长，但他的官声和威信在华南市一落千丈，特别是在同僚中微词颇多。本来财政局长是副市长、市人大常委会副主任、市政协副主席最强劲的天然人选，可在届中补选时，市委委员票决刘长河竟连半数都未通过。畅建立只得另辟蹊径，正好市公安局长年龄到了，按组织要求，市级公安局长由副市长兼任，也就是说，当上市公安局长就具备了做副市长的条件。在畅建立的运作下，刘长河又顺利地担任了华南市公安局长，并成为政府党组成员。副市长的提名权虽然在市委，但决定权在省委，具体程序由省委组织部运作，按说刘长河原本从事组织工作多年，肯定和组织部门的人都很熟，但也不知道是什么原因，这一关刘长河就是过不去。副市长之于刘长河真正成了苍蝇撞玻璃——有光明无前途。刘长河的这次荣升就真正成了半途而废，副市长没有当成，却一下成了套进辕里的驾辕马。公安局的工作又来不得半点马虎，市局机关近千人，再加上近二十个分县局，光正式警察就近四千人，外加辅警近万人，可不是一支小队伍。刘长河早出晚归，使出浑身解数可还是弄得各方都不满意。还好，省上换届时，畅建立书记总算进了一阶，做了省政协的副主席，刘长河也水涨船高，在市上换届时，弄了个市政协副主席。

“广场一号”是一个近亿元的房地产项目，因其位置在华南市中心广场一角而得名。该地块原本就在华南湖湖滨公园的设计区域内，由于产权不明晰，修公园时就把这块地缓建了。后来也不知道怎么倒腾的，这块地到了一个叫畅游的开发商手中。用当地人的话说，这块地是华南市的白菜心，绝对的黄金地段。

刘长河和畅游的结识也是因为“广场一号”项目，还是畅建立书记给拉扯的。那天吃饭的时候，就他们四个人，另一个人是渭北煤炭公司的肖总肖天柱。肖天柱是本土企业界的老大，刘长河是华南警界的老大，畅建立更不用说，是这些老大的老大。那天畅游显得受宠若惊，虽然大背头梳得纹丝不乱，但挂着金项链的肥脖子还是显得有点僵硬，带着大金戒指的手也极不自然。虽说和刘长河是第一次见面，可与肖天柱显然是熟人。正事几句话就说完了，项目是畅游的项目，可因为畅游资金不足，就同意和渭北煤炭公司合作开发，渭北煤炭公司首期注入的五千万元资金已经到账，针对这个项目成立的房地产开发公司管理人员也已到位，项目开工在即，畅建立书记给刘长河叮嘱的是要对项目保好驾护好航。本是分内工作，也没有什么为难的。菜不用说，酒是五十年窖藏茅台，几个人喝得相当轻松。刘长河毕竟是畅建立的下属，不敢造次。肖天柱从渭煤公司来说，也就是一个正科级，但这些年渭煤把自己改制成了股份制企业，成了市上的纳税大户，一直试图摆脱渭北县政府的约束。肖天柱肖总又随着中央首长出了几次国，加之年龄也比畅建立书记要大，饭桌上异常活跃。两瓶酒下肚，肖总那红扑扑的胖脸看着像一尊弥勒佛，他端着酒杯说：“书记，最近有个酒段子你听过没有？这个段子你应该听一听。”

“又是激动的心、颤抖的手，我给领导敬杯酒；领导在上我在下，领导说几下就几下。”

“不是，不是。这个早过时了，人家是这么说的：

喝酒像喝汤，此人在工商。

喝酒像喝水，此人在建委。

人均喝一瓶，此人在财政。

喝酒不用劝，此人在法院。
举杯一口干，此人是公安。
一口二两五，此人在国土。
八两都不醉，此人在国税。
天天醉不伤，此人在镇乡。
白啤红齐走，此人一把手。
酒后啥不怕，此人在人大。
喝酒不叫苦，此人在政府。
整夜喝不歇，此人在政协。
喝酒讲情意，此人是兄弟。
喝酒耍酒疯，此人是民工。
喝酒教育人，此人是酒神。”

“这个好，有点儿意思。我敬肖总一个。”畅建立和肖天柱碰了一个。

这把畅游看得羡慕不已，急不可耐地说：“我给你们说一个喝酒的五个阶段：

处女阶段，严防加死守。
少妇阶段，半推又半就。
壮年阶段，全来都不够。
寡妇阶段，我来找你斗。
老太阶段，不行还忽悠。”

“好，原本就酒色不分家。”肖天柱夸张地喊叫。

“俗。得罚畅游一杯酒。你也是快五十岁的人了，要向肖总学习，得讲政治。”

“学习就免了。不过我得给畅总讲清楚，‘广场一号’前期投资五千万元可不是个小数字，商场如战场，你可一定要操心，资金运作一切按规矩和程序来，合作不顺利就好合好散，可不能让人家因这件事对老大说三道四。”

刘长河喝着酒，心里想这肖天柱就是肖天柱，难怪可以领导那么大的企业，喝这么多酒还不糊涂。畅建立见刘长河一个人喝酒就说：“长河，你也来一个酒段子。”

“好，我也说一个：

人在江湖走，不能离了酒。
人在江湖漂，哪能不喝高。
男人不喝酒，枉在世上走。
哥们儿不喝酒，没有好朋友。
只要心里有，喝啥都是酒。
酒是粮食精，越喝越年轻。”

“好，酒是粮食精，越喝越年轻。来，咱们共同干一杯，我也给你们说一个。”见畅建立要说段子，几个人忙喝了酒作洗耳恭听状。

“嗯哼”，畅建立清了清嗓子说，

“会喝一两喝二两，这样朋友够豪爽！
会喝二两喝五两，这样同志应培养！
会喝半斤喝一斤，这样哥们儿最贴心！
会喝一斤喝一桶，考虑提拔当副总！
会喝一桶喝一缸，弄个县长给你当！
会喝白酒喝啤酒，这样干部得调走！”

咣！咣！接连又是几杯。

在刘长河的仕途中，畅建立无疑是他生命中的贵人。在畅建立主政华南市的那几年，也是刘长河官场顺风顺水的几年，在华南官场，大家也都把刘长河视为畅建立的人。这也无可厚非，马五访冯彦、光棍惜好汉、鬼子怂找的就是驴驴蛋！

“广场一号”项目是保赚不赔的生意，地价低廉、位置优越、税费从低，建设资金又没有问题，第一期预售就被一抢而空。见资金回笼，畅游就有点儿不愿和渭煤公司合作了。肖天柱是明白事理的人，安排手下的人和畅游谈判。最后达成协议：渭煤公司退出“广场一号”项目，“广场一号”除退还渭煤公司五千万元投资外，再给渭煤公司一次性分红一千万元，这六千万元不转货币而是折成一百五十套房。整个谈判过程刘长河都参与了。结果可谓皆大欢喜：畅游空手套白狼，用渭煤公司的投资启动了保赚不赔的“广场一号”项目；渭煤公司用五千万元的投资，三年时间得到了一千万元的回报。用肖天柱的话说，商业运作要能禁得起财务审计，一千万元不一千万元倒无所谓，还不是弟兄们的茶水钱。

原本是一件大好事，却因为畅游的不争气搞砸了。这个东西先是在境外赌博输了几千万元，后来为项目资金又在西京城借了近两千万元的高利贷。几年利滚利下来，还了债主近亿元本钱还没有还清，放高利贷的都是些吃刀子咽剪子的角色，日狼日虎日豹子天上撵着日鹞子，敢往外贷，从来就不怕欠债不还。今天抓住畅游要卸腿，明天要卸胳膊，过几天深更半夜被套上头套拉到黄河边，要往黄河里扔。见畅游已经没有了几两油水，就改为收拾他的团队。可怜一个“广场一号”项目部被折腾得鸡飞狗跳，无奈之下只得用门面房来抵债，可门面房已经预售了出去，一个姑娘许两家就又形成了新的纠纷。渭煤公司的一百五十套房本来已卖给了职工，可光见打雷不见下雨，也不知驴年马月才能交房。有困难找老大，畅游找到畅建立一番痛哭流涕的赌咒发誓，畅建立当时正面临省级换届，有上中下三个位置：进省委常委班子、做副省长，进省级人大常委会或政协做副职。眼看着上中位没有自己的戏了，见畅游那怂样气就不打一处来，关起门来一顿臭骂，骂了个昏天黑地，市委办的工作人员没有一个敢进房间。骂归骂，最终还得想办法。这就又给肖天柱打电话，肖天柱在电话里说，他得和公司董事会研究后才能给书记答复，然后就再也没有了下文。畅游他们硬撑了月余，见畅建立荣任了省政协副主席，自己也求告无门，一边是业主的围攻责骂，另一边是债主的威逼敲诈。爹死娘嫁人，各人顾各人，畅游的团队竟然集体失踪了。交钱五年多了住不上房，业主们渐渐失去了耐心，又见开发商跑了，只得涌到市政府上访。近八百名业主在政府楼前黑压压一片，个别年龄大的还呼天抢地的。

魏市长马上召开紧急会议，听取汇报，并商量解决方案。这件事情是主管城建的副市长职责范围的事，主管部门也应该是房地局。但因为“广场一号”项目部人员集体失联，就似乎形成了一个案件，与会人员的目光都集中在了市政府党组成员、市公安局长刘长河身上。刘长河干脆地说：“如果项目部的人真的失联或失踪了，那就是一个案子，我们经侦支队立即成立专案组，肯定对业主会有个交代。”

从那天开始，“广场一号”这个烫手山芋就到了刘长河手上，接下来的多次封门堵路集体上访，就都成了刘长河和公安局管的事。可悲的是，公安局本是裁判员，却连滚带爬地闯进场成了运动员。

刘长河也曾后悔过，“广场一号”业主第一次上访那天，自己表态似乎急了点。但他很快就明白，那是形势使然，要是没有那天的表态，也就没有后来的市政协副主席了。哲人说过，人生的路虽然漫长，但紧要处也就那么几步。调上副市级对他来说也是职业生涯的最后一站，再说他也实在不想当这个公安局长了。他和畅建立的关系、畅游和畅建立的关系，那些与会的人心知肚明，那天也是他重新站队的机会，只是没想到这个山芋会这么烫手。

当华南市公安局主管经济案件侦查的副局长初培正将初查情况放到他案头的时候，他才意识到了问题的棘手和严重。畅游这个蠢货所借的高利贷是西京城有名的董大和董二兄弟的，董氏兄弟在省城的名头比省长还响。主张给“广场一号”立案，刘长河知道已经得罪了畅建立，畅建立在西部官场经营多年，关系网盘根错节，得罪了一个畅建立就等于给自己仕途的路上筑了一堵墙、挖断了一条路，甚至影响了“组织”。但刘长河并不恐惧这些，作为“组织”的一员，他一直认为“组织”的奋斗目标是虚无缥缈的，他更不会为这“虚无缥缈”的目标去奋斗终生。但组织有个好处：讲理。可“广场一号”债主董大和董二恰恰和“组织”相反，极不讲理，爪牙如狼似虎，心狠手辣，敢放高利贷就不怕你不还钱。不择手段不讲游戏规则，借贷人的家庭所有成员都是他们的要挟和残害对象。当初培正将初查报告送给刘长河，刘长河看到董氏兄弟名字的时候，拿着报告的手不由得哆嗦了一下，半晌无语。

“初查情况就是这样，要进一步调查就得立案。现在畅游他们几个人听说咱们要立案都回来了，让咱们把他们都关起来。这一回来，合同诈骗就不成立了。当然还可以按职务侵占立案，可立案后咱们就得追查侵占资金的去向，这就牵扯到高利贷，这种利滚利的民间借贷法律上很难界定，这也是畅游他们不敢也不愿告债主的原因。咱们的案子能办下去吗?”初培正给局长分析着案情，也说出了自己的看法。

刘长河倒也直率：“董大和董二，省公安厅长都拿他们没有办法，我们能把这些人拿下?”

刘长河后悔了自己在书记、市长跟前的冒失表态，一时间额头上都急出了汗。按初培正的想法，案情尽管复杂，案子还是要立的，钱能不能追回是一回事，至少可以让“广场一号”项目管理规范起来，进而起死回生。但他和刘长河共事这几年，已经发现这个下巴尖尖鹰鼻虎眼的刘长河，其实是个很有主见的人，也善于当机立断。果然，片刻之后刘长河交代初培正：“你通知帝都分局严肃局长，按照属地管辖原则，‘广场一号’项目在帝都辖区，让他们立案依法查处。”

初培正的心一沉，但面对果断的刘长河局长，他什么也没有说，只是原封不动地给帝都分局严肃局长传达了指令。

只要工作了就会有成效，债主的逼债缓了下来，畅游他们艰难地推进着工程，业主们见事有人管，情绪也有所平复，虽然还隔三岔五地上访，但属于小打小闹，行为也不过激，略作解释也就回去了。畅建立虽然没有争取到最佳位置，但总算搭上了末班车，荣任了省政协副主席。接下来的市上换届也算顺利，刘长河当上了市政协副主席仍兼着市公安局长，级别进步、权力依旧，虽说辛苦，但心情愉快。只是“广场一号”项目依然没有多大进展，在近一年时间里，由于又重卖了几间门面房，矛盾日渐突出，业主上访的频次越来越密集，情绪越来越激动，行为越来越过激。终于在4月18日这天，形成了大规模的人员聚集和越级上访。那一天对刘长河来说是紧张、屈辱、焦虑的一天，真是个黑色的星期五。早上刚上班，他就接到了市委秘书长焦计划的电话。

焦秘书长在电话里说："主席，你派人来看看吧，上访群众把市委大门堵了，书记看来是进不来了。我觉得这是有组织的，都穿着印字的T恤衫，情况还不明了，你快派人来吧！"

"好的，人马上到！"

放下电话他就找来了主管信访的副局长林驱虎，安排林驱虎赶紧带着信访处长去市委，还叮咛说，要是警力不够，就调帝都分局的警力。林驱虎到现场不久就打回电话来：

"刘局长，现场有二百多人，统一着墨绿色的T恤衫，印有白字，前面是畅建立还我房，背部是'广场一号'业主，和平劝离已经不可能了，呼天抢地地要见市委书记。帝都分局分管治安的副局长已经带人到了现场，市里房地局长、信访局长也已经到了现场，焦秘书长刚才问我立案查处情况，我说不清楚，他很不高兴。"

"我知道了，你在现场全权指挥，维护好秩序，我让初培正马上来。"

喊来初培正刚布置完任务，初培正就说："刘局长，你不是把案子指定给了帝都分局吗？"

"帝都分局立案了没有？"

"这，我就不清楚了。"

"你现在先去市委，把帝都分局的严肃也叫上，领导要问案子，你让他汇报。"

初培正走了没有多大会儿，市委江书记的电话就来了："'广场一号'的查处情况进展到什么环节了？"

"江书记，帝都分局正在查处。"刘长河心虚气短地回答。

"我问你查处进展到什么环节了？"

"还在查。"

“废话。”江书记再没有说什么。

刘长河放下电话像一摊烂泥一样，瘫坐在桌后的椅子上，市委那边书记、副书记都比刘长河小三四岁，政府市长更比他小七八岁。也不知从什么时候开始的，这些人在工作上对他毫不客气，口气严厉不说，有时还骂骂咧咧的，按说他也是副市级干部，比这些人也就低了半级。再说了，公安局长也不是粮食局长，怎么就成了这个局面呢。可有什么办法？刘长河佩服古人的智慧，也明白临渊羡鱼不如退而结网这个道理。好在他利用市公安局新办公楼装修工程和新来的市委常委、组织部段部长拉上了关系。只是这段部长出手太重，原本也就千万元的工程，刘长河咬着牙让利到了三千万元，可部长还不满意，听意思想争取到七千万元。刘长河知道部长也无奈，他的头上是省级部长，越往上网越密越管用，可也越费钱，有什么办法呢，老祖宗千百年就传下了这句话：官大一级压死人。这不，副书记的电话又来了。

刘长河拿起电话刚“喂”了一声，对方就劈头盖脸的一顿狠训：

“你们公安机关是干啥吃的？二百多人统一着装围堵市委大门，你们事先一点情报都没有，你们都干什么呢！群众把市委围堵了快一上午了，你们束手无策，你能干啥呀？谁组织的，如何组织的，有什么目的和企图，你掌握了多少？现在是什么时候你不清楚，群众路线教育正在进行，中央巡视组进驻省上刚刚一周，你让市委怎么向省委交代，怎么对前任书记交代？这次聚集时间越长，我们越被动，赶快调集警力，赶快劝离群众。”

刘长河又把电话打给初培正询问情况，初培正在电话里汇报说：“情况相当复杂，据说还有一百多名业主正往省城赶，目的地是省委、省政协和中央巡视组驻扎的宾馆。林驱虎和严肃局长在市信访局同志的协助下正在围追堵截，我听秘书长说魏市长正从外面调研点往回赶，到政府后要听取情况汇报。你肯定要参加这个会，市委这边你不用管了，我这就给副书记解释。”

果不其然，没有多久就接到市政府办公室的电话通知，让刘长河局长去政府三楼会议室开会。走出办公室，却被一个老头缠住了。

“你是谁，干什么呢？”刘长河边走边厉声问道。

“我是泾源县的，我找刘局长问我的案子呢。”

“啥案子？”

“就我跟我邻家打架的案子，派出所不管。”

“不管，你就来找刘局长，刘局长是你一家的刘局长？滚！”刘长河这一声暴喝在楼道里可谓惊天动地，马上有人从办公室出来劝住了那老头。老头可怜兮兮的一个劲儿地喊：

“刘局长，刘局长！”

刘长河头也不回，心急火燎地来到了市政府三楼会议室。

见魏市长黑着脸坐在主席位置上，一边是分管常务的习副市长，另一边是常委郭副市长，这些人也没有让他坐在身边的意思，其他与会者也没有人敢主动招呼他，刘长河识趣地坐在了一边。

“说吧，房地局先说说，是怎么回事。”魏市长亲自主持会议。

“‘广场一号’项目资金出现问题是近两年来的一个老问题，项目从启动至今已经历时七年，时间确实太长了。这两年又出现了门面房重复卖出的新情况，业主一直在上访，郭市长也多次接访和协调。现在的问题是两年前魏市长您召开的协调会，咱们给业主们答复，让他们依法维权，同时咱们公安局立案调查，可两年来公安局的答复一直是正在调查，业主们见公安局不作为，失去了耐心，就酿成了这次大规模的聚集和上访。”房地局长说。

“信访局说说。”

“这次聚集和上访组织较严密，近三百人围堵冲击市委办公楼，还有近一百人乘坐两辆大巴车要去省城，幸亏被咱们工作人员截住。截住了车却没有截住人，有部分人改乘火车去了省城，刚接到省信访局电话，已经在省委、省政协，还有中央巡视组驻扎的宾馆门口见到了咱们的上访人员。房地局和信访局的工作人员没有手段，只能劝，公安局的人又不主动。”信访局长说。

你叫我们怎么主动呢？为这件事，我，还有市局的两个副局长，帝都分局局长带着他们的副局长五个人在处理，你们还要公安局怎么主动、怎么作为？刘长河的火一下被点了起来，书记、市长在电话里骂几句倒也罢了，你两个局长当着这么多人，指责公安局不作为、不主动，你让我这个市政协副主席、公安局长的脸往哪儿搁？人家习副市长分管公安工作，我给人家习副市长怎么交代？刘长河这个恨呀！恨归恨，可是又不好有什么表示，只是在心里想想而已。

“信访局还有什么没有？”魏市长继续问信访局长。

信访局长看了看刘长河，无奈地说：“没有了。”

“长河局长，你说说。”

“我也没有多少要说的，得赶快安排人去省上接访，市委这边要给群众谈，让他们依法维权。选出代表……”

魏市长简单地和习、郭两位副市长商量了几句，随即打断刘长河的话说：“我们不讨论了，我和两位市长碰了一下情况，我代表他们来讲几点：一是由信访局牵头，房地局和公安局配合，处理好今天的聚集和上访，接回越级上访的人。该解释的解释，该训诫的训诫，留下他们的诉求，引导他们依法维权。二是由房地局牵头，加大监管力度，冻结‘广场一号’项目账户，再重新设立一个账户，联系一家信誉好的银行，由政府担保给企业贷款，监督项目实施，尽快给业主交房。从现在开始，不管是门面房还是单元房，所有卖出的款项都必须进新账户，没有咱们政府监管部门的签字，任何人无权卖房和收款。三是公安局要依法查处。有这么几个问题必须查清：1. 项目管理人员有无违法乱纪，查到哪里算哪里，违反哪一条按哪一条处理，绝对不能姑息迁就。安排两年了，还在查处之中，汇报不出实质性问题，公安局这叫有作为吗？2. 要把今天的聚集越级上访查清。谁组织的，谁发的印字T恤，为什么上面要写领导名字，有无社会人员参与？这些都要查清楚。信访局已经掌握有五个帝都的人事前去过渭北县，就住在渭煤公司门前的八方宾馆，怎么串联的，渭北县的组织者是谁，有没有其他政治目的和企图？这些都要查清楚。帝都的参与人员由公安局帝都分局查，渭北县的参与人员由渭北县公安局查，要落实到今天参与的每个人。3. 要对今天参与上访的挑头人物打击处理。四是你们几个参与处理的局要高度重视。再不要说就这么个事，统一着装围堵市委大门已经一大晌了，现在是下午一点钟了，还没有要离开的意思。衣服上公然写上前任领导同志的名字，这分明是在给中央巡视组看，是别有企图，这难道还不严重？五是要抓好工作落实。工作进展情况随时向我汇报。江书记下午一上班要开常委会，听取汇报。书记要是有新的要求和指示，政府办公室会及时传达给你们。要是没有其他意见就分头开展工作吧。”

在离开会议室后，谁也没有记起来还未吃午饭，都自觉地投身到了工作中。

刘长河回到办公室觉得昏头涨脑，昨天和三个要好的局长在茶秀“活动”到了凌晨一点，今天精神本来就不好，他也不想吃饭，就锁好门钻进套间里的卧室蒙头大睡，心里还在说你都安排到了区县局，还叫我这个市局局长干啥呢？本来心里有事睡不着，但摸到另一个枕头的时候，突然就想到了那个令他开心快乐的事，想着想着就抱着枕头睡着了。

在下午的常委扩大会上，市委江书记倒没有批评谁，只是耐心地听取了情况汇报，对魏市长的五点安排表示赞同。强调所有单位要高度重视这件事，密切协同做好群众工作，在这件事情的处理上不要有顾虑，市委会如实将情况报告省委。当然，谁要是渎职不作为，是单位的单位负责，是个人的个人负责！

刘长河听得出来，江书记这最后一句话就是说给公安局和他刘长河听的。在开会的整个过程中，江书记竟然没有正眼看他这个市政协副主席、市公安局长一眼。刘长河的心里像塞了一团棉花一样，有说不出的难受，他逃也似的离开会议室。四月的华南市正是春意盎然鲜花盛开的季节，华南湖春水荡漾，空气中满是清香和激情。可这些对刘长河来说都视而不见，他机械地回到办公室木然坐进办公椅，他知道，在官场上他得罪了畅建立，在“黑道”上他得罪了董氏兄弟，上得不到市委、市政府的关怀和信任，下不被“广场一号”的业主理解和支持。过去常说老鼠钻进风箱里——两头受气，他这是钻进了鼓风机在八头受气且随时有牺牲的危险。

刘长河从手机里调出渭北县副县长、公安局长黎铧的电话，他得像个批发商一样把魏市长安排的事情分头批发下去。刘长河从财政局到公安局任职，还着实思虑了一番，他明白自己有两大长处，丰富的官场经验和广泛的人脉关系；也知道自己有两个短处，缺乏基层工作经验，更缺乏公安工作经验。他调动自己的所有知识积累，下决心要当好这个公安局长。别说，功夫还真不负有心人，这一思考果然就思考出了办法，灵感来源于金大侠的武侠小说，也就五个字：乾坤大挪移。上有市委、市政府的正确领导和省公安厅的业务指导，下有各支队和分县局的具体落实，魏市长说了，帝都的人帝都分局负责查，渭北的人渭北县局负责查。但他想了想电话终究还是没有拨出去。刘长河知道他手下这些货都猴精猴精的，黎铧又是当下华南市各县区资历最老、年龄最大的公安局长，平时就牛皮哄哄的，不叫从来不主动来市局汇报工作，渭北县是省十强县的老七，县公安局建设得比市公安局都阔气，也没有见这黎铧给市局做一分钱的贡献，逢年过节连他个人影都看不见。给他亲自打电话高抬他了，让初培正给他安排，落实不到位再收拾他。

下午听了市信访局的答复，聚集在市委门口的群众才陆续散去。去省城越级上访被接回的人，帝都分局也集中进行了训诫，一场看似惊心动魄实则有惊无险的大规模聚集和越级上访事件就这样化解了。只是辛苦了林驱虎、初培正、严肃几位局长和华南、帝都的公安民警，从早上八点到第二天凌晨四点，走疼了腿，喊哑了嗓子，饿坏了胃，领导责备群众辱骂，市局的两位副局长工作算是告一段落。对帝都分局的严肃局长来说，却是又一个难题的开始。深层原因不要说，从表面看就是业主要房，想想，对普通老百姓来说买房是一辈子的大事，花几十万元买的房，七年了钥匙拿不到手谁能不着急，上访反映好多次了，谁又给解决过问题？严肃怎么处理这些群众？从省城接回的四五十人全是老弱妇幼，哭哭啼啼，恓恓惶惶，严肃看着都辛酸。还训诫什么呢？赶紧出去买烧饼，让他们充个饥，天亮好回家。人走了，但事情还在，这烫手的山芋非把人烫伤不可。市局对“广场一号”都不愿立案，我一个区分局又能怎么样呢？市局是没有指望了，刘长河局长是泥菩萨过河自身难保，毕竟没有在基层干过，对法律和程序也不是很熟悉，好办法和坏本事一概没有。市局的几个副局长倒都是人精，但职务使然，给武大郎当差也只得矮人三分，这可怎么办呢？

严肃局长没有分析错，刘长河局长比他还难。来自省城的电话每天都有好几个，没有人直接说“广场一号”，但所有电话又都分明是围绕“广场一号”，甚至连市局已经进入诉讼程序的案子也受到了“广场一号”的影响。“广场一号”就像幽灵和魔咒一样，弄得刘长河寝食难安。他晕头转向，连自己都搞不清自己到底是治世真善美，还是乱世红白黑。但有一点是清楚的，那就是市委、市政府领导对自己的不信任和轻蔑。两周来，江、魏二巨头没有一个人直接给刘长河打电话，但市委、市政府两办督查室每天都向公安局要情况。官场有个潜规则：不怕领导骂、不怕领导说、就怕领导装作看不着。那种极度的蔑视就像传说中的六脉神剑，能伤人于无形之中。怎么办呢？刘长河毕竟是刘长河，他经过苦苦思索，终于想出了一个瞒天过海之法，他隔三岔五派人到“广场一号”项目工地去。知道整个工地只有三个开升降机的工人，升降机升升降降也就是做做样子，工程没有实质性进展，林驱虎推给了初培正就再也不上套。初培正给严肃和黎铧安排完工作，就来请假去外地办案。对这两个人刘长河没有办法，他们对法律的熟悉程度都到了专家的份儿上，他得防着、哄着，不要让他们给他挖坑。对严肃，刘长河也不敢过分，毕竟严肃掌控着华南市区治安的半壁江山，对严肃的客气于刘长河来说，还有个不能为外人道的原因。刘长河当年在机关工作的时候喜欢打个麻将、逛逛歌厅、叫个小姐，严肃那时是分局治安科科长，曾几次在治安清查时逮到过刘长河。当然，因为刘长河所在单位位显权重，严肃当时灵活处理也没有留什么材料。对严肃来说是分内工作，过后也没多想，但对刘长河这样爱脸面的领导干部来说，就是一种永远的痛和耻。看来倒霉的就只有黎铧了，况且当天聚集和上访，渭北确实参与了二百多人。渭煤公司也是一个成建制单位，这个乾坤大挪移正好挪移到百十公里外的渭北县去，让渭北县局去找出组织者，加大打击处理力度，能引得要房的人在渭北闹事就更好。让市委、市政府觉得是渭煤公司的有组织行动，也就能减轻他刘长河的压力。万一最后交不了差，也可以用黎铧来堵枪眼，丢卒保车是兵家的常识。只是有两个难点，一个是华南官场都知道肖天柱和畅建立关系非常好，硬要嫁祸于渭煤公司，只能再一次增加畅建立对自己的反感，但这也实在顾不得了，原本就是同林鸟，大难来时各自飞嘛！再一个就是这黎铧也是茅坑里的石头——又臭又硬。这两周不是打电话、发信息，就是来市局汇报工作，刘长河知道这是给他见招拆招来了，他来了个一概不理。不理黎铧不说，还要隔三岔五给他上点眼药。渭北县长和县委副书记都在县上做过组织部长，曾经是他的部下。他分头给这两个人打电话，也就是两层意思：黎铧不听招呼，渭北公安局不作为。今天早上要不是黎铧发信息说发生了惊天大案，刘长河才懒得接黎铧电话呢。这样的案子省公安厅肯定要派员督战，市公安局长必须去现场。在路上他还想，一案六死一伤，够黎铧喝一壶的。你黎铧不是能干吗？你破案吧，破了是我们指导得好。要是破不了案，哼哼，拿下！刘长河绝不手软，做人不易呀！可到案发现场看到那惨烈的景象时，刘长河对黎铧却同情起来……

李克俭在刘长河离开后，随即在前埠村村委会召开了“5·29”特大杀人案的工作安排会，明确了这么几项工作：一是公安局要全力以赴，对案件尽快侦破，同时要加强对社会面的控制，加强巡逻防范，防止恶性案件的再次发生；二是相公镇要根据公安局的工作进展，做好善后处理工作。听说冯广乾还有个女儿在外地打工，孩子回来估计也指望不上，镇村要把后事担起来，把六名受害者的后事处理好；三是政法委要抽调专人，成立专门工作队，在全县逐村、逐户、逐单位，开展矛盾纠纷排查化解工作。谭永远县长也当即表示，他这几天的办公地点和指挥位置就在前埠村村委会，他将安排至少三位副县长在前埠村落实李书记的指示，请李书记放心回县委主持全面工作。他还当场指示财政局给公安局和相公镇各拨款二十万元，用于对“5·29”案件的侦破。

在人祸面前，渭北县党政警民同仇敌忾，众志成城！

就在各项工作有条不紊、循序渐进开展的时候，却因为尸检出了问题。尸检按惯例应该就地铺台现场进行，但谭永远县长考虑第一现场是旋涡的中心，他要求把尸体拉到县医院，或者是废弃的煤矿去尸检。对谭县长的这个指示，霍俊和路也宽副局长两个人坚决反对，他们认为这样做是把一件事办成了两件事，费时费力还误事。黎铧只得两头做工作，见谭县长不让步，黎铧也只得改而支持县长。冯广乾除在外打工的女儿外，在村里还有两个叔伯兄弟，他的姐姐和姐夫也从外村赶了过来，还有姑舅表亲二十多人。这近三十号人聚成群就得有个头儿，无奈这群人的关系的中心就是冯广乾夫妻和他们的父母，现在他们都走了，这群人在共同悲伤的同时，也难免有了名利之心、逞能之态。先是冯广乾的亲戚商量说不做尸检，明显是让人打死的，还做啥尸检呢。“不行，必须尸检，刑事案件尸检是必需的程序。也是为了给死者申冤，对法律有个交代。”市局刑警支队政委袁顺意斩钉截铁地回答。亲戚见毫无商量的余地，一时间情绪失去了控制，呼啦一下拥到狭窄的小路上，把第一辆运尸救护车围了个水泄不通，把车体和玻璃用手拍得啪啪乱响，哭的、叫的、喊的、骂的声音不绝于耳。年轻的谭永远县长挺身而出，温言细语地对大家说："大家静一静，静一静，我是县长，大家听我说，听我说。"

"不听，不听。人不能拉走。"

"得给我们个交代。"

"啥时候能破案？"

竟然有人哭着喊着伸手去抓谭县长，纪楠政委连忙带着警察，挤进人群去保护谭永远县长。眼看着在案发现场要发生警察和群众的肢体接触了。

"都别喊了！"黎铧炸雷似的大喊一声。他的警服和腰间的手枪显然起了作用，人群静了下来。他不失时机地做了安排："救护车倒回去，不用去县医院解剖室了，就地进行尸检。亲属选出代表进屋和我商量相关事宜。其他亲属去最边上这家院子等着，警察要维护好现场秩序。"

跟着黎铧走进院子的是受害人冯广乾的两个堂弟、一个舅家表哥和他的姐夫，他们分别谈了自己的意见：

"案子啥时候能破？"

"把人拉出去不妥，按当地风俗还怎么进这个村呢！"

"女子正往回赶呢，只剩娃一个了，今后怎么办呢！"

"你们整天抓平安建设，咋还出这事？"

黎铧沉思了片刻，抬起头来诚恳地看着面前四个朴实的农民，用低沉的声音说："你们的心情我完全理解，但你们的做法不妥。案发后县委、县政府高度重视，县委李书记带着四大班子领导亲临一线，谭永远县长坐镇指挥，省公安厅和市公安局派了三十多人的专家组来指导破案。永远县长连尸检后穿的衣服、放置的冰棺都替你们想到了，已经做了安排。至于其他事情，请你们相信，政府在力所能及的范围内都会处理好的。你们一定要做好亲友的工作，配合我们破案，不能干扰破案；要协助我们做好尸检，我们尊重你们的风俗，就地尸检。条件简陋，这就需要你们的协助，也需要你们见证；要协助村上处理好后事。很惨烈的事，我们相互理解吧。”

“案子呢，案子什么时候能破?”

黎铧不由得冲动起来：“案子什么时候能破，我告诉不了你们。但我可以告诉你们，这个案子我一定要破，这个案子破不了，我这个公安局长就不当了，卷着铺盖回老家种地去!”

“不说咧，不说咧。有你这话就行咧!”

出得院门来，谭永远县长用赞赏的眼光看着黎铧：“你也真敢表态，对人家说案子不破，你这局长不当了。”

“好县长呢，六个人被杀的惊天血案呀，案子要真破不了，就是上级不追究责任，我也会写辞职报告的。”

看着眼前刑事技术人员忙碌的身影，黎铧又长叹一声：“没有退路了。”

“不说这些了。沧海横流，方显英雄本色。朝前走吧。”

听了县长谭永远的话，黎铧突然觉得心头一阵酸楚……

四、剑指渭北

据说渭北县土著的诞生，起因于黄帝部落一场内部争斗所引发的战争，或者是纯粹的一场杀戮。这场战争的爆发地在三百里地之外的华南市，人们口耳相传的历史是，一个族群在战争结束后只留下了两个遍体鳞伤的青年男女，他们溯泾河而上，成功地逃到了三百里外的渭北县地界。好在是一对青年男女，生命之花也如同所有的树木花草一样得以在河川里怒放，到公元2014年，渭北县已经是有三十六万人口的中等农业县了。华南市公安局刑警支队支队长杨毅在接到渭北县相公镇前埠村发生六死命案的报告后，心嘭地一跳，接着又是一紧。他本来就是渭北县人，又曾经担任过渭北县局的刑侦副局长，他对渭北县的沟沟峁峁相当熟悉。他知道渭北县的行政区划图呈人字形，大家习惯上把人字的一撇一捺称为南北二塬，相公镇和与它比邻的双龙镇正处于这人字一撇的收笔之处。无论是走福银高速，还是走 312 国道，进入渭北县要去双龙镇都必须经省道过相公镇街道，而前埠村又在省道旁边。双龙镇，那是杨毅支队长永远的痛，也是华南市和渭北县公安局的“滑铁卢”。当年双龙镇陈家村“5·23”灭门惨案发生的时候，杨毅是渭北县公安局主管刑侦的副局长，那时担任他现在角色的正是现如今市公安局主管刑侦的副局长路也宽。他和路也宽在双龙镇住了半年，路也宽还在相公镇街道和前埠村村口的省道上往返了半年。

杨毅支队长安排好刑警支队赴渭北县上案子的警力后，一分钟也没有耽搁，就来到了路也宽副局长面前。

“我已经报告了刘局长，技侦支队、网安支队也都安排好了人，省厅刑侦局的霍俊副局长带着他们的几个处长也正往渭北县赶。咱俩坐一个车走吧。”路也宽副局长边说边拉着杨毅上了车。

车子驶上福银高速后，路也宽忧心忡忡地对杨毅说：“也不知黎铧把现场保护好了没有，可别像当年在陈家村那样，不然那就惨了。”

杨毅立时觉得脸像烙铁烙了一样，烧得难受。当年双龙镇陈家村陈社会一家四口被灭门惨案发生的时候，他正在渭北县公安局任刑侦副局长。客观上说，陈社会一家四口被杀死在自家窑屋是在晚上，犯罪嫌疑人又给尸体上浇汽油进行了焚尸，早上同学去喊陈社会的孩子上学，发现了烟火就喊人救火，好心的村民一拥而上泼水灭火，这就彻底破坏了现场。可主观上呢？主观上是多头指挥、主观臆断、不注意保密。省、市、县三级抽调近百名民警参与侦破工作，却没有成立专案组。大家像无头苍蝇一样乱飞乱撞，争了半年、吵了半年、乱了半年、辛苦了半年，结果险些弄出个李蒙冤案。尽管“5·23”陈社会灭门血案并没有影响到杨毅晋升政委、局长，如今他直接负责华南市的刑侦工作，可“5·23”就像是一块大石头压在他的心上，令他喘不过气来。他有时在恍惚间会看见，跛着一条腿的陈社会扶着他只有正常人一半身高近乎侏儒的妻子带着两个正上小学的孩子在他面前哭诉，这对责任心和荣誉感都极强的杨毅来说，是极大的污辱和刺激。他也曾暗暗发誓侦破此案，而且从未放弃过努力，特别是主政市局刑警支队以来，他细心地对所掌握的线索进行梳理，也安排铁英对重点人进行了秘密调查，但至今毫无结果，且希望越来越渺茫了。要是别人提到这件事，杨毅肯定要跟他急，打人不打脸、骂人不揭短嘛，但路也宽不同，“5·23”同样也是路也宽的伤心憋屈之处。

“不会，黎铧这家伙老奸巨猾，不会犯这样的低级错误。”杨毅回答道。

“黎铧也不容易，现在他成了咱们县局资历最老、年龄最大的局长了吧？渭北县这几年经济发展快，成了省上的十强县，治安状况也日趋复杂，各种犯罪都盯上了他们。人口没有人家帝都区人口多，警力也比人家帝都少，可发案数却和帝都一样多，特别是命案，年年和帝都一样。好在县委、县政府还比较支持，办公楼和家属楼都盖了，队伍还是很整齐的。”

杨毅接着路也宽的话说：“是啊，黎铧在泾南县做了八年政委，这又在渭北县做了七年局长。也就是黎铧这样的军转干部受得了，对人家黎铧有点不公平。”

“公平？对谁公平？黎铧他好歹还弄了个副县长，你调回市局不也还是个副县级支队长？我这个副局长要不是高配，不也是个副县级？公平？受得了、受不了还能怎样。这一次命案要是破不了，他这个副县长、公安局长都难保住。”

杨毅知道路也宽说得没有错，这几年公安机关讲究对队伍从严管理。从优待警一句话，从严治警一本书。纪律严，任务多，责任重，工作忙，尤其是基层所队常常工作量超负荷、节假日加班加点、工资待遇偏低、很难照顾家庭、时常面临与犯罪嫌疑人搏斗流血牺牲的危险。再加上少数部门用人上的不正之风。有人用四句话对警察进行了归纳——政治上的红人，工作上的累人，身体上的病人，家庭中的罪人；还有人总结说——警察是风和日丽时常常被人遗忘在角落，暴风骤雨来临时用来遮风挡雨的那把伞；有的警察这样评价自己——干好了进医院，干坏了进法院。杨毅知道，对黎铧个人而言还不至于如此，可形势也的确不容乐观。冷眼看来，刘长河局长对黎铧也不是多肯定。十四年前的四人灭门惨案未破，公安局长不受影响不代表现在六人被杀的血案不破，公安局长不被追责。杨毅在心里暗暗和自己较劲儿：一定要努力工作，协助黎铧破了此案，于自己以雪前耻，于黎铧则是把其从悬崖边上拽回来。路也宽显然和杨毅是一个心思，他加重语气对杨毅说："这个案子咱们一定要重视！案子一定要破！"说完这两个一定后，路也宽又问："我记得陈社会的案子是在2000年，也是在这附近吧？"

"对，陈家村离前埠村不远，大概有十里地吧，只是分属两个镇。"

"唉，这个破地方！"路也宽不由长叹一声。

其实路也宽副局长说错了，这个地方不但不破，还是渭北县相对好的地方，虽说称南塬，但其实是丘陵地。山不大、沟不深、河不宽、土地肥沃、水草茂盛、民风淳朴。满坡的槐花竞相开放，到处可看到蜜蜂忙碌的身影。路旁树下有很多蜂箱和养蜂人临时搭建的帐篷。李克俭书记提出建设花园渭北的口号（要说李克俭还真有先见之明，他启动建设花园渭北两年后，中共十八大的报告里就提出了建设社会主义生态文明的要求），地畔、路边、护路大树之下，有层次地种满了花草，尤以丹萍花和波斯菊为盛。这两种花虽不名贵，但花期长不挑季节，栉风沐雨、不惧风霜，从早春到晚秋，伴日、伴月、养心、养眼，与时令名株姹紫嫣红、争奇斗艳。唐代的李益就曾经写过一首赞美这里的诗：

邠宁春日

桃李年年上国新，
风沙日日塞垣人。
伤心更见庭前柳，
忽有千条欲占春。

南塬的苹果、梨也是中国一绝。清朝时期，渭北梨就是指定贡品，渭北的梨皮薄、肉细、核小，品相干净、端庄，颇得君子之风；渭北苹果虽说是新近引来的外种，但在渭北水土的滋润下，皮细、肉脆、核嫩，红胭粉面，深怀淑女之态。这里的果农又异常细心，把树修剪得浑圆富态，树下也地平如镜、土细似面。南塬的群众在作物上心细如发，但在生活上却相对比较粗疏，村落多为家族聚居而成，村名也多以姓氏命名，外姓之人多为单家独户。所以这里的人家无论是房还是窑都不垒院墙，除冬天嫌冷关门外，其他季节连屋门都不关。可谓路不拾遗、夜不闭户。

路也宽和杨毅正这样率性地聊着，手机却一前一后地响了起来。先打来电话的是省厅刑侦局的霍俊副局长，他说他的人已快到渭北县出口了，他问路也宽副局长在哪里汇合，路也宽回答他就在出口外，马上到！接着来电话的是刘长河局长，问是怎么安排的，他也快到了。路也宽汇报说省市的人都在福银高速渭北县出口外汇合，他们会在那简单议一下，等着刘长河局长一块去前埠村。

在高速路渭北县出口外，省公安厅刑侦局的霍俊副局长一见路也宽就直嚷嚷：“伙计，这真的是渭北县吗？这变化也太大了。那年上案子从西京到这里要走四五个小时，其间有一次堵车堵了我一个晚上。那时候走国道，一进渭北县就看到房子破破烂烂的，满地都是煤灰，乌烟瘴气的，哪里有这么多的高楼。”

杨毅插话说：“渭北县十一层以上的高楼近两百幢呢。”

“杨毅，我记得你就是这个县上的人，这变化也太大了。你们说的地方我大概知道，我们就不用进城了。我们的人都到齐了，路局你就安排吧。”

霍俊副局长虽说对渭北发展惊叹不已，但还没有忘了正事。

“是这样，县局黎铧局长已经封锁了现场，正安排警力进行现场走访调查，咱们省、市两级的警力也都到齐了，等刘长河局长一到咱们就去现场，到现场后再根据情况做进一步的安排。霍局你看这样行不行？”路也宽刚说到这儿，刘长河的车恰好驶出了收费站，直到刘长河局长下车，大家才知道原来渭北县的谭永远县长就等在路旁的车上，一行人在杨毅的带领下直接到了中心现场。

五、寒门骄子

谭永远县长是个心思缜密的人，对任何事情他都不急于表态，要掰开揉碎反复掂量才下决心，可一旦下了决心就雷厉风行、百折不挠。他自己把这叫钉钉子精神，不达目的誓不罢休。他从内心里承认自己是个幸运的人，生活中他牢记六个字：珍惜、知足、感恩。

他的确是一个幸运的人。

他出生在和渭北县比邻的永和县，上面有两个姐，他天生就是家里的宝贝疙瘩，两个姐和父母对他的照顾无微不至，他是真真正正的小皇帝。幸运的是，父母虽然是农民，但毕竟是识字的农民，两个姐也上到了高中毕业。他虽然从小过的是衣来伸手、饭来张口的日子，但没有变成窝囊废，他继承了父母勤劳朴实、善良安分的优良品质，虽说不是班上学习最好的，但也是老师看重的好学生。到高中毕业时，他已经成了帅气的小伙子。他的选择也让父母彻底放下了心，他权衡再三经多次和老师探讨，填报了在省内久负盛名老牌的志义农业学校。志义农校是水利先哲李志义先生在民国初年创办的，在谭永远报考那年只是一所高等专科学校！可后来的事实证明，谭永远的选择绝对正确，入学后对农村的热爱，成了他如饥似渴学习的动力。他稳定扎实的高中知识和对农村农活的熟悉，成了他专业学习的坚实基础，他很快脱颖而出。成了班级乃至全校的佼佼者。学生们推举他为学生会主席，系党总支也发展他为中共党员，各学科都选他当课代表，几乎每顿饭都有同学帮他打饭，每个周末都有同学帮他洗衣服，还有不少女同学约他周末看电影、跳舞、唱歌。他既不推辞，也不热衷，只要没有太大的事，他有约必去，和男同学打篮球、踢足球，与女同学唱歌、跳舞，甚至做瑜伽。提着电脑帮秋教授查找资料，挽起裤脚陪秋教授在田间育苗。他对谁都不卑不亢、不远不近，终于惹火了一个喜欢写诗的女同学，连续在校报上写了两首诗嘲弄他。这两首诗谭永远当了县长还珍藏着，其中一首叫《你不知道》：

那年走进这久负盛名的学校
我们一起参加军训
你莽撞地踩了我一脚
我疼得蹲在地上龇牙咧嘴
你却飞奔着跑到队列前头
你不知道

那天你的球队和人家比赛
你三步上篮身轻如燕

争抢中却被人绊倒
你抱着膝盖满地打滚
我险些哭出声来
你不知道

那次在教授的苗圃里
你高挽裤脚挥锄劳作
我在你身后放飞一群蝴蝶
隔着人间四月天的杏花
用普希金呐喊着尘世的喧嚣
你不知道

那夜在醉春风的包间
我放下所有的矜持
和你对唱夫妻双双把家还
曲终人散余韵箫箫
恍若对牛弹琴
你不知道

还有一首诗名干脆就叫：《你是农民》。谭永远倒也不介意，我就是农民，我婆我爷我爸我妈都是农民。在农校，他以农民的狡黠暗自得意的是两件事：贫困生补助和与秋教授的接触。他以优秀的学业和宽广的人脉得到了学校最高的贫困生补助费，这对他土里刨食的父母来说是莫大的安慰！和秋教授的接触那可就是谭永远幸运中的幸运了。秋教授是中国知名的农业科学家，他本来就是农大副校长，还是教授、博士生导师，享受国务院特殊津贴的专家学者。听说要合并大专院校，省里为了保住农校，教委出面恳请秋教授来担任校长，秋教授的育种苗圃正好在农校旁边，就欣然同意来农校工作。但有个条件：只做教授，不当校长，秋教授还动员自己的女儿秋虹报考了农校。对中国农民来说秋教授是恩人，可对谭永远来说秋教授是他生命中难得的贵人。要不是机缘巧合，别说走近秋教授，就是想见秋教授一面，对谭永远来说也是难上加难，可他不光走近了秋教授，而且还靠上了秋教授。渭北将岳父俗称“泰山”，对农校学生来说，还有比秋教授更可靠的“泰山”吗？

幸福来得并不突然。

就在毕业典礼进行前一个月的一天早上，秋虹突然站在他面前对他说：“我爸请你去家里吃饭。”

“什么时候？教授不是去开会了吗？”

“今天中午，他已经回来了。”

秋虹说完就转身走开了，谭永远这才敢抬起头来。

教授在农校有一套带院子的二层小楼，是农校专门为教授盖的，教授在农校的案头工作多是在这里完成的。一楼是会客室和餐厅以及秋虹和她母亲的寝室，二楼是教授的书房和实验室。楼是用青砖修建的，学校里所有人都叫它“小青楼”。三年来，谭永远其实多次来过小青楼，他甚至比秋虹都熟悉院子进门左侧的杂物间，谭永远习惯叫它柴房，那里面存放着务农的基本工具。他整理书房和院子，打扫客厅卫生的时间可能也要比秋虹多。秋虹的哥秋实在二百里路之外的农大教书，她妈随儿子住在那边，秋教授图方便和清静却更喜欢这里。老太太有时过来小住，常夸谭永远勤快。可三年来秋教授从没有请谭永远在这里吃过饭，倒是常打招呼：“吃过饭了吗？”

“吃了。”

师徒俩在小青楼的工作常常这样开始。

入得院门进入会客室并没有见到教授，谭永远不由得拘谨起来。说实话，他有点怕秋虹，三年来他竟然没敢正眼看过秋虹，就因为秋虹是农校第一美女。从学业到着装，秋虹在农校占尽了第一，她其实就是农校的第一公主。在谭永远的内心深处，秋虹就是他妈在夏夜里边给他拍打着蚊子边讲的牛郎织女故事里的七仙女。他敢和秋教授讨论问题，可他和秋虹连话都不会说。同学们都以能和秋虹说话为荣，秋虹不必自己去打饭，听讲座也永远有人让座。校园里曾经有过一个传说，省城某名牌大学的学生（据说是秋虹的中学校友）曾经在某个春天里弹着吉他，在小青楼窗下唱过三天三夜的歌，才得到了秋虹的回眸一笑。谭永远是个诚实的人，牢记着母亲告诉他的话：不是自己菜，不要乱下筷。何况秋虹是恩师的掌上明珠，贵比公主，他岂敢造次。

今天造次的其实是秋虹。在这个初夏季节，她高挽发髻，身着一件简单的粉色文化衫和黑色短裤裙，赤脚穿一双白色凉鞋，手上提着围裙笑嘻嘻地站在谭永远面前，嘴里说着："别发呆了帅哥，你老师不在，是我请你。"

谭永远低眉顺眼地随着秋虹来到餐桌边，桌子上已布好了四道凉菜，烧鸡、猪蹄、一盘拍黄瓜、一盘油炸花生米。虽不丰盛，可全是谭永远爱吃的，谭永远自然咧开了嘴。桌子上的两只高脚杯里倒了小半杯红葡萄酒，不用问，谭永远就知道那是教授自己在实验室酿造的。他坐下来端起了酒杯，却被对面的秋虹挡住了夹菜的筷子。

"别急，把头抬起来，告诉我，为什么见我总不抬头？"

谭永远抬起头来的一瞬间，觉得眼前突然一亮，他知道秋虹漂亮，但他没有想到秋虹会这么漂亮。在他的头脑里所有赞美女人的词汇都失去了光彩，太阳月亮、白天黑夜、山川河流、春夏秋冬、地震台风、恩爱情仇等世界上的一切都不存在了，就剩下他面前这张颠覆世界、勾魂摄魄的脸。

“头是抬起来了，可怎么又发怔了？说话呀！”

“你太美了，我不敢看你，在你面前我自卑。”谭永远老老实实地回答。

“那在你老师面前怎么不害怕呢？那可是我爸呀！”

“老师是长者，离我近。你就像是月宫中的嫦娥。我总觉得可望不可即。”

“哟，还挺会说的，怪不得哄得女孩子都围着你转，还有漂亮女生为你写诗呢！来，碰一杯。好好吃吧，等一会儿我去下饺子，记着啊，可是嫦娥给你下厨做的菜。”

见秋虹嘻嘻哈哈的，谭永远的情绪也平静了下来，两个人推杯换盏、海阔天空地聊了起来。

酒足饭饱之后，两个人还谈兴不减。秋虹说着话突然轻轻叹息了一声，谭永远随口问道：“公主有什么可叹息的？”

“你跟我爸也三年了，论年龄又长我一岁，告诉你也无妨。”秋虹正儿八经地说，“我喜欢上了一个帅哥，觉得他是世界上最优秀的男人。从档案上看他出身农村，可他略带方言的普通话，城里长大的孩子也难有的气质风度，让我怎么也不相信他是农村来的。我爸是植物科学家，我却对生命科学有了兴趣，我抽时间去了一趟帅哥的老家。我说我是负责灾后重建的扶贫干部，把他出生的那孔窑洞和童年玩耍的院子看了个仔仔细细。还和两位老人聊了大半天，哈哈哈哈，哎，你说我傻吧？”

谭永远听着听着瞪大了眼睛，狐疑地看着乐不可支、玉面飞霞的秋虹问：“你还做过什么？”

“我后来还去了他两个姐姐所在的村子，了解了姐姐的为人，我可没有进过人家的家门。”

谭永远就是再迟钝也明白了一切，怪不得肉和菜都是他最爱吃的，饺子更是他百吃不厌的主食，秋虹这是拿准了他的命门。啊！他强压着心中的激动故作沉稳地说：“你真有心啊!”

秋虹说话间已经移坐到离谭永远较近的餐椅上，用双手支着下巴，扑闪着一双水汪汪的大眼睛声音弱弱地说：“我的哥哥，不有心不行啊，我不能把我的终身托付给一个不知根底的人!”

谭永远猛地站起身来，冲动地抓住秋虹的双手，继而将她搂进怀里，向那双嘟起的红唇吻去……

六、永远县长

慌乱的谭永远安抚好醉态可掬的秋虹后，就逃也似的离开了小青楼。他觉得自己的身体就像是充足了气的气球，随时会飞上天去。又如气球一样膨胀，再不发泄就要爆炸。出得门去，他一声欢叫，就像儿骡子一样撒腿向前跑去，一口气跑到了教授的苗圃前，对着刚收割完的麦茬地、硕果累累的塑料棚、繁华遍地的试验田大声喊叫着——

哎——
妹妹你大胆地往前走呀
往前走
莫回呀头——
从此后

你——
搭起那红绣楼呀
抛撒着红绣球呀
正打中我的头呀
…………

唱够了，喊累了，他突然想起今夜的小青楼里就秋虹一个人，想起秋虹清秀空灵的面孔，弱不禁风的身形，他不由自主地担心起来。于是返身回到小青楼，想敲门又怕打扰了秋虹的好梦，转身离去又不舍。这样思思量量地在小青楼下转悠了一个晚上，直到早上听见秋虹寝室的开门声，谭永远才一步三回头地离去。

一个月后，他们毕业走出校门，秋虹义无反顾地随他一起分配到了渭北县工作。虽然秋教授同意他俩恋爱，但反对他们早婚，他坚持认为秋虹应该趁着年轻接受更高等的教育。谭永远先还不以为然，但当他分到乡镇半年后，这个年轻的农业技术员便明白了老师的良苦用心。农民们习惯于他们的耕作习惯，严格按照时令节气播种收秋，似乎也不需要他这个技术员指导什么。他的工作就是为书记和乡长写讲话稿，抄学习笔记和心得体会，填报各种表格，卫生整顿，治安管理，计划生育，司法宣传，等等。他其实就是一文书。认清形势之后，他便接受了准岳父的建议，全力以赴支持在县农牧局机关工作的恋人上本科学习，秋虹也确实深得乃父的亲传，逢考必过，本硕连读，研究生毕业后又是博士，直到进入农科院，竟一气呵成。而且她革命生产两不误，在研究生毕业那年成了幸福的新娘。

洞房花烛夜，虽然秋虹饱读诗书学贯中西，可并没有三难新郎，倒是已经当上了乡长的谭永远情难自已。一是因为幸福从天而降，他一时难以承受这巨大的快乐；二是岳父对他和秋虹的一席话，让他感觉到了做男人和丈夫的责任之重。教授的话是说给秋虹的，但当着谭永远的面。教授问女儿：

“小虹，你就要结婚了，我想问你一个问题：为什么我们中国人称妻子为太太？”

谭永远和秋虹都瞪大了眼睛，他们俩还真不知道。

“不知道吧，太太这个称呼来自周朝开国的三位妇女，因为她们的名字都有一个太字。太太是什么意思？圣人的母亲。周文王的母亲叫太妊，文王的祖母叫太姜，文王自己的夫人叫太姒。这三个妇女都是圣贤人，你看看他们教出来的孩子，周公、文王、武王都是圣人。正是因为有三位伟大的女人，周朝才能有 800 年的运程。”

见谭永远和秋虹听得认真，教授继续讲：这三位伟大的女人，她们能把教育的任务圆满达成，助夫成德，相夫教子。尤其是文王的母亲太妊，她怎样教她的儿子？从胎教始。她在怀孕的时候，非常留意自己的思想行为，她“目不视恶色”“耳不听淫声”“口不出傲言”，从身、口、意三个方面她都注意到！为什么？不让邪的东西影响胎儿。所以，教育是从什么时候开始的？从胎教开始的。“太太”二字，拿“太”来说，拆开是一“大”一“、”，“、”是“小”的意思，太太可大可小，就只有夫妻在场而言，太太最大；有公婆在场时，太太又是最小。所以，后世的男人称自己的妻子为“太太”，这也是期望自己的妻子能够以三位伟大的女性为榜样，成为自己的“贤内助”。上完课后老先生飘然而去。秋虹看着谭永远调皮地吐了吐舌头，谭永远却感觉到了一种无形的压力，这才是真正的高人，看似在教诲自己的女儿，可字字千钧都压在了女婿肩上，这才是真正的“泰山”大人。送亲别友之后，谭永远还没有从压力中解脱，徘徊床前不敢行鱼水之欢，直到斜倚床头的秋虹面呈愠色，才伫立床前宣誓一样，一字一句地说出了心里话：

谭永远今生绝不负你！

“快上来，你该不至于是范进中举吧！”

在秋虹读博士的几年里，谭永远在渭北县也工作得如鱼得水，从乡长到乡党委书记，到秋虹博士毕业时，他已选调到市委组织部任干部科长。没几年即被下派到礼仁县任常委、组织部长，到儿子六岁时，他又被提拔到渭北县任常务副县长，从副乡长到常务副县长，他做官的窍门就一个字：忍。上级决策不合理忍着执行，下级工作有失误忍着指正，同僚身上有毛病忍着相处，社会风气有问题忍着适应，群众上访有过激行为忍着解释。他还特别注意和直接上级处好关系，同志加兄弟，有所为有所不为，不经意间在他接任渭北县县长时竟然成了华南市最年轻的县长。

谭永远的长处在于他虽然是农校大专毕业，但他并非“尽信书”，工作中虚心向年龄大的科局长学习，下乡也常常向老农民讨教。工业经济管理原本是他的短板，县内的规模工业他一家一家调研，到每一家都打破砂锅——问（纹）到底，非要把人家的生产流程和管理程序弄个清清楚楚。为了对县域经济发展有个宏观规划和具体的安排，他报考了省委党校的在职研究生课程，专攻经济管理。有意栽花，无心插柳，可结果却是花与柳双丰收。村里人都亲切地叫他农民县长，企业有困难也常常找他，他帮他们协调关系，对科局长的关心也赢得了市上对口上级的赞同和认可。在市上不光路路通，而且还和市直部门的领导建立了良好的私人关系。在党校不学习不知道，这一学习还真吓了一跳，同学竟然上至省长下到乡长都有。虽然省长是副的，也没有时间坚持听课，但同学录上总会有名字，毕业合影上还有相片呢。更关键的是，一大群同学都是省上的处、局、厅长、县长、书记，这是什么样的资源啊！正因为有这样的关系和积累，谭永远在担任县长后并没有感觉压力太大。他首先为自己的行为做了规范：像松树一样做人，坚挺不拔；像小草一样学习，随处生根；像大海一样待人，容纳百川；像细雨一样做事，润物无声。在应付政府车流水转工作的同时，他用半年时间为自己的履职定了个基调：工业强县、农果富民、资源整合、文旅拓展。工业强县没得说，现代国家的崛起都必须靠工业，工业兴县是当代中国的大势所趋；农果富民则是渭北县特色，渭北县南塬三个乡镇尽管是靠天吃饭，但土地肥沃、水草茂盛、光照适宜，小麦、苞谷、谷子在旱地都是最高产量，苹果、梨、杏、枣都是名优果品且都产量不菲。农民致富的捷径是种田务果，种田存粮、务果赚钱；渭北地处黄土高原，其地下富藏煤、气、油，地表层也富含油母页岩、石英砂和陶土。谭永远之所以提出资源整合，就是要综合利用合理科学开发，形成循环工业产业链，让资源发挥更大效益。渭北县历史悠久、文脉旺盛，公刘西迁、姜嫄梦月、龟蛇献寿，诗经里也有好几节歌颂渭北县的篇章，旅游景点虽然不著名，但近年来的县城建设突飞猛进，很快就形成了新的渭北十二景，谭永远提出拓展文化旅游的思路，也不是胡吹的。为了使发展思路成为现实，他提出了建设五大园区的规划，在新城区依托奥体中心、职业学院、中小学校、特殊教育学校、图书馆等建成了文化教育园区；在北塬上建设煤化循环工业园区；在南塬上建设农产品加工园区；在城东建设建材工业园区；依托铁路、公路和车站建设物流贸易园区。他一改过去唯唯诺诺和温文尔雅的作风，说了算、定了干，绝不拖泥带水，为渭北县官场带来了一股清新之气，也使渭北县的各项工作锦上添花、日新月异。可就在这个时候，相公镇的前埠村却发生了六人被杀的特大案件，虽然社会治安综合治理和公民思想道德建设都属于党委工作范畴，但公安局是政府组成部门，对这样的惊天大案，各级领导肯定都比较关注，善后处理也得依靠镇村，无疑快速破案给社会和人民群众有个交代成了当务之急，处理好这件事情显然就成了政府工作的阶段性大事，所以当即做出了他坐镇指挥的决定。

还多亏了谭永远县长坐镇指挥，镇村干部都各司其职，接待亲友的接待亲友，稳定情绪的稳定情绪，准备后事的准备后事。到下午市委常委、政法委书记伊永红到现场的时候，所有的工作都在有条不紊地进行着。

七、剥茧抽丝

华南市委常委、政法委书记伊永红在刑事案件的侦破上绝对算得上行家里手。他第一学历本来就读的是省警察学校，毕业后又分配到县公安局工作，后被选调进市委政法委任办公室主任，又从政法委办公室主任任上下派为县公安局长，尔后任市公安局副局长、局长，市委常委、政法委书记兼公安局长，调到华南市任常委、政法委书记，对他已经是第二届任期了。见现场勘查已经完毕，该提取的也已经提取，该拍照录像的也已经拍照录像，尸体已经准备尸检，但伊永红知道中心现场还是要保留几天的，现场是破案的基础，严格来说，案不破现场就不能破坏。在黎铧的陪同下，他由外及里仔细把现场外围和中心看了个遍，详细了解遇害者的具体位置，并反复对现场进行了审视和目测，才回到村委会会议室。伊永红开门见山地说：

“我想强调这么几点，说出来你们看对不对。一是要重视案件的侦破，六个人不是小事，你们已经成立了‘5·29’案件侦破组，这很好。按你们的程序要做过细的工作，具体我们一会儿再探讨；我要说的第二件事是黎铧在全力破案的同时，要加大巡逻防控力度，加强社会面的控制，这个时候群众会有恐慌心理。”

听黎铧回答说已经安排到位，伊永红赞赏地说：“这就好。三是要做好善后工作，永远县长你来说说你们的安排。”谭永远县长从善后、维稳、具体事情处理三个方面向伊书记做了简捷而认真的汇报。伊永红书记听完汇报后强调说：“你们渭北县要加强矛盾纠纷排查化解工作，任何事情的发生和发展都是有前因后果和过程的。当然有些问题留待破案后，我们再讨论总结。咱这个会就开到这里，我和公安的同志讨论一下案情，其他工作人员去忙你们的吧。永远县长你要感兴趣也听听。”

因为三级公安机关的人都和伊永红熟悉，也就没有什么拘谨的。路也宽副局长抢先说：“我们讨论案情要注意两点：一是与会的人要有保密意识；二是不该说的不要乱说。”

“对，这个非常重要。特别是一些具体细节。”杨毅对此表示赞同。

“我谈一点看法，”省公安厅刑侦局的霍俊副局长说，“现场提取的检材物证，警犬的反应，尸检结果等还有待于下一步继续工作，我只就现场的直观感觉谈点看法。这是一起很残忍的凶杀案，没有劫财的迹象，也看不出来是数人作案，受害者是在毫无防备的情况下受到攻击的。现场倒是还有一个人，就是冯家的雇工陈文光，可这个人一问三不知，我不主张在目前情况下讯问这个人。我觉得要加强调查走访工作，围绕冯广乾一家和陈文光其人，以及他们的亲属关系、由近及远的活动轨迹等来拓展线索。”

“黎铧，你说说。”伊永红点名。

“我们是六点零四分接到的报警，报警的人叫冯建平，他早上开着三轮农用车拉着他妻子下地干活，过路时看见同村人冯广乾的婶婶丁素素倒在路中间，丁素素遇害现场流血较多。冯建平就敲开了丁素素家的门，和丁素素丈夫一起给 110 报警说死了一个人。随后他们又叫来了村主任，村主任来了后，发现冯广乾家大门敞开着，进了冯家院子见冯广乾他爸妈正房的门大开，冯广乾的父母遇害，冯广乾的儿子冯波也死在了住屋的地上，几个人退出去就再没有敢乱走，第二次又报警说遇害的是四个人。就在这个时候，我们的副局长铁英和龙泉派出所的民警赶到了现场。铁英在布置警力封锁现场外围搜寻的同时，他套着脚套初勘了现场，确定六人全部死亡。派出所民警在鸡舍后的果树地里发现了陈文光，陈文光当时所处位置比较隐蔽，被民警控制后呈呆傻状。现在已经调查清楚：户主冯广乾，男，现年四十六岁，其妻子郭素秋，四十八岁，两人在鸡舍一侧的苞谷地里遇害；冯广乾的父亲冯志强八十一岁，母亲陈秀琴七十七岁，毫无反抗地遇害在北上房的炕上；冯广乾的儿子冯波二十五岁，在东偏房的脚地遇害，从现场看遇害时有所警觉，但没有反抗。据丁素素的丈夫冯志祥说，昨天晚上十二点左右，他从睡眠中被妻子推醒，丁素素当时说：“你听，哥那边怎么咣咣地响，是不是广乾两口子又打架了，我过去劝劝。”丁素素说着就打开头门出去了，冯志祥原本也是要去的，恰在这时五岁的孙子醒来了，闹着要撒尿。冯志祥的儿子、儿媳妇都在外打工，家里面就他们老两口带着孙子。抱着孙子撒完尿，冯志祥哄孙子睡觉，自己也就睡着了。离公路最近的这一户是孙德善老人，也在十二点听见自家的狗在门外边乱叫。这些都说明案发时间是在昨天晚上十二点左右。从现场分析，丁素素的遇害应该是杀人灭口，可是从当时的情境看，这个灭口也没有多大必要，子夜时分虽说有月亮，但还是夜色朦胧。从冯广乾家院子出来就是果园和苞米地，左邻是一废弃的院子，随便一闪身就有藏身之处，脱身也不是多困难。这就又引出了一个问题，凶手为灭口杀了丁素素，他为什么不因为同样的原因杀了陈文光呢？关于这个陈文光，我现在不想多说什么，等咱们现场提取的检材检验鉴定分析结果出来之后再说。我同意霍局长的意见，已经安排扩大调查走访范围，而且已经有了收获。有人反映冯广乾昨天下午在果园里发了火，我们必须弄清楚冯广乾为什么发火，跟什么人发火，火到了什么程度；我们还摸上来冯波吸毒，那就必须弄清楚冯波的毒瘾到了什么程度，毒品是从哪里来的，平时和什么人交往，在外打工为什么突然回来。同志们正在努力工作。”

见黎铧住了口，杨毅接着说：“我负责的是审讯组，目前唯一的对象是陈文光，陈文光只说了四个字：不知道嘛。这个案子据我判断，应该有其特殊性，看似简单，简单中有复杂。我还是强调保密，教训太深刻了。”

在此过程中，伊永红书记始终没有再插话，只是埋头在本子上记着。路也宽见大家都不作声了，就说：“书记，你是咱们公安的老领导，我们讲保密，你别见怪。十四年前，也是在这个塬上，距这里大概十里路的龙泉镇陈家村，发生过一起四人被杀的灭门惨案。案子至今未破，教训非常深刻，其中的一个教训就是当时的县局主要领导没有经验。案发后来的领导比较多，围观群众也很多，他在汇报的时候没有注意场合和分寸，把不该披露的情况披露了出去，围观群众比侦查员知道得还多。结果确定了一个嫌疑人，一审讯和现场情况一模一样，就连测谎也对关键细节表现强烈，结果到了诉讼阶段口供全翻。因为缺乏关键证据的支撑，案子办砸了，嫌疑人李蒙多年后还在上访。霍局、我、杨毅还有他们县局的许多同志都上过这个案子。现在想起来还叫人憋屈。这个案子要不是姑娘在外打工还不是灭门惨案？那个案子等到再回头的时候，所有的证据都灭失了，就这样失去了破案的最佳时机。我强调两点：第一是保密，绝对保密；第二是所有参与工作的同志都不要受陈文光存在的影响，要做过细的工作，发现疑点一查到底，一切让证据说话。书记是老侦查员，你给我们说说。”

伊永红见大家都谈过了，这才从记录中抬起头来：“我这也是习惯，就想听听，帮你们分析分析。你们的安排我没有意见，思路也对。我想提醒你们的是，一定要做过细的现场勘查，离开现场，案子就无从说起。必要的时候还要还原现场，作为指挥员心里要有底，确定正确的侦查方向，对尽快破案至关重要。好了，我就不多说了。市委江书记、市政府魏市长、习副市长都有批示，要求你们全力破案、做好善后工作、加大矛盾纠纷排查化解力度。我回去后把情况向他们汇报一下，你们就全力开展工作吧。”

谭永远县长连忙站起来说：“伊书记，那让我们政法委书记陪同你下去吃饭，我还得留在这里，我们书记也在下面。”

“不了，我直接回去了，晚上还有事呢。”伊书记说。

伊永红书记走后，镇上的工作人员招呼大家说：“领导们先坐一会儿，我们去把饼子加热一下。”中午拿来的烧饼、咸菜忙得没顾上吃，这一看表已经下午六点多了。

袁顺意政委过来汇报说：“尸检已经全部结束了，尸体都已经处理好。”

谭永远县长对镇党委书记安排道：“让你们的人按计划带着

遇害者的亲属去给亡人穿好衣服，放进冰棺里。准备办后事吧。”

路也宽和霍俊商量后吩咐黎铧：“中心现场的两间房子先锁起来，县局留足警力在这里执勤。现在回县局吃饭，吃过饭后，在县局会议室召开案情分析会。明天还要来仔细勘查现场，来印证今天晚上的临场分析。”

谭永远县长问黎铧：“案情分析会我和书记能参加吗？”

“可以啊！”黎铧回答完突然想起了什么，他连忙喊过来副局长乔爱国，悄声交代：“晚上安排巡警闪着警灯围绕中心现场十里范围内巡逻，前半夜也要在相公、龙泉两个镇街道上巡逻，群众肯定都比较恐慌。”

在离开前埠村时，黎铧的心里有说不出的忐忑和迷茫，直到回到局机关院子还是懵懵懂懂的。局警保室主任和立梅早就在院子里等着他：“局长，人家纪委来查账，你怎么不跟我说呢？”

“呵呵，我忘了。我咋把这事给忘了？”

“我看你太忙，也没有请示你，就按人家的要求把近几年的账本送过去了。”

和立梅也就三十五六岁，干净的头发在脑后扎成马尾辫，五官端正的脸上最引人注目的是那双黑白分明的大眼睛，适体的警服包裹着的身躯亭亭玉立，那种飒爽英姿让人很难用漂亮去形容。她见局长对她的话满不在乎，赶紧低声说：“纪委的两位主任很生气，说咱们对他们的调查不重视。训了我不说，要走了已审计过的那几年的票据，下午还从临县纪委抽调了一个人来，我怎么感觉不像是走程序，是来找事的。上次审计报告上列出的其他问题咱们都整改到位了，家属楼上超范围列支的七十三万元你得重视。”

“那赶快走。”

黎铧说着又上了车。

和立梅上车后告诉司机说：“去渭北宾馆。”

随后又对黎铧说：“局长，我给你准备了两条软中华烟，你送给人家吧。”

“不给烟了吧？给了好像我们账上真有什么事一样。”

“还是给吧，人家也是工作。”

“那你带上吧。”

两个人商量着就到了宾馆房间门口，敲开门进去一看，地上、桌上、茶几上全是翻开的和未翻开的账本，两位主任还在紧张地工作着。

和立梅介绍过后，黎铧接着说：“我是黎铧。二位辛苦了，今天一发案，我就把这事忘了向和立梅交代，慢待二位了。”

“局长忙的都是大事，我们知道。你的材料是组织部转来，书记亲自批给我俩的，你的问题你自己也应该清楚。”二位主任与黎铧的年龄相仿，年龄大点的主任停下手中的活，不冷不热地对黎铧说。

“那好，那就让我们小和安排好你们的食宿，你们查吧。”

“不用，这些县纪委有安排。我们有规定，初查不和被调查对象接触。”

“那我们就不管你们了。黎局长要上案子，账上有什么事你们叫我。黎局长还给你们带了两条烟。”

和立梅说着话，就试图把烟放在主任坐着的床上。

“把烟带走。”

主任的声音冷得瘆人骨头，“这是违反规定的。”

和立梅只得返身进屋拿走烟。

两个人一路在车上一句话也没有说，直到走进黎铧的办公室，和立梅才用颤抖的声音说："局长，对不起，我的工作没做好，给你惹麻烦了。看这架势是来给你找事的，咱这又发生了这样的大案，这可怎么办呢?"

黎铧在这间不大的办公室里抱着手臂踱了两圈步，抬头对和立梅说："他们要什么，你就给他们拿什么，问什么，你就答什么。不让你管，你就不要去管，全力为破案做好后勤保障。"

"可咱们单位大了，每年支出近千万元，让他们这样翻票据，我怕给你——"和立梅善意地提醒。

"天要下雨，娘要嫁人，随人家去吧!"黎铧无奈地说。

八、财杀情杀

渭北县公安局坐落在县城东大街五十三号，主楼是一座地下两层地上九层近万平方米的雄伟建筑，楼的正面和侧面都是银灰色干挂石材，整个楼方正稳健棱角分明。正面一层楼高的踏步台阶在雕花石护栏的卫护下与镶嵌在八楼正中直径三米的巨型警徽相映，特别是踏步平台上直通六楼阳台的四根直径一米二的圆柱平添了楼的庄严。这四根柱子代表着人民警察的核心价值观：忠诚、为民、廉洁、公正；体现了对全体警察的执法要求：理性、文明、平和、规范；随时提醒从中间大门出入的人别忘记人民警察的四项职责：维护政治稳定、打击违法犯罪、强化治安防范、提升管理水平。

晚上的案情分析会，在六楼的视频会议室召开。在楼层电梯出口的墙壁上，挂着一条镶嵌在镜框里由省公安文联主席、省厅政治部副主任、著名书法家元博先生题写的条幅：警官文化沙龙。楼层布局颇有特色，出电梯进楼道一目了然的除了元博先生的字，就是新旧照片的对比，真实而形象地记录了渭北县公安局几十年来的变革。前人旧房老设备，新人新景新面貌。左手两间为省出版局因为“8·15”假记者案成功告破而捐赠的机关书屋，对面的几间和楼另一端相同位置的几间则是民警书画创作室，楼道的另一半挂满了民警的书画作品，在与阳台相对的区间则是开放的大厅，摆着乒乓球案子和台球桌。大厅两侧的墙壁上布置着两幅几乎占满墙面的摄影作品：其中一幅是渭北县庆祝建党九十周年红歌大赛公安局的参赛合影。那次渭北县公安局毫无争议地拿了一等奖。他们一出场就把观众们都震住了，女民警一袭夏礼服清纯不失威武，男民警春秋装庄严而又典雅，三名武警战士钢枪护旗，乐队和指挥如行云流水，歌也选得很恰切，一曲《人民警察之歌》唱出了他们廉洁奉公的万丈豪情，另一曲《国家》则表达了他们忠诚为民、精忠报国的心声。歌声震耳、掌声雷动，在全体民警心中留下了无比自豪、难以磨灭的记忆。毕竟是登台演出，忙乱之中，还是出了点小差错。演出前黎铧和政委也是坐在台下领导席上的，登台后领导们就互相议论：这局长、政委在哪排站着？可因为着装整齐一时谁也认不出来。

歌声完毕集体敬礼时，由于站位密集又有点儿紧张，站在黎铧身后的乔爱国副局长举手敬礼时一下打掉了黎铧的大檐帽，尽管黎铧从容地捡起帽子重新戴好，可台下还是发出了一阵笑声。

李克俭在台下马上说：“这是这家伙提前安排的，他怕我们大家看不到他，故意让后面的人打掉他帽子。”

一幅照片就是一段历史的印记。

视频会议室在楼道的另一侧，为了便于讨论，会议桌摆成了长方形。见李克俭和谭永远来参加会议，路也宽在主持会议时照例又强调了保密工作，然后就请市局刑警支队的袁顺意政委介绍现场勘查情况。

“现场方位和平面情况大家都了解，我在这里不详细讲了。现场有六个受害者分布在四个位置：冯广乾和妻子郭素秋在鸡舍一侧的苞谷地里，在回头瞬间被锐器击中头部，倒地后又受到钝器击打，现场较为复杂，情形也耐人寻味。在现场提取到了几枚足迹，现正在进行比对；丁素素是在毫无觉察的情况下被钝器击中头部和面部，因为是在路上，足迹相对零乱，能提取到的有价值的东西不多；冯家院内东偏房冯波在脚地遇害的情况比较复杂，脑部受钝器重击，一只脚上套着拖鞋，另一只脚光着，客观分析应该是冯波听到了门外的响动，在下炕的瞬间被凶手击倒。我们除在屋门口提取到了有价值的足迹外，还在冯波被害处提取到了关键的一枚足迹，经过鉴定分析，这枚足迹是作案时留下的，就是凶手留下的足迹；冯志强老两口在正房的炕上是在熟睡中遇害的，也是被钝器击打面部致死，丁素素听到的咣咣声应该就是老人遇害时的声响。在作案现场提取到一件镢头，当地叫宽刃板镢，可以初步判定为作案工具，其提取的血迹和其他脱落物、依附物已经送检；因为咱们的警犬对当事人陈文光反应异常强烈，我们同时也采集了陈文光掌纹和指甲缝的遗留物和衣服上的血迹，一同送检。通过对尸体胃溶物的检验，可以确定六人的被害时间应该在晚上十一点半至十二点半之间。综合分析，我们的初步结论是，在子夜时分一人作案，可排除财杀，但不排除情杀。”

“下面请审讯组发言。”

杨毅接过话筒说：“根据警犬的强烈反应，我们把陈文光列为重大嫌疑对象，围绕着陈文光的疑点的确很多，但也有许多不合情理之处。一是假设陈文光是嫌疑人，那他作案后为什么不跑？二是陈文光虽说是农民，但他瘦骨嶙峋，身体很是单薄，他能否在这么短的时间内完成如此残忍的杀戮？三是听陈文光的语气，冯广乾一家对他很好，那么陈文光杀人的动机是什么？基于以上三点我不主张对陈文光加大审讯力度，我们要吸取当年审讯李蒙的教训。”

路也宽见杨毅讲完了，接着就点黎铧的名：“黎铧，你说说吧。”

黎铧首先感谢省、市公安系统领导对渭北县公安局的关爱和支持，感谢县委、县政府的厚爱和关怀，感谢上级刑侦、技侦、网安部门的鼎力相助。然后就汇报了全天的工作情况：“今天我们重点调查走访了冯广乾的左邻右舍和近亲属，还有就是前埠村一组的群众，也重点了解了陈文光老家的情况。从走访调查情况看，群众普遍认为冯广乾一家忠厚实在，也没有发现与谁争长竞短，对他们家的遭遇都深表同情。陈文光老家在离前埠村七八里地的东河滩村，他的父母多年前就去世了，两个弟弟长年在外打工，听说成家了，但多年也没有回过东河滩村。他本人二十四岁那年和相邻的田七秧村田秀妮结婚，婚后育有一子一女两个孩子，后来因为感情不和离了婚，和前妻子女从来没有过来往。离婚后在泾滨县打过几年工，帮人在塑料大棚育苗种菜，回来后就在冯广乾家帮工，有五个年头了。我们一边走访一边行动，已经拘留了四个与冯波有来往的吸毒人员，正在加紧审讯，看能不能挖点情况。明天要重点围绕冯广乾、冯波父子俩最后半天的活动和通话重点开展工作。县局刑警队的同志绝对不能懈怠，要做过细的调查走访，不放过任何疑点，谁发现线索咱们重奖谁。”

“组长们都汇报完了，看组里的同志还有什么补充的没有？有要补充的随时可以说。”

见没有人发言了，路也宽便问李克俭和谭永远：“书记、县长你们有什么说的没有？”

李克俭和谭永远简单交换了两句说：“我们没有什么可说的，感谢大家，我们会搞好后勤，全力以赴支持你们。”

“现在请省厅刑侦局的霍俊副局长讲话。”路也宽继续主持。

霍俊拿起话筒开门见山：“咱们是案情分析会，我这里就不客气了。我讲第一点：我们必须重视‘5·29’案件的侦破。渭北县局今天反应迅速、措施得力、处置妥当，为我们侦破此案奠定了一个良好的基础。渭北县委、县政府高度重视，今天在稳定群众情绪、灵活应对媒体上给了我们很大帮助。特别是今天晚上书记、县长都来参加我们的案情分析会，这在我们省公安工作历史上应该还是首次。省委主要领导也有批示：公安机关积极开展工作，尽快破案；华南市和渭北县要重视矛盾纠纷排查化解，进一步做好社会治安综合治理工作。具体批件省厅牛副厅长和刑侦局师局长会给我们带过来。六条生命啊！就这样残忍地被杀害了。今天我们有个别同志在现场疲疲沓沓的，面露微笑，这是极不应该的！我要强调的第二点是：必须做过细的工作。这个案子我们要做好零口供的准备，这就要求我们现场勘查要细之又细，慎之又慎，现场物证从提取程序到检验、鉴定都必须无懈可击；对现在掌握的嫌疑对象绝对要掌握政策，不许逼供、诱供，更不许体罚和变相体罚，要让证据说话；走访调查更不能带框框，要重点围绕冯广乾、冯波父子俩，排除一切疑点。我对今天大家的工作不满意，这么重大的杀人案件，我们还用一般刑事案件的态度来对待，这是绝对不行的，这就是我要讲的第三点：此案必须破，我们没有退路。可能有个别同志今天听到了，黎铧局长给群众郑重承诺：案子破不了，他卷铺盖走人；刘长河局长对路也宽局长的指令是：案子破不了，你不要回来。在座的大多数同志没有亲历，但也许听说过，十四年前，就在离今天发案地不超过十里的陈家村，村民陈社会一家四口被杀，案子没有破。我和路也宽局长、杨毅支队长、县局的铁英副局长整整工作了半年，也确定了几个嫌疑对象，还把一个嫌疑人送到了诉讼阶段，可案子最终没有破。这不光是咱们省厅的耻辱，也是你们市局的耻辱，更是你们县局的耻辱，当然也是我们个人的耻辱。就在这不超过十五华里的范围内、就在这十五年内，就在这个地方从杀四个人到杀六个人，我们如果还破不了案，我们怎么对组织、对群众有个交代，对我们的职业生涯有个交代……”

霍俊副局长显然动了意气，自己几乎都说不下去了。会场上一时鸦雀无声，气氛一时颇为沉重。

路也宽赶快总结说：“今天晚上的案情分析会开得非常好。我要强调的是，渭北县局今天值得表扬，但明天仍要认真走访排查，弄清所有的细枝末节；现场勘查组一是尽快拿出检验和鉴定结论，二是明天再次勘查现场印证今天晚上的分析；审讯组对传回来的那几个和冯波有联系的吸毒人员加大审讯力度，看能不能掏点干货。霍局长刚才强调的非常重要，没有经历过的人没有触动，我们几个提起来心就疼、心就滴血，不说了，谁还有啥要说的？没有了就散会。”

九、往事如烟

当初建造指挥中心业务楼时，黎铧就把整个五楼设计成了指挥中心。最东头是他的办公室，两间办公套间寝室也就多了个厕所。占面积大的是110报警服务台和应急指挥室，各占三间又自成一体，中间用玻璃隔开，拉上帘子是两个空间互不影响，拉开帘子能从应急指挥室看到110的监控平台，对现场情况一目了然。其他的是秘书科、综合办公室、信息研判室、文印室、台长室、值班室、休息室，最西边和局长室同样布局的是接待室，原本就是为前来指导工作的上级领导预留的，现在还真派上了用场，因为要指挥审讯，华南市公安局刑警支队的支队长杨毅就住在了这里。

当黎铧敲门进去的时候，杨毅已泡好了两杯茶，黎铧也不客气，端起一杯就喝，嘴里还问："真给我泡的?"

“不给你还是给谁的？我算准了你送走书记、县长和省市两位局长就得来我这里。喝吧，想问什么尽管问。”杨毅胸有成竹地说。

“不愧是华南神探，你们几个反复说‘5・23’陈社会案，陈社会案到底是怎么回事？”黎铧坐在沙发上拉开架势问。

“陈社会是咱们渭北县龙泉镇陈家村人，陈家村离前埠村不超过十里。”杨毅说着走到墙上挂着的渭北县网格化治安管理防控图前说，“看，就在这里。”

黎铧走过去仔细看着。

“坐下吧，看啥呢？也就是个黑点。唉——就是这个地方，十四年前把我们折腾惨咧。”

案子是2000年5月23日早晨发生的，所以叫“5・23”案件。案发地在陈家村陈社会家低矮的房子里。陈社会一家在陈家村比较特殊，他们祖籍好像是在甘肃甘谷一带。在三年困难时期，他父母要饭流落到了陈家村，在别人废弃的土窑洞里安了家，也是在那孔土窑洞里陈社会出生了。也不知是遗传还是别的原因，陈社会在五六岁的时候得了大骨节病。尽管陈社会家那时已经正式在陈家村落了户，村上也照顾他们，全力为孩子看病，村子里的“赤脚医生”土洋结合想尽了办法，救治的结果是生命无碍，还保住了一条腿，可另外一条腿细得像麻秆一样，永远成了拐子。身高也受到了影响。陈社会还算聪明，高中毕业后，在村小学代了几年课，在这期间和邻村一女孩成了家，那女孩人长得还算眉清目秀，可身高连一米五都不到，走路像鸭子一样摇来摇去很不好看。绰号就叫“半截人”。父母之命媒妁之言，金花配银花西葫芦配南瓜，陈社会尽管心比天高，能说会道，但看着病恹恹的父母，他也只有认命了。结婚不久父母就相继去世，又因为合并学校，他也丢了代课教师的饭碗。恰好农村信用社成立，需要信贷员，陈社会能写会算，成了理想人选。那时候农村信贷要入户上门服务，陈社会腿脚不方便，可车到山前必有路。他先是骑着个除铃不响、其他乱响的破自行车，不几年又淘了辆破摩托车，他倒也心灵手巧，一番擦洗鼓捣竟也像模像样，就是骑起来声大烟多，有时还会把他撂到半路上。为了解决燃油费用，他又兼职邮政局的乡村投递员。陈社会在相公镇和龙泉镇一带还成了人物。虽然略显低矮，但他总算是告别了土窑洞，盖起了两间单面房，一间住人，一间做灶房。他和他的“电蹦子”每到一村，孩子们都羡慕地跟着乱喊乱嚷，农村妇女看他的眼神也有点儿放光。特别是他先后有了一女一子两个孩子之后，他还真成了有些农村青年妇女的偶像和男神。这主要是因为他的两个孩子，俗话说龙生龙凤生凤老鼠生子好打洞，可这句俗话硬是叫陈社会给颠覆了。姐弟俩相差两岁，用金童玉女来形容一点都不过分，打从会走路起，穿着红兜兜在路上跑，就爱煞了村里人。到能上学了，又显出另一种风采。女儿叶子如七仙女下凡，就是和城里孩子相比，也是少有的清秀漂亮，儿子臭蛋虎头虎脑也是招人喜爱。陈社会在十里八乡也传出了不少绯闻，谁也没有意识到，会有一场灭顶之灾降临到这其乐融融的四口之家。那个五月的早晨，是渭北高原上再平常不过的一个早晨，小麦、油菜和早苞谷叶的清香混合着桃李杏的涩酸味，使原野生机勃勃，特别是满坡遍野的槐花和蜜蜂的嗡嗡声，使沉静的早晨春光明媚。最早发现陈社会家出事的是几个小学生，见陈社会家照例开着门的学生们站在路上大声喊：

“叶子，臭蛋。”

“快点，该走了。”

孩子们叫了好几声都没有人答应。

“咦，他们家应该早有人起来了，怎么不吭声呢？”

臭蛋上二年级，同学都比较小，叶子上四年级，同学相对比较大，于是结伴进房间去叫叶子。

“妈呀——”几个孩子惊恐地退出屋子，凄厉地喊叫：“快来人呀，叶子家失火了。”

“快来人呀，臭蛋家失火了。”

很快，附近的村民就赶了过来，都提着水桶或端着脸盆。其实明火早没有了，只是有烟，呛得人进房睁不开眼。随着几十人次不住地往里面泼水，烟也很快散尽了。大家看到陈社会屋里的东西都烧光了，一家四口全死在了炕上，已经不成模样了。全村人都蒙了，想起两个聪明可爱的孩子不由抹起泪来，女人们干脆号啕大哭。哭够了才想到报警。等杨毅和铁英带着刑警队的同志赶到现场的时候，现场已经一塌糊涂。房间内烧得面目全非的物件已经被好心的群众“抢救”到了门外边，已近炭化的尸体被水浇得湿漉漉的不说，还被挪动了位置。杨毅立即安排人封锁现场，同时让刑警队长铁英带人去调查走访。他则给局长、政委和县委、县政府、省市公安机关汇报了发案情况。很快陈家村就成了热闹地方，警察来来往往不说，各级领导出出进进，由局长、政委陪同着，来必去现场。现场本来就没有价值，杨毅也懒得去挡，他把主要精力放在了尸检和现场遗留物的鉴定上。结论很快出来了，陈社会一家是被人用钝器击打头部，死亡后被浇汽油焚尸的，凶手是和平进入、就地取材，凶器是陈社会老婆平时用的镢头，这把镢头比常人用的把儿要短，在陈社会家低矮的房间里正能挥开，镢头把儿已经被烧坏，提取不到有价值的痕迹。人为纵火时的汽油也是摩托车油箱里倒出来的，可惜救火的人把所有的东西弄得面目全非，已经提取不到有价值的检材了。更让杨毅欲哭无泪的是，他将省市公安厅局刑侦技术部门艰难工作推理判断出的情况报告给局长和政委后，他们毫无保留地连细节都讲给了前来督战的领导，更要命的是就在现场，当着那么多群众的面。连侦查员都不了解的案件细节，群众竟然知道得清清楚楚，所有的苦果只有杨毅和铁英来咀嚼了。媒体铺天盖地地争相报道着“5·23”案件，那本来就是个闲得蛋疼的年代，年初就曾为是否“千禧”争得不亦乐乎，那时在整个西北坊间流传着这么几句话：情商报、羊肉泡、八宝双喜、避孕套被誉为新“关中四宝”。羊肉泡是风靡西部的传统美食；避孕套在那个开放得到处可以寻欢作乐的时代，成了神女猛士的必备之物；八宝双喜是一家医药公司研制生产的火上浇油推波助澜借风吹火之药，多年后被查封，成分不过是传统几鞭加点西洋“伟哥”粉，可在那个“千禧”之年，被吹成了壮阳神物。这就要感谢那个应运而生、善于煽风点火堪称精神春药的“情商报”了。原本只是为了给“八宝双喜”做广告自办发行的一张小报，没几年时间竟因为针砭时弊臆造传奇风靡了整个西北，还和传统美食羊肉泡齐名，且位列“关中四宝”之首。发生了一个“5·23”案件对“情商报”来说，就像是蚊子见了血，先是“第一现场”，在案件未破的情况下，把中心现场的细节暴露得清清楚楚，接着是“疑点访谈”，邻居、村民、老师、同学、同事、朋友、领导、警察、专家学者，见谁问谁，断章取义生拉硬扯，案件稍有突破，立即闻风而动大肆演绎臆测，吸引读者眼球；见案子迟迟未破又来了个“冰点探秘”，今天编造陈社会私吞存款、昧人钱财，储户不忿怒杀其全家，明天又编造出陈社会妻子与人偷情，被奸夫的女人雇凶杀人，后来说得更离奇，言叶子、臭蛋本来就是玉皇大帝座前金童玉女，玉帝在收回他们的同时，令雷公毁了他们的肉身，当然也会殃及他们的父母。再后来还弄个系列“深度报道"，又是指责渭北县社会治安综合治理工作措施不落实，又是指责渭北县公安局工作不力，弄得各级领导非常恼火，各级都批示要尽快破案，有人还批示限期破案。渭北县公安局的局长、政委天天开会、天天分析、天天发火骂人，会一开就开到深夜，谢天谢地谢神灵，总算是排查出了一个犯罪嫌疑人李蒙。

李蒙和陈社会一样也是外来户，李蒙的父母比陈社会的父母在陈家村落户还要早，只是因为陈家姓陈和陈家村很快融为了一体，陈家村人几乎都忘记了他们是外来户。可李蒙在陈家村落户已经是第三代了，陈家村人始终视他们为外姓之人。也不全是因为姓氏的问题，李家在村头也有三间房，和村里所有人不同的是他们家有院墙、有院门，还有一个高门楼。从他爷那代起就不常在村里住，在城里倒腾小生意。陈家村附近满是山核桃、野杏、野酸枣和野桑葚，李蒙在父母去世后主要就靠在城里摆摊卖这些过日子。虽然没有发达，但把人混得倒是光光鲜鲜的。那年李蒙正好在城里给妻子盘了一间门面房，准备专营山货和米面油。谁家有红白喜事他连头带身子帮忙，乡邻城里有事他也跑前跑后，但大家并不待见他，主要是这个人嘴不好，那一张烂嘴就像个破喇叭，不分场合地点，也不管时间，一味地为了显摆自己见多识广乱说一气。他之所以能被纳入陈社会案的嫌疑范围，主要就是因为他那张嘴，他把凶手的进出路线、作案过程、心理活动说得活灵活现、如临其境。情况摸上来后，局长和政委当即决定：重点围绕李蒙进行工作。（事实上再也确定不下重点人），不做不知道，一做吓一跳。首先全村人都认为李蒙不实在，有人说他在外面"日鬼捣棒槌，不知道在干啥呢"，有人说他"从小卖蒸馍，啥事都经过，嘴里没实话"；再深入调查，有人说李蒙从小就与陈社会不睦，主要是嫉妒陈社会家和村民融洽，嫉妒陈社会有一双乖乖儿女；在城里调查，李蒙确实在街上盘了一间门面房，虽然很小、很偏僻，但也花了三万元，着实让李蒙出了一身水。在当天晚上的案情分析会上，侦查员们都异常兴奋，都快两个月没有回过家了，大家都盼着赶快让案子有所突破，好进城冲个澡，换身衣裳。局长一锤定音：加大审讯力度，以求使案件有质的突破。这李蒙从小娇生惯养，从未干过重活，在城里做小买卖养得细皮嫩肉的，被传到公安局一坐上安全椅就蒙了，但他毕竟知道轻重，这可是灭门惨案，认了就是杀头之罪呀！咬牙硬挺了两个晚上，公安局也没有问出个所以然来。第三天，他被带进了很宽敞、很静的一间屋里。他进去时里边已并排放着两张桌子，桌子上放满了精密仪器。他被安排坐进了桌子前的一张特制专用沙发椅上，很快就像在医院做心电图检查那样，手腕和脚腕上缠绕着许多电线，在他的心脏、脑门等部位也固定了听筒似的东西。他实际上是被固定在了那张椅子上，但并不难受，相反还很舒服。安顿好他之后，押解他的警察就退了出去。李蒙正在猜测这是要干什么，桌子后面坐着的一个人问他：

“你是叫李蒙吗？”

“我叫李蒙，你们是啥人，要做什么？”李蒙一边急切地问，一边用骨碌乱转的眼睛观察着。他能看到的只是设备后面的许多连接线和桌后那两个像大夫一样穿着白大褂的人。其中的一个人用温和的目光看着他、用平和的语气和他说话：

“你放松，不要太紧张。这个仪器我们叫它心理反应测试分析仪，也就是常说的测谎仪，是很科学的。在我问你问题时，你只需要回答我是或不是就行了。”

接下来的测试还真的很平和，刚开始李蒙还高度戒备，生怕对方会有意套他的话，可听着听着就真放松了，人家像拉家常一样问他的出身家世，问陈家村的村风民俗和生活状况，也问到了陈社会家的情况，似乎也不刁钻，比如：

“你讨厌陈社会一家人不？”

“你讨厌陈社会不？”

“你讨厌陈社会他老婆不？”

“你讨厌陈社会的两个孩子不？”

“陈社会一家被害是半夜不是？”

“陈社会一家被害是在前半夜吗？”

“是在后半夜吗？”

“陈社会一家是被人用刀刺死的吗？”

“是用斧子劈死的吗？”

“是用镢头砸死的吗？”

“陈社会家失火的汽油是从陈社会摩托车里倒出来的吗？”

“是用打火机点的火吗？”

“是用火柴点的火吗？”

“是先砸死陈社会的吗？”

“砸死孩子是怕孩子认出来吗？”

李蒙心想，这警察挺贼的，问这些问题还不一口气问到底，把这些问题放到那些家常话里猛不丁地问一句，还让我回答“是”或“不是”，像这“砸死孩子是怕孩子认出来吗”，我能回答是或不是吗？你们也太小看我李蒙了。对那些会把自己绕进去的问题，他都坚决地回答：“不知道！”测试结束后，他想从那两个人的表情上看出结果，可他看到的是不置可否。专家们经过近两个小时的分析讨论，最后共同的结论是“被测试人对作案动机、作案方式和过程、作案工具，在心跳、血压、体温等方面皆反应强烈”。

到了晚饭时，一个性急的预审员给他拿来几个肉包子，等他吃完了，预审员用无限悲悯的语气对李蒙说："吃吧，吃饱了好好说，再甭抵赖了。人斗不过科学，你怎么因为嫉妒陈社会而劫财杀人，用陈家的镢头砸死了陈社会一家，又浇上陈社会摩托车里的汽油划火柴纵火焚尸，我们都已经搞得清清楚楚，好汉做事好汉当。"

从那时起李蒙就真的蒙了。

"口供很快就拿下来了，直接证据没有，就那么个人所共知的现场，公安局没办法，检察院也没办法，毕竟是灭门惨案，毕竟有口供，毕竟是十四年前，李蒙很快就被批准逮捕了，'5·23'案件宣布成功告破。"

"这就算破案了?"黎铧吃惊地问。

"你这么问，我当时也这么问。可狠狠地被局长撅了一顿：你是刑侦副局长，你给我抓凶手去。没有，没有你还是先把李蒙身上的疑点弄清楚吧。"

"来，给咱换点茶叶吧，都没有味道了。"

可不是嘛，两个人说着话喝着茶，不知不觉已经续过好几茬水了。黎铧起身重沏了两杯茶，同时问杨毅："那，案子怎么到法院又翻了?"

"刚才给你说过，检察院批捕就很勉强，是不得已而为之。其实就在咱们这个环节，咱们也不是很放心。有一次给李蒙换了监舍，铁英去原监舍看了看，回来跟我说李蒙用指甲在墙上写了两行字，我过去仔细一看，写的是：不怕天不怕地，就怕公安高科技；渭北警察太无能，抓不住真凶害李蒙。我立即安排提审李蒙，李蒙对咱们什么都不说了。等起诉到了法院，李蒙立即就翻供了。直接证据一点没有，肯定站不住脚，检方拿测谎结果证明口供，律师辩驳说案发地的群众都知道中心现场这些细节，测试谁都会有强烈反应，这根本就是无效证据。法院审完后告诉检察院，要么撤诉，要么他们将对李蒙做无罪判决。检察院只得撤案做存疑不诉处理。”

“唉！咱给人家检察院也惹了个麻烦。”

“可不是嘛，听说李蒙现在还时不时地到上级检察机关上访呢。你没听你们检察长今天说他们要提前介入呢。走，又碰上个姓陈的，咱俩也去会会他。”

两个人说着话来到了办案中心。

十、不堪回首

办案中心在整栋楼的负一层和负二层，负一层楼后门有两个，西边的一个门做应急通道用，平时锁着，钥匙就挂在情报中心的墙壁上。东边的门就在电梯间，门正对的是看守所的 A 门。过电梯间进楼道左手几间是看守所的办公区，右手楼道设有密码的门上面有四个黑体字写着：办案中心。字的每个笔画都如同用黑色的砖石堆砌而成，既生硬，又威严，丝毫没有圆通的余地。因为电话联系过，已经有人在门后等着黎铧和杨毅，径直带他俩进了指挥室。这是较大的两间房间组成的空间，最里边是操作平台和相对放置的两个办公桌，进门靠外侧是一个能坐二十人的椭圆形会议桌，会议桌相向的东侧墙壁上是能升降的投影幕布，北侧的墙壁上挂着两个硕大的电子显示屏，其中一个被打开的显示屏上，可以看到审讯室的所有情况，连里面人的哈欠声也听得清清楚楚。有几个警察正和坐在椅子上的陈文光有一句没一句地聊着天。本来给陈文光办理的是监视居住的法律手续，可陈文光无家可归，警察只能带他到局里。一旦现场鉴定结论对他不利，他马上就会被刑事拘留，那陈文光就只能坐在安全椅上接受讯问了。见陈文光精神尚好，黎铧问杨毅："不能加大点力度？"

"不能，绝对不能！"杨毅回答得很坚决，"我可不愿看到第二个李蒙。"

"那也只能这样了。"黎铧说着叮咛带班的中队长："无论是哪个值班人员都不许睡觉，盯死看牢，按杨支队的安排，能问多少是多少，不要勉强。重点是看好人。"

"你上去吧，我给他们审讯组再开个会。你睡一会儿吧，你肩上的担子沉。"杨毅关切地跟黎铧说。

"好，你也早点休息。你看都几点了，还开会。"两人同时看表，都怔住了，原来已经凌晨两点多了。

"已休息的人就不叫了，我就给这几个人开会，你快上去吧。"杨毅果断地说。

黎铧上楼的时候，正碰上警务保障室的民警给审讯组送方便面，黎铧心说还是纪楠政委想得周到。

回到办公室的套间——自己的寝室里，黎铧躺在床上反复在想：这陈文光到底是个怎样的人呢？

其实黎铧和杨毅是被陈文光的表面现象迷惑了，陈文光此刻很困是事实，但他并未打盹儿，他竖着耳朵在听警察们说什么。他对一切都无所谓了，他不知道自己是男人还是女人，是活人还是死人，他甚至都不知道自己是不是人。噩梦是从父亲去世开始的，埋葬了父亲也埋葬了他们哥儿仨快乐的童年，也埋葬了他们娘儿四个的依靠和希望。父亲在时，母亲只是傻傻地笑，父亲让她洗头她洗头，让她洗脚她洗脚；父亲不在了，母亲真好像“瓜实了”，头不梳脸不洗，一天到晚坐在村口发呆，见人傻傻地笑。冬夏春秋就穿一条裤子，裆烂了，肉就露出来了，又是不该露的地方。陈文光好可怜，既要读书，又要照顾母亲和弟弟。好在陈文伟也大了，能帮上他了。生产队每年照顾几百斤粮食倒也够吃。使陈文光最难为情的是同学取笑他：

羞羞羞
把脸抠
抠个渠渠种豌豆
人家豌豆打一石
咱的豌豆打一马牙罐
……

女同学常常还用指头在脸上做着抠的动作，学生娃不知深浅乱喊乱叫的。陈文光不光是害羞还有点儿怕，起先他还不太明白，不知道自己怕什么。可慢慢就清楚了，可清楚后更觉得怕。每当有女同学对着他“羞羞羞”的时候，他先攥起来的是拳头，可不自觉地裤裆下就鼓起来了，硬得难受。再看女同学一个个鲜得像嫩桃，他怎么还能打得出手。更不应该的是，晚上睡不着觉或早上醒来时，想到村里的成年男人都用贼一样的眼神瞄着他母亲破开口的裤裆，那些像花蕾一样的女孩子正为了这个羞辱他，他除了愤怒和悲伤，还会有一种说不出的感觉和躁动。他用自己的手握着自己胀痛的男根，有说不出的恐惧和惭愧，一种耻辱心和犯罪感油然而生。是啊！雪落的声音谁听见过，花开的声音谁听见过，冰融的声音谁听见过？同样青春的步伐也是那样轻盈和灵巧，她不管你是富有还是贫穷，也不管你是春夏还是秋冬，高贵也好，猥琐也好，残酷也好，快乐也好，该来时她无论是笑靥如花，还是泪流满面，都会悄然而至。其实生命是一个过程，喜与悲就是一种感觉。

屋漏偏逢连阴雨，不如意的事情接踵而来。先是联产承包、再是分田到户、最后干脆彻底分地到人。分田、分地、分牲口，连砌好的水渠也被剁成几十截分到了个人名下，谁还管能用不能用呢。把公社改成了乡，把小队改成了小组。对别人也许没有什么，可对陈文光家就几乎成了灭顶之灾。最现实的问题是，队上多年来当作抚恤费发给他们娘儿几个每年几百斤的粮食没有了，吃饭立马就成了问题。有一天文光放学回家，因为要做饭，他走得很匆忙，可是被村南头二牛叔他爸十三爷叫住了。二牛叔比陈文光他爸小几岁，有个儿子原来和文广同学，分田到户后被二牛婶带到城里上学去了。也不知二牛婶在城里做什么，只是每次回村里来都把自己收拾得光光鲜鲜的。村里有人悄悄议论说，二牛婶在城里做“鸡”，陈文光还纳闷：这“鸡”怎么做呀。近一年都没有回来过了，十三爷和二牛叔日子也过得凄凉。

“文光呀，爷跟你说，给家里买上几只奶山羊吧，你妈再不会干其他农活，放几只羊还是能行的，她也能散散心。咱河滩地水草好，羊也饿不着，有羊奶喝，娘儿四个也好往前过。看这世道又成了各人顾各人了，没队了，也没有人拉扯你们了。”

“爷说得对，我星期六就去买，到时爷你也去帮我看看。”

和十三爷说好，陈文光跑步回家做饭。后来羊买回来了，是六只，一只公羊、三只母羊、两只羊娃娃。还真别说，自从买了羊，母亲精神好多了，不管春夏秋冬晴天雨天，她都赶着她的几只羊，虽然还穿着破裆裤坐在塄坎上，但眼神再也不那么迷茫和空虚了。那傻傻的笑似乎也有了内容，充满了希冀和向往。原本惨白的脸，在羊奶的滋润下有了生命的血色，头光脸净时，竟泛出成熟妇女的美丽光彩。看着像竹竿一样年年蹿高的孩子和肥硕壮实的山羊，母亲终于焕发了她母性的灵光。世界上只有不孝的儿女，没有丑陋的母亲。母亲再落魄、再无能、再软弱都是伟大的母亲，要是没有那年秋天那场变故多好，他会为母亲养老送终，他也会有自己心爱的女人，也会为自己生下传宗接代的儿女。

那真是一个非常要命的初秋。

那天下午，初一学生陈文光为了躲避同学的羞臊，坚持在教室里做完了所有作业，最后一个走出了教室。晚上时间充足，他不必急着赶回家去做晚饭。他一路听着蝉鸣，优哉游哉地向村里走去。正是收获的季节，渭北梨挂在枝头黄亮黄亮的，让人禁不住想去吞一口，苹果摘去了套袋正在上色，那种纯净的处女绿就要变成风情万种的羞涩红，还不知蕴含了多少的天崩地裂和海枯石烂。太阳就要落山了，辛勤的乡亲们都离开了庄稼地。原野里秋风习习，连蝉鸣都显得那么温婉动听。走在半道上，陈文光看到自家的羊在河滩里悠闲地吃草，看见羊，陈文光不由得羞臊起来。前几天，有一只母羊不好好吃草，转着圈咩咩地叫唤着，他怕是羊生病了，连忙叫来了十三爷，十三爷提起羊尾巴看了看，嘿嘿地笑出声来：“小子，得给羊去搭羔了。拉上羊到乡上配种站去，那里有种羊呢，人家知道怎么办。”陈文光拉着羊到乡上配种站，交了钱就把羊交到配种员手上，好奇地随配种员来到配种架前，只见配种员拴好他的羊就拉来了膘肥体壮、几乎有他的羊两个大的种羊，两只羊头碰头嘴挨嘴地蹭了蹭，种羊随之从头到尾地嗅着他的羊，还把那流着水的嘴拱到他的羊的尾巴下，而他的羊竟也出奇地翘高了尾巴，高大的种羊突然急切地跃起前腿骑上了母羊的身。一小会儿后，配种员说："好了。"

"这就行了？"他接过羊缰绳，心跳口颤地问。

"行了，过几天看一下，要是没搭上，我给你重新种。"配种员负责地回答。

牵着羊往回走，路上一个人都没有，初秋的天气已经有了寒意，秋阳就异常温暖和可贵，晒在人身上就像羊蹭到人身上一样温润舒适。想到羊，陈文光又不由自主地向羊望去，一种睡梦中出现过的欲望强烈地提醒着他来完成某个动作，这个动作会给他带来从未有过的快感。在一个稍微背人但向阳的塄坎下，陈文光扔掉羊缰绳任由羊去吃草，他依着塄坎躺下身去尽情地享受着阳光的温暖和用手摩挲的舒坦。突然一种他难以自持的快感充溢了他的全身，他完全忘记了他是谁，他在做什么。在懵懵懂懂和手忙脚乱中陈文光完成了他雄性生命的一次飞跃。从那天以后，他再看到女同学的时候就会有反应。岁月是人生最好的老师，它会在不经意间教会人们一切。青春是与诸多个自己的相遇。有明媚、有忧伤、有华丽、有窝囊、有缜密、有冒险、有柔软、有倔强、有理性、有彷徨，重要的是一直在成长。有时候，成长并不是一个过程，而是在刹那间。

那次之后，陈文光更知道照顾他妈了，他不光为妈洗衣做饭，更知道体贴疼爱他妈了。

羊在这里，妈肯定也在这附近。陈文光想着就向四周找寻。路边都是果园，果园深处有一块苞谷地，苞谷已经挂线，剥开外皮里面是嫩白的苞谷。刚走到苞谷地边，陈文光就听到了轻微的响动，他怕有野物出没，折返身在果园里拾了根手腕粗的树棍拿在手中，猫着腰钻进苞谷地里。他很快就看到了声响的出处，好奇而惊惧地趴下了身，他看到的是四条腿纠缠在一起，陈文光知道了这对男女在做什么，陈文光认出来了是二牛叔。陈文光惊得差点跃起身来，躺在二牛身下的是他的母亲“瓜秀秀”。陈文光一时不知该怎么办。当看到母亲似乎在主动搂抱二牛叔，迷离的眼神表露出难得的满足时，陈文光决定悄悄离开。妈虽然傻，但总归是妈，他不能让妈知道他看到了这些。可就在陈文光缩身离开之际，二牛却干了一件该死的事情，他坐起身来顺手剥了一枚苞谷，嘴里嘿嘿坏笑着，将苞谷插进了他刚才寻欢作乐之处。陈文光哗的一下血上了头，他分明看到母亲在痛苦地扭动着身子。他毫不犹豫地举起手中的树棍向二牛光背上抡去，二牛一声痛苦的喊叫，回过头来见是陈文光，还没有等陈文光再次举起棍子，就一掌劈倒了陈文光。嘴里一边骂着一边没轻没重地踢打着陈文光，看到仰面倒地的陈文光裤裆处高高顶起，二牛恶狠狠地一脚踩了下去，陈文光惨叫一声昏死了过去。气恼的二牛还不住脚地乱踢乱踏，直到陈文光他妈扑过来抱住他的腿，二牛才骂骂咧咧地穿好衣服扬长而去。待陈文光醒来时，他已躺在母亲怀里，妈在手足无措地哭着。陈文光挣扎着站起身，两腿中间男根部位撕心裂肺、火烧火燎地疼，腰像是被抽了筋一样稀松酸软，使他每挪动一步都踉跄一下。天已经黑成了麻眼子，河滩里的蛙鸣声嘶力竭的，悲怆而又凄凉。高挂中天的月亮送娘儿俩牵着他们的一群羊，回到他们的窑屋。懂事的陈文伟已熬好小米稀饭、馏好了馍，陈文广趴在炕沿上写作业。见他们回来，两个孩子齐声喊叫：“妈，哥，你们怎么才回来。”

“文广，关羊去。文伟给妈弄饭吃。”陈文光说着挪进屋，两脚耷拉地把自己丢在了炕上。

晚上陈文伟收拾完毕，安顿着母亲和陈文广在另一窑洞里睡下，才回到陈文光身边，边脱衣服边问不住痛苦呻吟的陈文光：“哥，你今天是怎么了？”

“我摔了，我摔坏了腰。”陈文光回答弟弟说。他想清楚了，这件事不能对任何人说，因为这里面牵扯到他的母亲。东河滩的夜并不宁静，青蛙和蛐蛐长一声短一声的相互应和着，秋风乍起，吹得树枝和秋庄稼唰啦啦地响，在清冷的月辉映照下，陈文光长一声短一声地呻吟了一个晚上……

第二天陈文光怎么也起不来床了，他勉强喝了一碗羊奶，就继续呻吟着蒙头大睡。陈文光就这样迷迷瞪瞪、晕晕乎乎地睡了一个月，他的男根起初肿得像个小损瓜，后来就慢慢变成了青紫色，到他能起床时就恢复了本色，但也如同他整个人一样，软绵绵的，明显大病一场。从他不能起床的第二个星期起，他妈就彻夜守在他的床头，陈文伟见此就搬到另一孔窑洞和陈文广住。在那几个疼痛难忍的不眠之夜，陈文光的心里充满了对二牛的怨恨，狗日的二牛你也太毒了，你本来就干了不该干的事，你还这么狠地打我，我跟你这辈子没有完！陈文光咬牙切齿地想。可当十三爷来看他时，他却只字没提二牛叔，只是说自己不小心闪了腰。随着身体的康复，他已经慢慢地淡忘了仇恨，几乎要原谅了二牛叔，毕竟自己那一棍子也抡得太狠，又是在那样的场合。可有一件事让他难堪而又纠结，有一天晚上他从梦中醒来，朦胧中看到母亲举着煤油灯在看他的裆部，因为燥热疼痛，他睡觉时已脱光了衣服，第一次他闭上眼睛艰难地挪动了一下身体，半个月后又一个晚上，他醒来时就坐起身来，接过嘿嘿傻笑的母亲手中的灯，哄着母亲去睡觉。在炕上坐了半夜后，他强迫自己起床下炕，开始正常的生活。病了一场的陈文光再也没有去学校，他就这样结束了他的初中学习生活。他打理着分到他们娘儿四个名下的庄稼地，成了一个真正意义上的朴实农民。他有时也心有不甘，会不自觉地走到学校门口，听到学生的朗读声还有点儿冲动，可看见昔日的女同学竟没有一点激情了。如果生活就这样下去，陈文光就注定是一个称职的农民了，侍奉母亲、供养弟弟、娶妻生子。可悲的是他起床尚未到半个月，母亲突然去世了。那是没有任何先兆的一天，吃过早饭，母亲穿着夹袄照例去放羊，陈文光背着背篓去掰苞谷。成熟后的苞谷秆和叶子成了土黄色，秆顶的花白中泛灰，秋风一吹，叶子唰啦啦地响。丰满的苞谷肥硕而坚挺，自豪地担负着成熟的责任。陈文光从地头开始飞快地掰下苞谷，看都不看就挥手扔进他背后的背篓。等掰满一背篓后，他会背出去倒进地头的架子车上。就在他这样重复动作将要一大晌的时候，有人来到地头急切地叫他：

“文光、文光，快去看，你妈怎么倒在了我们苞谷地里。”

文光放下手中的活，穿过一片果园跑进了另一块苞谷地。他的母亲果真躺在一片倒下的苞谷秆上，怀里抱着一枚剥开皮的黄灿灿的大苞谷。陈文光一边喊叫着，一边俯身抱起妈走出苞谷地，他的心不由一动，这正是一个半月前让他羞愧难当无地自容的地方！正是那块苞谷地！陈文光用架子车拉着母亲来到乡卫生院。医生们忙活了半天后告诉他：“没有办法了。”医生还告诉陈文光，他的母亲是吃了剧毒东西身亡的。的确，母亲的脸和其他裸露的皮肤正在变成可怕的绿色。要想弄清楚究竟中了什么毒，就得请公安局来验尸。医生说这些话的时候，陈文光一直蹲在地上抱头痛哭，直到陈文伟和陈文广听到消息跑到乡卫生院，哥儿仨将母亲拉回家，悲悲切切地办完后事，就送母亲去父亲的坟前入土为安。在父母的坟前，陈文光没有像陈文伟、陈文广那样哀哀哭泣，他冷着脸给母亲攒好墓堆，在离开母亲的坟地时，陈文光暗暗发誓：一定要杀了二牛！他思量，母亲死在那里是对他的暗示。那个地方，那枚被母亲抱在怀里的苞谷都在暗示他。也许母亲在那一个瞬间脑子突然清楚了，想起二牛对自己的残害，就用一把毒草结束了自己的生命。

仇恨的种子入土，入土的种子总要发芽！

一场谋杀就这样开始了。

也许人生来就该在生命的特定时间段，来完成特别的任务，比如求学、恋爱、结婚、育子、孝亲、创业，等等。高人有高人的目标，俗人有俗人的追求，总之都在忙活着。陈文光耐心细致地打理着他们家的几亩地。随着陈文伟和陈文广相继辍学外出打工，陈文光处理掉了家里那几只羊。他除了按时令耙磨碾打耕种收获外，就是整理农具，大农具不消说，就是笨镰和刃片，他也会沉着脸一磨就是半天，他用着顺手的镢头、铣更是磨得油光锃亮，切菜刀也是锋利无比、冷气森然。他对二牛的生活规律和生活习惯进行了全方位的跟踪观察和分析研究，他曾多次想，别看二牛人高马大的，只需要用他磨好的镰刀刃子在脖子上轻轻一抹，一切就搞定了。陈文光甚至在和二牛丢方（类似于下棋，只是不用棋子，就地用手画上格子，用树枝和小石子就能玩了，是渭北农村最常见的棋类游戏）的时候，仔细看过二牛的脖子，认过刀口，但他迟迟不敢下手。这主要是公捕公判大会对他的威慑。那年头每过半年，或者忙罢年前，乡里都要开公捕公判大会。人多时就搭个台子，人少时就在那种长鼻子的解放卡车上。被公捕公判的人由两个全副武装的解放军战士押着，腰几乎要弯到九十度，稍一展腰，解放军战士会很果断地摁下头去。也有抬头时候，那就是台上说到谁的名字时，解放军战士会摁着头皮，有头发时，会抓着头发掀起头来，那种屈体仰头姿势很难看，整个人就像个大猩猩一样。公捕公判大会最出彩的是当宣布对×××依法逮捕时，随着解放军战士手中小拇指粗的绳唰地一甩，台下立时人头攒动，脖子伸得像鹅一样看着解放军战士像裹粽子一样对犯人五花大绑，犯人则痛苦地龇牙咧嘴，一绳下来，就是穿着棉衣犯人也是满头大汗。惊心动魄的要数对谁验明正身、押赴刑场、立即执行。这已经是大会的最后了，人群照例会有个小小的骚动，自然地跟着刑车跑。陈文光和乡亲们永远到不了刑场，但他们能听到“叭叭”的枪声，这会让他们心惊肉跳好久好久。所以每当陈文光对二牛动了杀心时，都会自然不自然地想起公捕公判大会的情景，手也就自然不自然地有点儿软了。夜深人静的时候，陈文光会骂自己：陈文光呀陈文光你还是个人吗？你还算个男人吗？人家都把你妈欺负死了，你都不敢报仇，你算个什么东西呀，你活在人世上干什么呀！他也仿佛听见那些锋利的镢头、铣、镰刀、菜刀在嗡嗡地叫，提醒他母仇未报，不共戴天。可第二天早上见到老态龙钟的十三爷，他又心软了。多善良多好的一个老人呀，才几年时间，就病魔缠身有今天没明天了。几年都没有见到二牛婶和他们家的娃了，十三爷和二牛叔相依为命，这要是做了二牛叔，十三爷可怎么过呀！不行，得等十三爷走了再说，其实也就等了两年，十三爷在一个多雪的冬夜里走了。掩埋了十三爷，二牛叔连急带累几天都没有好好吃一碗饭，有人张罗说：“文光，快把过事的菜给你二牛叔端来。”

“好。”

没有人知道，陈文光端来的菜里被他放进了俗称“三步倒”的耗子药。也许是二牛命不该绝，他没有动筷子，随手将碗放到窗台上，继续鼻涕一把泪一把地和人说着话。眼见得有几个半大孩子眼馋着那碗菜，陈文光害怕了。他从一个孩子手上抢过筷子，嘴里说“我去热热这菜”，赶紧走进后院，连筷子带碗扔进了茅坑里，还没有忘记给上面盖上了好多土。

后来还曾经出现过机会，可都被陈文光浪费了。

主要是二牛婶虽然回到了村里，但病恹恹的，二牛叔家的娃比他还小，那个家就全凭着二牛叔，二牛叔要是走了，这家的天也就塌了。时间在陈文光犹犹豫豫中飞逝着。转眼间，陈文光已经是二十三岁的小伙子了。虽然生长在农村，却有着一个城里人的坯子，一米七五的标准身高，五官端正的白净面孔上竟看不到些许胡须，这使浓眉下的一双大眼平添了点女人的俊美，尽管身板略显单薄，但在农村已经是全套把式，农活没有难得住他的。不善言辞本来是缺点，但在这个年龄段却成了优点，人人都夸他憨厚实在，上无老下无小，一个人吃饱全家不饿，陈文光成了方圆十里的抢手男人，近一年来，他的生活里多了一个任务：相亲。

赵家河水库从竣工那天起，就埋下了随时垮塌的隐患，对下游村庄构成了巨大的威胁。几乎每年夏天，下游乡镇都会接到水情警报。这个夏天也不例外，可人们还得生活，生活还要继续。陈文光提着镢锄在苞谷地里忙活了一个上午，其实这最后一次松土已经没有必要了，但陈文光还是闷头干活，他在农田里就像妇女绣花一样细致。就在快到中午时，他听到摩托车声，紧接着就有人大声喊叫：河滩里的乡亲们听着，上游发大水了，快往高处跑。陈文光认出那是派出所的摩托车，不会错的，他扛着镢锄离开河滩地，但并不慌乱。他知道发水也有个过程，先是漫河滩，再是到二坎，最后才会漫上农田。至于整个东河滩过水，那已经是百十年前的事了，陈文光也只是听十三爷说过。陈文光走到河边时，原野里已经很少有人影了，可还是有一个人站在河岸边，一边看着水，一边提着裤子撒尿。陈文光走近一看，那人原来是二牛叔，于是他扛着镢锄并排站在二牛的左侧一块儿看水。

“你往后一点，水都漫过二坎了，脚底下这土松。”二牛一边撒尿，一边提醒着陈文光。陈文光仔细一看水还真浩浩荡荡的，从上游冲下来的不光有木头，还有死猪和死羊。陈文光的心突然一动，一个久违的念头突然跳了出来，看着还在系裤带的二牛叔，他想这不是报仇雪耻的绝好机会吗？他只需要蹬上一脚或用镢锄一砸，二牛立马就会滚下河去。这样想着，他的右手猛一用力，镢头就咣的一声稀里糊涂地真砸到了二牛叔，二牛叔一头栽进了河里。陈文光慌乱地把镢锄伸进水里带着哭腔喊：“二牛叔，快抓住。”尽管水流不快，但二牛叔显然昏迷了，他随着水缓缓向下游流去。陈文光不由大放悲声：“二牛叔让水冲走了，二牛叔让水冲走了。”他凄厉的哭喊声在盛夏的午后就如同哑巴劈柴沉闷而急切。陆续从村里出来了几个人，但大家除了相对唏嘘，也实在无能为力。

大水过后，陈文光帮着二牛的孩子在百公里外泾南县的河滩，找到了二牛的尸体，入殓的过程中，陈文光很仔细地看了看，二牛周身从头到脚满是伤口，也不知哪块伤是镢头形成的。在二牛的坟前陈文光重重地磕了几个响头，嘴里默默地说：“二牛叔，你别怨我，你早就该死，我一直有杀你的心，但那一天我还真没下决心杀你，却把你碰下了水，唉！其实说到底应该还是我杀了你。”陈文光觉得自己越想越乱，干脆不想了，那天他一身轻快地回到了家。

这些都不能让警察知道，陈文光提醒自己，对警察只能说四个字：不知道嘛。

十一、官海沉浮

李克俭书记是一个坚定的唯物主义者，但今天一整天的活动令他心神不宁。在晚上参加完公安局的案情分析会回到公寓楼下时，他谢绝了司机要帮他开门的好意，自己取钥匙开门，在推开门的一瞬，他恍惚看见有黑影一闪，先他一步溜进门里。李克俭没有急于关门，他开启了这套三室两厅居室所有的灯，并在两个卫生间很认真地看了看，确系没有什么进来，是自己眼花了，但他还是感觉到了自己的心跳。

对这样死伤多人的案件，他并非第一次见到，当年他在宁川任常务副县长时，煤矿塌方一次死伤二十六人，有的弄出来时缺胳膊少腿的，有几个脑壳也被砸裂了，但他当时在一线指挥救援时见到的生与死、伤与残、泪与血都是一个色彩——黑色。那种黑色包容和笼罩了一切，包括恐惧。可今天不一样，六条人命四处地方，到处是黑紫的血和残缺不全扭曲变形的脸，虽然时值五月，但早上他一到现场还是不由得打了个冷战。但李克俭并没有失了方寸，他牢记着自己的责任。现在想来今天的处置是得当的，虽然刑事案件的发生有其偶然性，但毕竟是六条人命，又是在群众路线教育实践活动中，六个人被杀，惊天大案，不可轻视啊！李克俭有个习惯，在每天晚上睡觉前，躺在床上要把今天干过的工作再过一遍，小结一下得失与成败，以利于明天工作的开展。李克俭自己都能感觉到自己越来越小心翼翼了，自从离开红都到渭北后，他已经失去了做县长的潇洒，感受到了官场的艰辛和可怕。再后来经历了河堤路风波，他就彻底失去了做官的快乐，甚至都有点儿心惊胆战了。

李克俭从政之初其实是很洒脱的。

他继承了做小学教师的父亲的聪慧，又继承了农民母亲的勤劳善良朴实，因为在父亲任教的学校上学，作为长子的李克俭，从小学起就是个快乐的学生、快乐的人。他遇到的都是好日子，出生那年三年困难时期刚好结束，到初中毕业时，高考制度已经恢复，为了完成他的远大志向——像父亲一样当个老师，他初中毕业后就直接考进了师范学校，师范毕业后顺利分回原籍当了一名初中老师。他那时候相当满足，父亲教了一辈子书，还是个小学老师，他一掌教鞭就教初中语文，身边教了近二十年书，也曾教过他的老师至今还是民办老师，他却吃上了“皇粮”。那时候国门已经打开，蛤蟆镜、喇叭裤已随着邓丽君的歌声来到了红都小镇。姑娘们已经不用信天游表白爱情了，她们直截了当地请李克俭吃羊肉剁荞面，饭虽简单可情真意切。小伙子高大帅气、英姿勃发、勤奋敬业、青春开朗，又知书达礼、举止有度，还真成了适龄女孩的青春偶像。有一天，校长传话说，乡党委书记请他去一下。

好在乡政府和中学离得不远，上完课李克俭连颠带跑，乐呵呵地进了书记办公室的门。

“坐。”书记倒了一杯水，用赞赏的眼光看着李克俭，虽然平时没有交往，但彼此也不陌生。

“今年二十三岁了?”书记问。

“虚岁，实岁二十二了。”李克俭认真地回答。

“和乡团委书记小林，也就是林燕认识?”书记继续问。

“认识，她还兼着文教专干，经常去我们学校。”

“知道她是谁的女儿吗?”

“听说她爸是县上哪个书记，具体我也不清楚。吃过一次剁荞面，她也没有说她爸是谁。”

“小林现在可是非你不嫁了，小子，你可真是交了桃花运。林书记马上就是咱们县的人大常委会主任了。”

李克俭的心不由一动，要真能娶林燕做老婆，也是一件不错的事情。林燕瘦得就像一张纸，眉清目秀、唇红齿白，喜欢把一头乌发盘在脑后，使细长的脖子灵活而又干练，的确是和他吃饭的女孩里面最漂亮的一个，但这毕竟不是林燕自己说的，他不知道该对面前的书记回答什么，只得略显羞涩地低头听书记继续说：“这件事不说了，叫你来是要谈另一件事，经乡党委会研究、报县委组织部批准，调你到乡政府当文书，我这就算给你把话谈了，你明天就得来政府上班。”书记讲完，见李克俭不为所动，颇有点儿意外：“怎么了，你不愿意?”

李克俭连忙站起来解释：“我也不是不愿意，你看我这书教得好好的，突然来当文书，也不知道能不能当好。”

“愿意就好。其他的就别说了，从政府这边叫文书，从党委那边是党委秘书，副乡长都没有你权大呢。回去收拾一下，明天来上班吧，为了让一部分人先富起来，咱们的事多着呢。你先走吧。”因为成了他的上司，书记便也没有和李克俭客气。

接下来的事情就自然而然、顺理成章了。

因为和林燕成了同事，又都是单身，同吃一锅饭，同住一个院，感情迅速升温，尽管第一次引着林燕去见父母，父母并没有表现出多大的惊喜，相反还流露出一丝忧虑。母亲只是一个劲儿地唠叨：太瘦了！太瘦了！父亲却说了一句好长时间都让李克俭莫名其妙的话：两腮无肉，神鬼难斗！但爱情本来就是蒙眼布，他能使热恋中的男女火海敢闯、刀山敢上，宇宙浩瀚，但顷刻间就只剩下了你我。到来年春，两个人就挽着手步入了婚姻的殿堂。再不结婚也不行了，在举行仪式的时候，林燕鼓起的肚子穿婚纱已经很勉强了。在儿子出生的时候，李克俭已经被任命为乡长。那年头的乡政府工作被大家总结为八个字：催粮要款，刮宫引产。粮是公购粮任务，款是农林特产税，还有乡村两级提留。刮宫引产是说计划生育工作，基本国策高压线，刮宫引产是为了防患于未然。李克俭虽然是一介书生，但他从小生活在农村，对农民和农村工作他相当熟悉，林燕有他母亲和岳母的照顾也不分他的心，李克俭一头扎进工作中，他不大吃二喝、不嫖不赌，真的是一身正气两袖清风，工作起来雷厉风行、毫不含糊，尽管乡党委书记摆老资格经常不来乡上，但乡上的各项工作还是呱呱叫，总体排名一直列全县各乡镇之首。在那几个月中也出过一件事，这件事既让李克俭回味无穷，又让他羞愧难当。就是今天晚上想起来，还让李克俭思念与向往。他不由得抓过手机打开短信，其中一则是这样写的：

有一种相遇，不是在路上，而是在心里；有一种感情，不是朝夕厮守，而是默默相伴；有一种语言，不必出声，却字字心声；有一种力量，没有施加任何推力，却在勇往直前。祝你快乐每一天！

发这则短信的是职教中心一个漂亮的舞蹈老师，有心人啊，从李克俭来渭北那年开始，就不间断地给他发类似短信，近十年了，也有三千多条了吧，可在李克俭的记忆里应该没有重复的。李克俭都记不起是在什么场合、什么情况下见过这个老师，但他记下了这些短信。

第二则是彩信，他不用打开就知道又是一束玫瑰花，这应该是县委某个机关干部发的，是近三四年的事。他查过电话号码，但机主伪造了资料，人家不让你知道，为什么要弄那么清楚呢，每天一束玫瑰花，多么好的创意啊！

第三则短信这样写道：

原本不想打扰你，但看你在案发现场沉重的表情，我真的很心疼，破案是公安局的事，你不必痛苦和自责。保重，吻你！

李克俭不由得笑出声来，他知道这是县电视台去年招聘的那个女播音员发来的，别看短信发得老气横秋的，其实她才二十来岁，最多也就有他的儿子那么大。原本他没有必要认识她，可去年招聘时，负责此项工作的宣传部长最后却留下了三个人，一男二女非要让他最后定，他当时有事急着离开面试现场，见了第一个出场的她就说："就这个吧。"小姑娘就认准了这饭碗是李克俭给的，从发短信感谢，到有事没事套近乎，今天还弄出个吻来。

李克俭最初用短信，是因为他交流来渭北任职，语言交流有障碍，于是干脆用短信来安排工作，慢慢的渭北的干部也就习惯了用短信汇报工作。到现在工作短信随看随删，这三则短信就成了他刻意留下来的，他也时不时地回她们短信，虽然只是“谢谢”两个字，但是已经在他们心中形成了某种默契。李克俭知道，她们都是这个小城里最漂亮的女人，能够几年如一日地感化他、关心他、送他玫瑰花而不向他提要求和条件，可见其品位不低。骆慧敏在省团校上班也不常来这里，他和这些优秀而又知性的女人完全可以走得更近一点，但是没有。也许领导和同志会把这归于他道德上的自我完善和对于党的组织纪律的敬畏，只有他知道不是，他是惧怕，他惧怕女人的善变和执拗，他更惧怕青春再踹他一脚。

李克俭当乡长的时候，乡里有个计划生育专干叫周索娜，人长得很漂亮，一双水灵灵的大眼睛就像随时在说话，细皮嫩肉的，个子虽说不高，但很匀称，一双长腿弥补了身高缺陷，反显得亭亭玉立。模样特别像电影里的阿诗玛，乡里的男干部不叫她周索娜而叫她阿诗玛，她还有个诨号叫“老娘”，十里八村的女人都这么叫，这主要是因为她一开口说话总是“老娘”起头。本来那张小嘴薄而透亮，红中含粉，常年湿湿漉漉的如蜜桃泛汁，却偏偏要说“老娘就这样”。

“老娘说了算。”

“老娘结扎你。”

“老娘给你上环。”她原本是四川人，老公在那边当兵时和她恋爱上了，结婚后当营长的老公转业回红都，周索娜也就嫁鸡随鸡嫁狗随狗来到了这边。安排得还好，老公在县物价局任副局长，她还像在四川那边一样，被安排在了计生委，计生委又安排她下来做专干。她把儿子托付给公婆，便风风火火地下乡来了。这个女人很适合做计生工作，她泼辣得出奇，有一次，她组织计宣站给群众做避孕宣传，就在政府院子的空地上，男男女女提着小马扎在院子里坐了一大片，计宣站的人在饭堂屋檐下的台阶上摆了一张桌子，依次给大家讲着避孕药、避孕环、避孕膜的用法，在讲到避孕套的用法时，计宣员右手拿着套，套在左手的大拇指上，晃动着竖起的左手给大家看，这时候下面坐着的一个中年农民站起来憨憨地问：

“套在手上就能避孕?”

下面的人开始还没明白是什么意思，接着就是哄堂大笑。

“怎么是套在手上。”计宣员气急败坏地说。

“大拇指不是手吗?”那人不紧不慢地又顶一句，群众的笑声更响了。

周索娜看了一眼贴在黑板上的挂图，那上面把人体部位标得清清楚楚的，她明白这人是在起哄挑事，院子里的干部和群众都看着坐在计宣员旁边的周索娜，那计宣员也红着脸傻站在那里。周索娜站起身来，转身跑进了厨房，出来时手上多了一根三寸来长的乳瓜。满院的男女都好奇地看着她，只见周索娜高举乳瓜大声说：“还是我来讲。”她平时说话声音就比较清亮，这带着川味的一声喊竟像唱戏一样非常好听。大家都专注地听她继续说：“这个就是你们男人的阴茎，办事前把套这样套上。”她利索地把避孕套按在乳瓜上，捏了捏套子前端的精囊，顺势就套了下去，“看清了没有，记着要把精囊里的气排出来。哪个没有看清，上来老娘给你实际操作，老娘不掐死你个龟儿子才怪。”院子里立时笑声一片，刚才问话的男人也搔了搔头坐了下去。

周索娜就是这么一个开朗的人。她的开朗感染了机关所有的人，只要她在，乡政府里肯定笑声不断，就连偶尔回来的老书记也会笑得像个弥勒佛一样。刮宫引产这样很残酷的活就在周索娜的笑声中完成了。她乳瓜示范的那个晚上，林燕趴在李克俭的耳边不住地说着周索娜："你说她也真敢说，当着那么多人的面，竟敢说那乳瓜是男人的阴茎，还要捏那个精囊，你还别说，乳瓜套上套还真挺像的。"

李克俭也摩挲着林燕在耳边悄声道："她说的是普通话，真的四川话把这叫锤子。"

"你坏，你坏，你跟阿诗玛学坏了。你——"

那天晚上原本保守的林燕异常地冲动，李克俭也超常发挥，那是他们夫妻生活迈上新台阶的一夜。

那个冬天注定是个有故事的冬天，是这么多年来最多雪的冬天，西北风呼呼地叫着，除了要给牲口起圈，农村里也没有多少农活了。林燕回城生孩子去了，乡政府的主要工作是安全和计划生育，所谓安全，一是夜长昼短、天寒地冻，邻里之间很难照应，这就给入室盗窃的贼留下了可乘之机，以致农村侵财类案件高发；二是农村取暖多用铁炉子，烧的有烟煤，稍有不慎就会造成煤气中毒，每年都有家庭出事。李克俭在每个村都组织了巡逻队，要求半夜起来巡逻，这些人拿着梭镖，敲着铜锣，既防贼，又提醒群众防止煤气中毒。冬天更是计划生育的薄弱季节，天短夜长，农村人早早就上了炕，又没有其他什么娱乐项目，只得抱团取暖，一不留神销魂娱乐就成了坐胎受孕。所以入冬以来，乡上最忙的人就要数李克俭和周索娜了，别人可以几天都不露面，他们两个可是天天在坚守，组织部已经给李克俭打了招呼，老书记回城另有任用，李克俭就地提拔，李克俭更是不敢掉以轻心。他隔三岔五地往村里跑，晚上还要打电话给村上叮咛，常常半夜三更站在院子里大声喊叫，提醒机关干部起来看看炉子。后勤人员在厨房后面住着，近几个晚上前院的干部也没有几个，都跑回家去了。这天晚上，又窸窸窣窣地飘起了雪花，他打过几个电话后，就躺到床上看起书来，一会儿就睡着了，几下轻轻的敲门声唤醒了他。他拉亮灯问道："谁?"

"是我，周索娜。"门外轻声回答。

李克俭打开屋门，一股冷风夹裹穿着黄军大衣的周索娜扑面而来，"有急事吗?"

"可把我吓坏了，我睡了一觉醒来，没有听见你的响动，我想糟了，你炉子出问题了，赶紧往你房间跑。"可不是嘛，她披头散发，光脚穿着一双棉拖鞋。

"十二点刚过，我也才睡下。"李克俭穿着棉睡袍，所以他并不觉得难堪。

"你的床热不?"周索娜问着话将两手插进了李克俭的被窝里。"哟，你的电褥子好热呢。"她夸张地轻喊了一声，就抬腿钻进了李克俭的被筒里，"我也暖和暖和。"见李克俭还傻站在床下，她反客为主地向床里挪了挪说："来陪我说会儿话。"她本来就是个柔情似水的女人，这一声轻唤又气若游丝，李克俭的心不由一颤，只见周索娜的脸在一头浓密的黑发和黄军大衣的映衬下，如春桃含粉，又似红梅映雪，一双略显羞涩的大眼睛里更有着欲语还休的期盼。这是一个不应该辜负的女人啊!李克俭告诫着自己，上床的时候他随手关了灯，他的头一下被周索娜搂进了怀里。

李克俭嗅到了一股他从未嗅到过的奇异香味，透骨入髓清爽暧昧，他不由得浑身战栗起来。

周索娜在他的耳边嗤嗤笑着："大乡长，看把你吓的，这前院今天晚上就咱们两个人，雪下得这么大，也不会有人半夜回来。再说老娘还大你三岁，是老娘来占你便宜，你怕个啥子哟!"见李克俭还是不吱声，周索娜又说："李克俭，你要是嫌弃老娘，老娘立马就走。"李克俭还是不吱声，但他紧紧地抱住了周索娜，并用他的舌头堵住了周索娜的口，他俩贪婪地亲吻着，他们都只裹着一件衣服，很快，两个在雪夜里如热炭一样的身体就融合得天衣无缝了……

“你能听见外面的声音吗?”李克俭如一摊烂泥紧贴在身下女人的身上，悄悄在她耳边问。

“什么声音?”周索娜也悄声问。

“雪花落地的声音，飘飘洒洒那么轻柔，那么冰清玉洁，那么我行我素，纵使寒风刺骨，却仍潇洒飘逸。”李克俭在周索娜耳边轻声说。

“哟，你都快成诗人了。”

李克俭再吻周索娜的面颊时尝到了一丝咸味。

于是，悄声问：“你怎么了?”

“我太高兴了，也不枉我喜欢你一场。”

李克俭什么话也没有说，只是更紧地搂抱着这个平时风风火火、此刻娇小柔弱的女人。

后来的日子里还曾有过两次。

最后一次完事后，周索娜低沉着声音说：“我不是一个轻浮的女人，我爱我的老公、我的孩子，可我管不住我自己，这不全怪我，一是我从事的工作总把男女生殖器官挂在口上，我把性爱看简单了；二是你，你太优秀了，你真的太优秀了，只有自卑的女人才不敢走近你。我感谢上帝给了我和你有这么一段朝夕相处的机会，我也庆幸自己没有浪费这个机会。我爱过了，我得到了，我感谢你没有敷衍我，在整个过程中你给了我该得到的全部。”

周索娜泪流满面，李克俭撕了几张纸递到她的手中，他自己的鼻子也有了些微的酸楚，可他什么话也没有说，他知道对这个冰雪聪明的女人来说，不恰当的安慰反而会刺伤她的自尊。

“但生活不只是这些，也不只是我们两个人。我不想把我们美好的缘分变为痛苦的劫难。给你了，该给你的都给你了。既然无缘做夫妻，那就大大方方做姐弟。”

“你把一切都说了，你不光冰雪聪明，而且你还襟怀坦荡、善良忠厚。我不骗你，我喜欢你，我故意在你跟前卖弄炫耀，我刻意创造我们两个单独相处的机会。我会永远记住这段时光，你让我知道了什么是好女人和精品女人。你不是说过以后我们做姐弟吗，我记住了你的话，大大方方做姐弟。”李克俭觉得失落又觉得踏实，他既不舍周索娜美艳的胴体，又觉得心头一轻，他迷惘了，不知道自己是个好人还是个坏人，总觉得词不达意，但他又实在不知道该说什么。

周索娜从容地站起身来，去卫生间洗了把脸补了下妆，再出来时虽还有点容颜不展，但已经神采奕奕了。临出门时，她留恋地看了一下房间，然后命令似的对李克俭说：“吻我，”李克俭低下头去寻找她的红唇时，她又补说了两个字，“额头。”李克俭规规矩矩地吻了她的额头，用无限尊崇的眼光目送着周索娜飘然而去……

那天李克俭回到乡政府半宿都没有睡着觉，周索娜要休两周假，整个前院就李克俭一个人。在晚上十二点之前，他给全乡近三十个村逐个打了注意安全的电话，还给派出所做了专门安排，叮咛派出所所长一定要安排检查。临上床前，他裹着军大衣冒着刺骨的寒风把乡政府的前后院巡视了个遍，在周索娜的房门前踌躇了十多分钟，坐到床上他还在反复问自己：这周索娜到底是什么样的人呢？李克俭又是个什么人呢？如果说第一次和周索娜在一起，他还对林燕有歉疚的话，后来两次在一起，他在那种神魂颠倒中真的没有想到林燕，而林燕正是在这个时间段生下了他的儿子。虽然他在这个时间段由乡长升任了书记，可岳父和岳母对他长时间不回家显然是有怀疑的，家庭不和的种子正是那时候种下的。他似乎也对不住组织，正如周索娜所说，他并不是逢场作戏应付周索娜，他倾慕周索娜的容颜，更贪恋周索娜柔情似水激情四射的身体。他甚至产生了强烈的遗憾，遗憾自己没能在合适的时间里遇见周索娜。没法说，说不清，也许人生永远都是个谜。他觉得房间里到处都是周索娜的影子，李克俭知道周索娜是彻底刻印在了他的心上。

时间就这样不经意地过着，临近春节时周索娜回来上班，意外的是她老公开着个北京吉普送她回来。中午吃饭时，饭堂里像炸了锅，大家都围着他们夫妻俩聊个没完，李克俭也稳稳重重地问了句："周姐回来了？"饭罢，李克俭回屋时，周索娜的丈夫跟了过来，李克俭很快地瞟了周索娜一眼，周索娜虽然在和同事热络地聊着天，但她分明是给李克俭挤了挤眼。李克俭进了屋门，客气地对身后五大三粗的周索娜的老公说了声"请坐"，他的腰部就狠狠被来人踢了一脚，李克俭一个踉跄跌坐在了椅子上。还没有等他回过神来，来人已恶声恶气地说："看在周索娜的面上，老子饶了你。可你给老子听着，老子的女人老子可以把命给她，你能吗？老子今天只是警告你，离她远点。"说完，竟头也不回地走了。

李克俭就那样坐在椅子上半天都没有起来，一则是因为腰疼，那家伙下脚真狠；二则是因为羞愧，他是书记呀，乡里的干部怎么看他呢；三则是担心，他怕会从周索娜的房间里传出争吵声和哭闹声，那将会有一场暴风骤雨。他强忍着腰疼站在打开的窗子前，仔细听着来自周索娜房间的动静。但他听到的只是吉普车的发动声和周索娜关切的送行声："开慢点哟，晚上记着封炉子。"

李克俭提心吊胆地过了几天，确信所有发生的一切都只限于他和周索娜夫妻三人之间后，他的内心有说不出的感动。真应了那句老话：不是一家人不进一家门。侠肝义胆敢爱敢恨快意恩仇！那个冬天留给李克俭太多了，也教给李克俭太多了。李克俭曾经天真地认为他和周姐的这段经历会在他的情感之门上形成了一个铁门栓，曾经沧海难为水、索娜之后无女人。

那个冬天之后，李克俭与女性相处所遭遇的一切，让他心惊胆战痛彻肺腑。至今他都觉得莫名其妙，难道一个生命体的诞生就真的会影响到另外一个生命体的萎缩甚至消亡，就像海浪一样后浪拍前浪，前浪消失在沙滩上。不幸的是儿子出生的那天，却成了他的家庭破裂的爆发点。小城本来就不大，乡镇书记也就成了一路诸侯，更何况林燕还是县人大常委会主任的女儿，李克俭儿子的出生，在那天晚上自然就成了小城医院的一件大事。不巧的是那天中午突然下了一场大雨，从乡上到县城的路被冲毁了，在接到丈母娘林燕要生了的电话后，李克俭心急火燎地往回赶，谁知道雨后的回城之旅却变成了对破损路面的体验和检查，好在司机有经验，经过大半天的左突右冲东拐西绕，总算走出了险象环生的沟沟峁峁，在夜里十二点前，开着已看不清车身颜色的吉普来到了县医院。在有医生、护士进出的产房门口，李克俭生平第一次受到了岳母的责骂："你跑哪里串门子去了，哪个女人把你的心拴住了？这么大的事你都不能及时赶回来，你比总理还忙。"李克俭听见产房里的林燕妈一声爸一声地呼喊和呻吟，他也顾不得对岳母解释，就问医生情况，医生说目前林燕的情况很正常，生孩子没有疼痛是不可能的。李克俭想进产房，但被医生劝阻了，医生指了指门口的长条椅示意他坐下来耐心等待。李克俭这才长出了一口气坐下身来，瞬间他觉得自己浑身酸痛没有了一丝力气，室内的林燕显然听到了李克俭的声音，她先是将呐喊和呻吟变成了对李克俭的声唤，继而就变成了对李克俭的咒骂，而且骂得很难听。李克俭当时想，也许所有的妻子在分娩时都会骂丈夫，毕竟在这件事上，男人享受的是快乐而女人却要承担男人无法替代的痛苦。在林燕的咒骂声中儿子顺利地出生了。按理说添丁进口是件好事，老爸老妈也真的喜上眉梢，李克俭做梦也没有想到，儿子的出生会给李家带来一场灾难。林燕在医院住了一周后，就被接回了娘家，李克俭带着老爸老妈去看林燕和孩子，因为听说林燕要在娘家过四十天，老爸拿出积攒的五千元钱说要给林燕补身体，老妈买了一大箱关中挂面，还有鸡蛋和红糖，三个人兴高采烈地敲开了林家的门，没承想却被来开门的亲家母挡在了门外。

“等等。”

说话间亲家母递出来一把鸡毛掸子，对发怔的三个人说：“掸掸土。”

李克俭的心猛地一揪，他知道今天临出门时老爸老妈都换上了过年才穿的衣服，连鞋袜也换成了新的。还是老爸反应快，接过隔门递出的掸子，在自己的裤腿上边拍打边说：“对，掸掸，你看这一身土。”

待三个人拍打完毕，这才被让进了屋，岳母还一个劲儿叮嘱着“轻点轻点”。进得屋来，两位老人被让在了客厅的沙发上，岳母拿起门背后鞋柜上一个能喷雾的消毒器对李克俭浑身上下好一顿喷，这才让李克俭进卧室看林燕和孩子。这一番折腾让李克俭的心好凉，他勉强问候了林燕两句就退出了卧室。见岳母丝毫没有让二位老人进屋的意思，李克俭只得让父母放下钱和东西离开了林家。在回家的路上，因为有司机开车，他们三个人一句话都没有说，进得家门后，李克俭和母亲不约而同地流泪了，娘儿俩几乎是抱头痛哭。还是老父亲沉得住气，待娘儿俩哭得差不多的时候，才扔掉手中的烟蒂轻言慢语地说："看你们两个，这有啥好哭的呢，说到底我们老李家有孙子了，他外婆又管得那么好，我们还有啥不高兴呢。儿啊，你要有心就把工作干好，这样也就上对得住你爸你妈，下对得起你婆姨你娃。"李克俭含泪安抚好父母，他决心要成为一个好丈夫和工作狂，在家里他尊老爱幼体贴老婆，不抽烟、不打牌、不胡嫖乱逛。他把林燕近乎歇斯底里的发作，看成产后忧郁症，不去计较。看到父母经常踌躇在林家却见不到孙子，父亲毕竟是男人，像石头一样不吭声，可母亲就不一样了，在林家前不是后不是左不是右不是，每次去林家看孙子回到自己的家都大病一场，要在家里躺好几天。李克俭先还三头跑，去岳母家看林燕和儿子，回家照顾母亲，去单位安排工作。后来他看林家人对他爱搭不理的，母亲的病情又似在加重，林燕母子也不需要他照顾，他也就不常去了，不承想这又出现了新的矛盾和问题。有一天，他被身为县人大常委会主任的岳父叫到了办公室。

"李克俭你还算个人吗，你还是个男人吗，你不知道林燕现在是最需要你的时候吗？"

岳父大人的劈头三问让本来就惴惴不安的李克俭彻底蒙了。

"你不知道燕子这个时候最需要你吗？这段时间你不陪伴她，你说得过去吗？"

还是严厉的质问，李克俭总算明白了点什么，他结结巴巴地回答："爸，你听我说，这段时间单位忙。"

"忙什么忙？你比我还忙？"

"我妈又病了。"

"愚忠愚孝！你就不能分个轻重缓急！"

"爸，你听我说。我觉得你在咱们家是最客观的人。"

"别给我戴高帽子，我不吃这一套！李克俭我告诉你，我可就这么一个宝贝女儿，我不能让她受一点委屈，特别是在这个时候。”

岳父大人真是不给自己一点解释的机会。在孩子满月后，自己确实也没有去看过林燕，再说毕竟还有“阿诗玛”那档子事，李克俭着实心虚，连岳父的最后警告都没有听完，李克俭就脸红地退出了办公室。

岳父最后几句话是这样说的：

“不要看你站在了台上，从我手上翻过去你娃还得出身水。我这么说话你可能不爱听，燕子她妈要是给你弄出点事来，你那时候就知道马王爷的三只眼了。”

可惜李克俭当时没有理解。

因为时而忧愁郁闷，时而急火攻心，有天夜里，李克俭突然肚子疼得满床滚，呻吟声让镇机关的所有干部都拥进了他的寝室，刚分来不久的选调生骆慧敏更是吓得花容失色。大家见书记蜷缩在床上像个虾米，满头黄豆大的汗珠滚落下来，赶紧叫来镇卫生院的大夫。大夫检查后说是急性阑尾炎，得马上送医院手术。镇上随即决定医生、小骆和武装干事陪同书记连夜去医院，好在手术成功。他在病床上还牵挂着镇上的工作，坐在病床上召开了党委会，研究眼下的工作。他让大家不要因为他而影响工作，他在医院有司机照顾就行了。可镇长坚持还要留下骆慧敏，理由是选调生骆慧敏家在关中农村，一个人在机关也无牵挂。女孩子朴实勤快，作为毕业不久的大学生又蛮有眼色。李克俭看到骆慧敏真诚的表情，意识到再要拒绝就有可能伤到这个女孩子的自尊了，再说人在病中本就心软，骆慧敏又颇有周索娜之风，李克俭便也没有再坚持。哪承想李克俭一个普通的阑尾炎手术，却在红都官场掀起了一场轩然大波！

早晨本是一个充满生机和希望的开端，可这个早晨却是被一连串的辱骂弄得支离破碎。骆慧敏早早就来到医院，接替晚上陪护李克俭的司机。这间病房里本来就住着两个病人，司机就在李克俭的床头放了一张可折叠的钢丝床，晚上睡觉用，白天折起也不占空间。司机招呼李克俭洗漱过后就走了，骆慧敏就提着饭盒去打早餐。就在骆慧敏提着早餐走到楼道的时候，林燕她妈不知从哪里钻了出来，劈头盖脸就扇了骆慧敏两记耳光，嘴里还恶声恶气地嚷嚷着："怪不得丢下婆姨和娃娃不管，原来是被狐狸精勾引住了。打死你个狐狸精，看你还敢不敢去勾引人家男人!"

宁静的住院部病区楼道很快就乱成了一锅粥，餐盘的摔打声、人的奔跑和撕扯声、其他病房门开启的吱呀声和焦急的问询声交织在一起。李克俭起先还不明就里，以为是哪个危重病人出现了意外，可他很快就从那繁杂的声音里分辨出了骆慧敏凄厉的呐喊和呼救，还有林燕她妈声嘶力竭的吵骂声。李克俭情急之下起身下床快步走到门口，在开门的瞬间他觉得伤口撕裂般扯着心口，头也像挨了一闷棍，整个人顺着门溜下昏了过去……

在接下来的近一年时间里，这把邪火就彻底烧到了无辜的骆慧敏身上。骆慧敏走到哪里，林家人骂到哪里，镇政府院子自然就成了主战场。团县委的年轻人看不下去了，他们在团省委争取到一个去省团校脱产学习两年的名额，推荐无辜的骆慧敏去团校学习。骆慧敏这一走，林家的轻重武器就都招呼到了李克俭身上，这李克俭也是个犟驴，宁折不弯，硬起心来连孩子也不见了，更不要说去见林家其他人了。

他一门心思扑到工作上，在不到两年的时间里，他就被提拔为宁川县的常务副县长，那年他才二十九岁。据说林主任还曾去市委组织部反映过李克俭的“作风问题”，但最终也没有影响到李克俭，倒是李克俭果断地提出了离婚，他满足了林家提出的所有苛刻条件。在和林燕办完离婚手续后，他驱车来到省团校，找到学习已结束借调到省团校工作的骆慧敏，硬塞给人家一束花，留下五个字：和我结婚吧！又驱车跑回了县里。那时候李克俭总是在不知疲倦地工作、学习，他不怕工作上的挫折，不怕领导的批评，只是和林燕离婚在他心里留下的阴影太大了，他总认为是孩子的出生改变了林燕和她的家人，所以和骆慧敏结婚后他坚决拒绝要孩子。他全身心地要把老百姓的事办好，办公室几乎就成了家。当上县长不久，他母亲去世了，当天他回到家大哭一场给母亲入了殓，然后就留下钱嘱咐弟弟招呼着家门中人按乡俗安排后事，他给陪同他回家的办公室主任和司机做了严格的交代，绝对不许跟县上的干部说这件事，他的理由是夏收季节龙口夺食呢，大家都太忙。给母亲送葬那天，家门中几个弟兄嘲笑他把县长当得连村长都不如，他也没有计较。那天在母亲坟头他差点哭得昏死过去，还是老父亲理解他，母亲的后事处理完，他接父亲去城里小住，有一天他下班后见老人家很认真地用行楷给他写了一个条幅：

> 得一官不荣，失一官不辱，勿道一官无用，地方全靠一官；穿百姓之衣，吃百姓之饭，莫以百姓可欺，自己也是百姓。

他裱好后，一直挂在他办公室前方的墙壁上。从红都到渭北，他一直把这幅字挂在他办公室最显眼之处。只是最近看到一个反映英模事迹的电影，里面也有这样的情节，老父亲给当副县长的儿子写了一幅字，儿子视为座右铭。内容正是这幅著名的楹联。可怜天下父母心啊！看完电影回到办公室，李克俭就把老父亲的字挂进了卧室。近十年的风风雨雨，已让他领教了政治的无情和残酷，他在深切体会到父亲舐犊情深的同时，也参透了父亲赠字的玄机。

十二、东建西进

李克俭第一次感受到政治的残酷，是他莫名其妙地被确定干部交流。由于他对宁川的情况很熟，又遇上了改革开放的好机遇，李克俭在宁川的工作可谓得心应手，在他任县长的第二年，只有十三万人口的宁川县地方财政收入已达到十七亿元，在本省十强县的前五名内。可就在这个时候，市委组织部突然通知他谈话，和他谈话的是市委副书记，内容很简单：接省委组织部通知，交流他去华南市渭北县任县长，三天后去报到。谈完话后，副书记有事急急忙忙地走了，招呼他吃晚饭的市委组织部副部长见他茶饭无心，情绪极为不好，就陪他晚上住在宾馆里。副部长见他闷坐在床上，就问：

“李县长，你似乎对这次调整很不满意？”

“部长你看，论工作，我是咱们红都最年轻的县长，我们县的经济在咱们红都排老三，我们宁川政治稳定、经济发展、群众安居乐业，我和书记也没有任何矛盾；说生活，我的社会关系亲戚朋友都在红都，交流我去近千公里外的华南，我怎么工作啊！十个县长，别人都可以不交流，单交流我？我怎么有种被排挤的感觉呢。”李克俭说着说着就流露出很忧伤的情绪来。

“不对，不对。你看啊。省委组织部能交流你，这首先说明你在省委领导那里和省委组织部有影响，他们首先知道你。再者你看，你们宁川在咱们红都是资源大县，渭北在华南是资源大县，渭北比宁川还地大人多，省上显然是认可你对资源的管理能力，你这是被重用。还有一个很重要的情况你不了解，省委这次明确要求，这次推荐交流的干部必须是本市的优秀干部。别乱想了，人家渭北离省城也就一个半小时车程，自然条件比宁川好多了。”副部长很耐心地给他做着比较。

李克俭逐渐想明白了，他是被红都官场扔出来了，就连副部长晚上陪他，也是组织安排的，大家明白一个被抛弃的人是应该安慰的，他们需要他平稳地离开红都，这才符合官场的中庸之道。问题到底出在哪里呢？这是今后必须总结的。想到这里，李克俭诚挚地对副部长说：“老哥你别安慰兄弟了，你帮我分析一下，兄弟在官场有什么不足，你别客气，说得越实越好，我会感激你一辈子的。”

副部长也是做过县长的人，下一步要去市人大做副主任，有什么看不透的。他笑了笑，呷了口李克俭给他泡的茶，说：“还真得跟你说说。你的优点是政治上成熟，能向中央基准看齐，领会上级意图明确。经济管理上也很有一套，宁川经济高速发展是有目共睹的。你年轻、有热情、能吃苦，熟悉农村工作，又特别廉洁。这些我就不多说了，我说说你的缺点，你喜欢下基层，还喜欢到农民家里吃饭，可你想过没有，你每次去农村要带着办公室、农工部、农业局、林业局、果业局、信息办、电视台，再加上司机一大帮人，这些人也得吃饭。要是乡镇安排在镇上的哪家饭馆吃也不是问题，可要在农家户里面吃那得多少家准备呀，现在农村都是单家独户劳作，青壮年都外出务工去了，剩下的多是老弱病残，毕竟是客人吃饭，还不能将就，这么一顿饭对乡村是多大的负担呀。再说你去工矿调研，他们提前三天就得打扫卫生，食堂的餐具都是新买的，有的还得从外面给你端菜。你说这些群众能买你的账吗？所以你的群众基础并不好；再说你和同僚相处，从当常务副县长到县长，你干了四年了，你给哪个科局长安排过子女就业，难道没有人找过你吗，难道没有领导交代过你吗？你会说你坚持了原则，你堵住了走后门等不正之风，但你想过没有，这些科级干部这辈子充其量也就干到这个位置了，孩子的安置就成了他们最关心的事情，你不给他们解决后顾之忧，他们能拥护你吗？还有你和老林女儿离婚，当初没影响你，在很大程度上是因为大家对老林的反感，不等于现在不会影响你。据我所知，当初和老林走得近的好几位他的部下都升为副厅级了，有的还在关键岗位上。可你从来不走动，除了书记和市长，你从来不去别的常委那里汇报工作，也不去其他副市长那里，你不搞吃吃喝喝、拉拉扯扯那一套，市上的部局长你认识几个？你的母亲过世了，你不告诉其他县长，那其他县长家里有事还能告诉你吗？市上这次给省上推荐交流你，没有一个人有不同意见。”

副部长停下来，用怜悯的目光看着歪倒在床上的李克俭，在喝水的同时禁不住叹了口气。李克俭像被抽了筋一样软塌塌地靠被子躺在床上，手上也不知什么时候抓了一条毛巾不住地擦着汗，但他的心又冷透了，冷得直打战，连说话的声音也冷到了极点：“老哥，你说得对，说得好。我感觉得到，这几年越来越没有人到我跟前说真话了。”

“我说的也不见得对，你做的似乎也没有错。但你难道能说组织和其他领导都错了？我跟你说这么多还有一层意思，你这次并没有摔跤，其实还是被重用。咱们红都人性子直、性格硬，人家关中人离省城近，见多识广，你去渭北任职毕竟和那边的干部不熟，没有感情基础。你必须得表现出较高的官场智慧才行。”

李克俭就这样离开红都来到了华南。

他闷声不响地在渭北工作了半年，这半年里，他主要是下乡，进田间、下车间、访民间。全县二百四十七个自然村，他全跑了一遍，百十家工业企业他也全去过了。然后他小范围地召开了几个座谈会，一个是离退休老干部座谈会，一个是企业座谈会，一个是经济部门干部座谈会，他把自己的三个工作思路试探性地说给大家听：一是在县域经济发展上，他提出“稳农促工优果拓旅”，展开来讲就是稳定农业，促进工业，优化果业，开拓旅游业。二是在县城发展上，他提出了“东建西进南改北扩”的思路。三是明确政府近两年的工作重心是“一整一建”。在每个座谈会上，李克俭都详细地对他的思路和设想做了说明：渭北是个传统的农业县，但处在北部旱腰带地区，靠天吃饭的格局很难打破。尽管中央对“三农”工作和粮食安全非常重视，但渭北要靠农致富几乎没有可能。但农业是国民经济的基础，粮食是基础的基础，所以他的思路是稳定农业生产。虽说近年来全民经商的热潮已过，但工业强县、工业富县仍然是所有县长们的共识，渭北有着丰富的煤炭资源，发展煤炭工业和煤化工循环产业链有很好的基础，渭北能否尽快发展的关键和根本就在煤化工业上。说优果，是因为渭北传统的贡梨、大晋枣现在都见不到了，早几年栽种的柿子因为营养价值太低，这几年也没有人来收购了，但咱们这里日照时间长、光合作用强、虫害少，梨、苹果和瓜类水果不光质量好，而且产量高。关键是要优化品种，使其真正成为经济作物，成为农民的钱袋子。最后他讲要开拓旅游业，他说他去二百四十七个村转了转，还真见到了几处好地方。他去过一个大家叫它荷花荡的堰塞湖，真是几百亩的好水呀，当地人叫它神水，秋不纳叶，冬不结冰，莲鱼自生，荷花自长，坐在河岸边头顶是蓝天白云，眼前满目青山，身边一池碧水，鱼戏莲动，真是世外桃源，那是个去了就不想走的地方。还有一个叫陈家川的小村落，虽然破败不堪，可竟然是明清建筑，我在那个村子住了一个晚上，不问不知道，一问吓一跳，那个村子原来是明清时期省城富商和达官贵人躲避战乱的地方。我想古人能选中这个地方，那么这个地方肯定有它的特点。我踏着月光在村子里和村子的周边转了转，这个村子虽说叫川，它其实是处在一个地形落差很大的山崖之下，山上的泉水自然汇集到了村头的涝池里，在寂静的月光下，山泉叮咚、水流哗哗、蛙声一片，我也明白了为什么白天会见到那么多的牛羊鸡鸭，这原本就是一个充满了生命活力的地方。还有咱们的紫薇山、办公楼后面的宋塔、大片的河滩湿地，如果修一条路把这些点都串起来，再根据各自的特点加以开发，那可就真成了咱们渭北人未来的银行。关于县城发展“东建西进南改北扩”，也和促进旅游业相辅相成，东建先不说，西进就是要依托大佛寺建造大景区，南改的重点是把咱们机关后院的宋塔献给渭北群众，围绕宋塔建设广场并和塔后的紫薇山连成一体，北扩就是要围绕北河滩做足文章，改变我们县城狭窄的面貌。李克俭用浓郁的红都口音说着普通话，他说得不徐不疾、娓娓道来，如数家珍。他这三个座谈会开宗明义不做任何决定，他只是把近半年的调研成果汇报给大家，同时也把自己的初步设想亮给大家，请大家帮他把把关、出出点子。会议热烈轻松务实，对“稳农促工优果拓旅”，所有与会者都没有异议，实际上“稳农促工优果”前届政府虽然没有这么说，但一直也在这么做着，大家最感兴趣的是“拓旅”。

旅游业在渭北是个短板，一是因为渭北缺少闻名天下的旅游景点，二是一煤独大，历届政府都不操这份心。但渭北并不缺乏这样的商机，渭北本身就是古丝绸之路的一个重要节点，县城西面还有一尊千年大佛，据史料记载，大佛是唐王李世民为纪念浅水源大战死亡将士的亡灵，由尉迟敬德监工修建的。佛像修得高大威猛、庄严肃穆，光指甲就半米多长，后世为了保护大佛，又依山给佛像修了多重塔台，在佛顶又修了佛母洞，佛像脚一侧又修了丈八佛，加上坐佛周围的千佛洞，给大佛寺又平添了许多神秘色彩。渭北人也以拥有大佛而自豪。说是在三年困难时期，有个渭北人和一个普集人结伴要饭吃时，两个人辛苦一天只要到了半个馍，两个饥肠辘辘的人晚上躲在一个生产队饲养室商量，二一添作五、两人都受苦，还不如让一个人吃了，多少还能充个饥。这普集人就说：“这半个馍应该我吃，我比你辈分高。”这渭北人说：“咱们两个人年龄相仿这才结伴讨饭，你怎么就比我辈分高了？”这普集人就说：“你看我的祖先是后稷，你的祖先是公刘，这公刘是谁的娃，他是姜嫄的娃，这姜嫄又是谁呢？她是后稷的女儿，你看看，我这不是比你辈分高吗？”渭北人一想，他们那里还真有姜嫄街、公刘墓。但是不对：“我们那里人都知道是圣母姜嫄踩了巨人脚印生下后稷，姜嫄肯定辈分高，公刘，我搞不清了。”他也弄不清究竟谁大谁小，普集人这样说就占了先。这渭北人就说了：“你说得太远，我也搞不清谁是孙子谁是爷。咱不比远，咱比大。”

“比大？”

“比大！”

“不能反悔！”

“不反悔！”

普集人自信地说：“听着，这后稷不光教农民种粮食，也教农民种菜。”

“说大。”渭北人瓮声瓮气地说。

“这就说到大了。说普集种了个大茄子，切了七碗八碟子，案底下还剩下半截子。大不？”

渭北人嗤之以鼻：“那也叫大？七碗八碟子在案上，剩下半截在案下。案在哪儿，不就在厨房里吗？听着，渭北有个大佛寺，把天磨得咯吱吱。大不？”

普集人一听傻了眼，那是真大。

这是野史，是传说。正史也有，塔台上有磨盘大的两个字“觉路”就是大诗仙李白所书，还有一个大才子路过时写了两句话也是名留青史，这两句话是“人过大佛寺，寺佛大过人”。

沿古丝绸之路西行，渭北下游有以乾陵为首的唐十八陵，上游有佛道相融的崆峒山，上下也就一小时车程，所以李克俭提出“拓旅”也不是无稽之谈。

说到县城发展“东建西进南改北扩”，大家群情振奋，东建西进莫要说起，这北扩是渭北几届政府多年的夙愿，建一座河防大堤使散漫的河水顺流而过，解放出的几千亩湿地将是一笔巨大的财富，更大的意义在于它可以使渭北县城扩容一倍。想了几十年了，但愿在李克俭县长手上能变为现实。要说南改，情况更为复杂，复杂就复杂在这宋塔本身就在县委的后院里，县人大常委会和县政协也在这个院子办公，渭北四大班子有三大班子在这个院子塔下办公。你要还塔于民，首要的任务就是把这三大机关搬离出去。这得书记说了算，你县长拿不住事。

衙门当年建在那个院子，也许看中的正是宝塔镇妖的风水，想拆庙得先看和尚答应不答应。

在三个座谈会上，大家在充分肯定李克俭工作思路的同时，也结合各自的工作实践，对他的方案进行了完善，最后的忧虑都归结到了一点，其实也就是一个字：钱！当时渭北每年地方财政收入才四千多万元，保工资都很困难，还得靠国家级贫困县转移支付补贴，巧妇难为无米之炊，要干成这些事情需要钱啊！李克俭顺势就把话题引到了他近两年的主要工作“一整一建”上。其实很简单，就两句话：整合煤炭资源；建设社会主义新农村。建设社会主义新农村是党中央的重大部署，中央财政也给予巨额支持，省上新农村建设推进会就是在渭北邻县太邑召开的，但两年来在渭北动静不大，基本上没有推广开。除农民传统户族意识的束缚影响外，一个重要的原因是规定每户只划给三分宅基地，院子太小不利于生产生活。李克俭说他将建议县委常委会把宅基地扩大到四分。对户型的设计是前房后院，对街道也分为前街后街，前街为正街，供群众生活出行，后街为生产路，为粪土柴火家禽家畜方便，为整洁起见，还可给后街安上大门。他还承诺新村的水电路建设全部由政府承担。乡镇干部心里马上亮堂多了，他们都纷纷立军令状，如果这么干，他们保证完成新农村建设任务。对于整合煤炭资源，就几乎没有人说话了。李克俭知道，这才是真正的与虎谋皮，三家年产上百万吨的煤矿已经与省内外的知名企业合资联营，其他小煤矿作为乡镇企业都承包给了个人经营，其中的利益关系根深蒂固、盘根错节，抢占资源到了血腥程度，这汪水绝对不浅。可李克俭也明白，他在渭北的事业成败的关键之处就在这里。在这半年里，他接待了县里的每一个煤矿老板，详细地询问了他们的经营模式和生产情况，这些煤矿最少的给他送来了十万元的安家费，最多的送来了三十万元。他把送钱的企业和数字都记在笔记本上，然后安排办公室主任和监察局长结伴把钱退了回去。李克俭心里明镜似的，清楚人家为什么给他送钱，他知道那是绊马索，不想让他纵横驰骋。他试探性地告诉大家，他的设想是成立渭北煤炭公司，整合资源，规模经营；还要在财政局成立渭北煤炭收费处，派人进驻煤矿按吨煤五十元收取。李克俭说出这个数字的时候，与会者都瞪圆了眼，天啊，渭北大小煤矿年销煤炭近千万吨，这将是一笔多大的收入啊！国家政策没有让收，也没有不让收，李克俭知道红都那边的资源县都在收。没有办法，两权价款、镇村提留、安全基金、环境保护、采空区治理，这些都要用钱，李克俭县长说得忧心忡忡。但语气丝毫没有回旋余地，特别是在企业座谈会上，他发出了强有力的信号：这个费他是收定了！

短短几天的座谈会，在渭北小城产生的反响就如同今天的“5·29”惨案，人们都争相议论争相传说。李克俭的“稳农促工优果拓旅”“东建西进南改北扩”“一整一建”成了那几天小城人最热门的词汇。对小城经济最直接的冲击是，所有的门面房在一周之内房租上涨百分之三十。这个上任半年的县长，在县城里闷声不响地刮起了一股克俭旋风。当然也有流言蜚语，有人说他是个酒坛子，开会期间天天晚上和参会人员喝酒，但从来没见他醉过，而且他酒风过硬、豪气干云，在酒桌上从不摆县长架子。他的个人魅力通过这几天会议，就征服了渭北官场。对此李克俭并不觉得有多难堪，他李克俭要是不喝酒，这些来开会的人肯定跟他客客气气，但多数人再见到他时，或者视而不见，或者会绕道走。不喝不知道，喝后把他自己也吓了一跳，他还真能喝。葡萄美酒夜光杯，欲饮琵琶马上催，醉卧沙场君莫笑，古来征战几人回。因为提着这么一口气，李克俭还真做到了男儿只求理想飞、杯杯见底心不醉。

关于他要“拆庙”的谣言，着实让他出了一身冷汗。座谈会开完之后，他详细地给县委书记和人大常委会主任汇报了他的调研情况、工作打算和座谈会上他收集到的意见和建议。县委书记年长他十岁，是一个非常儒雅的领导干部。在他汇报的过程中，始终用赞许和欣赏的目光看着他。在认真听完他的汇报后说：“克俭同志，你虽然才来了半年，但你这种扎扎实实的工作作风值得我学习，我坚决支持你的工作。你的许多想法与我不谋而合，可我在这里工作时间太长，在有些决策上碍于情面，工作起来难免放不开手脚。你座谈会上的情况，我多多少少也知道一点，你不要有顾虑，铁打的衙门流水的官，官时间长了要换，庙旧了也要重修。我要提醒你的有两点，一是所有的收费都要有依据，可以打擦边球，但不能无规则打球。二是要听取人大常委会、政协这些老同志特别是本地籍老同志的意见，要尊重他们的感情。”

老书记最后明确表态：“你搬迁县委等三家机关的设想，我没有意见，但一定要安排好办公场所，不能让工作受影响。”

“书记，那只是个设想，方案在经过政府常务会讨论后，还要报县委常委会，最后还得您拍板。”李克俭诚挚地告别了老书记。

人大常委会主任和政协主席是德高望重的两个老同志，很有长者风范，不仅都表示坚决支持他，还从历史的角度给他提示了许多可供挖掘的东西。

从县委大院出来时，李克俭回眸一望，雄伟的宋塔与身后的紫薇山交相辉映，紫薇山青丛翠绿、山花烂漫、浑圆而又丰美，在蓝天白云下充分展示着青春的靓丽和壮美，李克俭的心不由一动，他突然就想到了著名作家莫言那颇有争议的书名：丰乳肥臀。再看宋塔，坚挺古朴一枝独秀，在春风的吹拂下，塔角的风铃叮当作响，李克俭由莫言又不由想起描写“二战”中盟军将领风采的小说，他曾在几处读到过这样细节的描述：将军在走出作战室的时候仿佛听见了自己睾丸“卡拉卡拉”的碰撞声，这悠远的风铃声不正是雄起的渭北睾丸的碰撞声吗？

李克俭的内心有说不出的惭愧，他觉得和前辈的高瞻远瞩、宽阔恢宏相比，和紫薇山宋塔的坚挺、刚毅、雄浑、大气相比，自己有点小家子气了。开这三个座谈会他是动了心思的，他的目的就是要造成既成事实，逼县委、人大常委会、政协就范，这是一种请君入瓮、霸王硬上弓的做法。分层次开会也是釜底抽薪之术，给自己争取群众和社会基础。他强势地亮出了自己的底牌，可是对手在哪里？他知道他刚才接触到的三位都不是等闲之辈，能在中国政治生活的旋涡中沉浮半生而不失手都是高人。他的那点小心思、小伎俩他们还能看不清楚，高的是他们都清楚却不说破，更高的是，他们不但不说破，还全力支持他！李克俭的心胸豁然开朗，自己原本志向就没有那么远大，只想着当好一个教师，谁承想还当了干部，现在又做上了县长。老父亲有弟弟照顾。骆慧敏在省团校，进修后又留在了那里任教，当然省委组织部也有照顾他生活的成分。岳父和岳母也住在了省城，骆慧敏有他们照料，李克俭是一百个放心。反正是干工作，管他是宁川还是渭北，既来之，则安之。况且有这么好的领导、这么好的同志和群众，我还是干好眼前的事吧。在接下来的半年里，李克俭带领县政府一班人扎实地按照“稳农促工优果拓旅”的思路推进着，县城城区的建设新老工程稳步推开，“西进”也正和省煤业集团沟通，以求企地共赢。这期间县林业局争取“山川秀美”项目盖好了一栋办公楼，李克俭果断地决定林业局暂时和农业局在一栋楼办公，把新楼让出来给县委、人大常委会、政协来用。毕竟是新楼，设施齐全、宽敞明亮，装修得又舒适大方，机关搬迁时竟像过年一样。煞是热闹，周围的相关单位和几户居民见县委都搬迁了，也就再无话可说，仅半年拆迁就基本到位。泾河防洪工程的可研、初设已经完成，渭北政通人和，一派欣欣向荣景象。到年底，渭北财政收入就历史性地突破了亿元大关。

十三、谁与共舞

谭永远县长拖着沉重的双腿回到办公室的时候，已经有八九个人坐在通讯员的房间在等着他。这些人能等他到这个时候，就都是他非见不可的人。

第一个进来的是一个三十岁出头的年轻人，从头到脚把自己收拾得很清爽，只是作为男人略显得有点油头粉面。

“快进来坐，等了大半天了，有什么急事?”谭永远问。

“怎么？腿还是疼?”来人关切地说。

“今天站得时间长了点，又肿了。你喝水!”谭永远指了指通讯员刚跟进来沏好的一杯茶。

渭北是旱塬，吃水一直是个问题。每年到了七八月，群众吃水都要靠从外边拉水接济。近几年工业发展较快，用水量猛增，大家都建议重修赵家河水库，谭永远也私下拜访了省内几位知名的水利专家，经现场勘察，专家很认可，一致认为该水库建成后最少在五十年内渭北不会缺水，于是县委常委会最后研究决定建设赵家河水库工程。水利部门拿出来的工程概算为两亿元，关键是项目必须得到国家发改委的审批。岳父秋教授领着他去拜访了曾任过农大校长的全国政协某部门领导的程老，程老原本就是水利专家，在认真听取他的汇报后，表示他可以帮县上争取立项。那天拜会时，程老的侄子程乐恰巧也在场，程老介绍说，程乐是西部建筑安装公司的总经理，公司的总部就在省城，程乐本人和省市、国家发改委的人都很熟悉，今后联系他不方便的话，就联系程乐，一来二去谭永远就和程乐成了朋友。尽管程乐还小谭永远几岁，但谭永远从心底佩服程乐。县上从主管水利的副县长到水利局长等都给谭永远汇报说，这个项目还真多亏了程乐，否则许多工作不会这么快地推进。

程乐很快言归正传："你的部下都不敢给你汇报，推我来跟你说。两件事，一是要给人家意思意思，二是你最少得给人家留一个工程标段。"

"意思意思大概需要多少？"

程乐伸出一个手指："最少这个。"

谭永远："十。"

程乐："百。"

谭永远悄声道："现在这种环境他们也敢？他们不搞党的群众路线教育？"

"搞，怎么不搞。可越搞事情越难办，谁也不愿意拍板了，凡事都要讲程序，要按那些老爷的程序走下来，什么事也别想干了。过去收了你的就能给你办事，现在收了你的还得按程序办事，有一点没有变，如果不收你的，会想方设法让你办不成事。大县长，你说怎么办？"程乐最后问。

“好了，我也不想知道那么多了。跟他们几个说，该怎么办就怎么办。但最后的手续必须都是正规手续，需要你们几个人共同签字。”

程乐出去时，再进来的一个人提着一个手提纸袋，他很利落地将手提袋放在了谭永远的办公桌上。然后从容地说：“都搞定了，下面就是施工中的问题，遇到什么问题，就解决什么问题吧。你早点休息，我走了。”

谭永远顺手将手提袋锁进身后的柜子，接下来进来的几个人有来争取工程的，有来谈孩子就业的，还有一个是来策划渭北进全国百强县的。都是省上领导介绍来的，谭永远都妥善做了安排。别看他是县长，可这些人他都得罪不起，当然这些人也都是他生命中的贵人，是他官场必须依靠的资源。

最后进来的是身着白大褂的年轻医生吕梦兰。吕医生是县中医医院理疗科的主任，最近几个晚上都来为谭永远县长按摩浮肿的腿。吕医生的形象就如同她的名字一样美丽而又有韵味，她曾就读于一个民办的美容美发学校，毕业后意外地进入了一家民办医院的办公室。当她有一天猛然醒悟到她是被当作花瓶和摆设的时候，就对这种低层次的奉献厌倦了。她以一个农民女儿的实际和勤奋，在这家医院选修了中医按摩和理疗，并成功地获得了文凭和医师证书，学成之后，应聘到家乡的中医院并竞争到了理疗科主任的岗位。尽管她靓丽的容貌和匀称而丰美的身体给她带来了巨大的实惠，但年届而立的吕梦兰却拼命学习。每个人的成功之路都坎坷曲折布满荆棘，不亚于唐僧取经。他们兴奋过、快乐过、激情过、悲哀过、彷徨过、徘徊过，只有不畏艰险百折不挠的人才能到达成功的彼岸。吕梦兰的成长之路充满了辛酸和眼泪，但这些对豁达的吕梦兰来说都不算什么，她知道作为一个农家女孩，她所拥有的有限资源是什么，她最为痛苦的是奋斗路上无人相伴。从初中求学始，和她肌肤相亲的人不少，他们都不是坏人，就是个别强迫她的人也是激情所致，并非故意伤害。善良的吕梦兰不记恨任何人，甚至还对有的人充满敬意和感激。

吕梦兰近期靠近谭永远县长还有另外一层心结，眼见得他们新区的院区已近完工，关于他们医院的争论也越来越尖锐。这主要是因为医院长期没有院长，由副院长主持工作。副院长既要抓业务，又要抓基建，忙得日月无光，也不知从什么时候开始不兴这么干工作了。先是医院里面人嫌他对工作抓得太紧太认真骂他，说他又抓钱又捞权，这些流言蜚语，显然影响到了县上的主要领导。据说县卫生局和政府主管领导已经和医科大学附属医院达成意向，让人家全面接管该院，人家要重新聘用医生、护士和管理人员。全院的人这才知道从副院长到门卫，大家很快都要下岗了，失业不失业的决定权在新老板手上。

副院长诚挚地告诉大家："这就是你们骂我的结果，我们辛辛苦苦把医院重新建好了，可医院成了人家的。我也认为这对县上来说、对群众来说应该都是好事，可对我们大家意味着什么你们明白。我去跟领导们说已经没用了。再说领导们就会以为我争这个医院院长的职位，你们去争取一下吧，让县上和新医院谈谈把你们整体接收，都到这个年龄了，拖家带口的，失业后怎么办呢。"

大家知道理疗科能接触到县上领导，这几天都用可怜巴巴的眼神看着吕梦兰，弄得吕梦兰自己倒怪不好意思的，仿佛她真欠大家一个交代似的。不过她也有所心动，这么多年了，都是男人选择她，她也该选择选择男人了。本来给县长理疗，她可以派个漂亮的小姑娘去（这样政府办公室会更高兴），可她想了想还是自己来了。她用白大褂巧妙地掩饰了自己的性感，只是在头饰上略微讲究了些。第一天晚上，她将长发挽成发髻用银色的发夹束在头顶偏后，黑色的长袖 T 恤被牛仔裤紧束在细腰间。在县长的卧室里她将双手插在白大褂的口袋里，沉静地看着公务员帮谭永远县长泡脚洗腿，谭县长还抬头客气地招呼她："是吕主任吧，还很年轻嘛，谢谢你了。等我洗毕后你来做。"

吕梦兰微笑着点了点头。

帮县长洗过脚，扶县长躺在床上后，公务员出去并拉上了卧室的门。吕梦兰利索地给县长的两条小腿烤上电，就脱掉白大褂给县长按摩大腿。在她脱去白大褂的一瞬，她扫了县长一眼，自己也不由一震。县长原来这么年轻，看来也大不了自己几岁，近距离观察，这县长的面部皮肤嫩白细腻不输自己，眼中放出的光，竟然比电棒光还亮。她什么话也没有说，隔着睡裤中规中矩地给县长按摩了一个半小时。治疗结束，她收拾好器具重新穿好白大褂，县长跳下床穿着睡衣亲自为她打开了卧室门。

"谢谢，谢谢吕主任。通讯员，帮我送送吕主任。"

"跟您提个建议，明晚换一身短睡衣，治疗效果会更好。"

吕梦兰边出门边说，她能感觉到县长目送她进了电梯间。

第二天晚上，吕梦兰穿了一双黑白相间的高跟鞋，白大褂里是一件夏季才穿的碎花短袖连衣裙，一头长发被她用粉红色的蝴蝶形发夹散乱地束在脑后，使白皙的面庞更见柔媚，整个人则显得散漫而自然。谭永远县长果然如她所愿，换了一身短睡衣，在小腿做电疗的同时，吕梦兰给县长按摩了肩背和手臂，治疗在愉快之中进行，谭永远微闭着眼惬意地配合着。只是在按摩大腿时出现了点小情况，由于不住地动作，吕梦兰挽在头顶的头发慢慢松散了，最后竟如瀑布般散落了下来。吕梦兰本能的一甩头，可半个脸还是被遮住了，头发显然触碰到了谭永远的光腿，吕梦兰明显感觉到谭永远的腿猛地一抽，她手忙脚乱地去拢头发，一不小心又触碰到了谭永远的敏感部位。吕梦兰忙起身走进谭永远的洗手间，重新整理好再出来时，在日光灯下，她的脸绯红绯红的，好在谭永远一句话也没有说，只是微笑地看着她。吕梦兰向谭永远的大腿根瞟了一眼，那里有了明显的变化。

昨天晚上的谭永远县长，已经有点儿拿捏不住了。面对吕梦兰白大褂下的一身运动短装，他有点儿不知所措，手几次有意无意地触碰到吕梦兰牛仔短裤包裹的大腿，在碰到吕梦兰的胸部时，更如触电般缩回手去。吕梦兰则如相扑运动员一样，把头发扎成马尾辫，将谭永远搬来揉去，连揪带骑，直到谭永远如一摊烂泥躺在床上呼呼直喘粗气，她才套上她的白大褂飘然而去。

今天晚上的吕梦兰，脚下是第一天晚上穿的高跟鞋，头发是第二天晚上的挽法，白大褂下是一袭深蓝色柔软透亮的韩式连衣裙，关上门后，她连理疗器械都没有打开，就直接开始了从头到脚的按摩。谭永远还是穿着短睡衣躺在床上，但神情异常沮丧和疲惫，在吕梦兰给他按摩胳膊时，他一把抓住了吕梦兰的手，表情是那样地恐慌和无助，声音小的只有他们两个人才能听到："太可怕了，六个人呢，就那么死了。"

吕梦兰的心咯噔一下，她已经听说前埠村发生了血案，她也知道谭永远在那里工作了一天，她善良的心不由一疼，头发不知什么时候又散落了下来。她温顺地任谭永远紧抓着她的手，将一侧的头发顺在耳后，倾听着谭永远近乎呢喃地诉说："老人根本没有反抗，小伙子也很年轻，那两个人在苞谷地里连衣服也没有穿呢。"吕梦兰感觉到了谭永远嘴巴的温热，她顺势将脸靠上去的同时坐在了床沿上。

吕梦兰像安慰一个大孩子一样，将谭永远的头搂进了自己怀里，并引导着谭永远的手从裙子的下摆进入，她的一只手则插入他的短睡裤。就这样依偎了有一刻钟后，谭永远挣扎着想说点什么，吕梦兰放开他，起身站在床边竖起手指在嘴边嘘了一下，就利落地脱下了谭永远和她自己所有的衣服，无限温顺地躺在了谭永远的身子底下……

送走吕梦兰，谭永远就来到了前埠村村委会，见公安民警和县乡领导都坚守在自己的岗位上，他由衷地表扬了他们。来到楼上为他准备的房间里，室内就一床一桌，条件很简陋，但极为干净整洁。谭永远疲惫地躺倒在床上，听着楼下的脚步声和间或出现的蛙鸣蝉噪，他的脑海里挥之不去的仍然是吕梦兰。当政府办主任和中医院副院长推荐吕梦兰给他做理疗时，他很随便地就同意了。方案是临睡觉前做，做完好好睡一觉，让身心彻底放松。他们推荐的吕梦兰，他并不认识，但想来能做到中医院的理疗科主任，应该是个很稳当的中年女性。当双手插在白大褂里的吕梦兰站在他面前时，他眼前一亮。起先他还以为是房间换上了大瓦数的灯，很快他就清楚是因为眼前这张脸。她的靓丽已经不必言说，浓密的发髻上银色的发夹和清秀白皙的面孔相衬，有着难以形容的韵味，待她脱去白大褂将热辣辣的身材展示到谭永远面前时，谭永远准确地定义了她：标准的东方维纳斯。那天晚上谭永远享受的不是按摩而是舞蹈，一会儿是飞天临空、一会儿是嫦娥奔月；朦胧处如贵妃醉酒，激情时若霓裳羽衣。再加上面如满月、眼含秋水、眉飞黛色、唇露珠润，令谭永远目瞪口呆。没想到在他的治下竟有如此人物，让这样的人做一个中医院的理疗科主任有点暴殄天物。第二天晚上的吕梦兰从仙又变回了人，她长发飘落的一瞬是那样妩媚动人，一个微微摆头的动作就令谭永远魂飞魄散。这是一个非常聪明且看透了男人的女人，昨天晚上她激情四射地给他跳了一曲健美操，她巧妙地把典雅妩媚和青春组合在一起，形成一曲热情洋溢的音乐，在适度的铺垫之后，一个音节一个音节地掀起高潮，最后的吟唱让人骨酥体软、荡气回肠。

生活是多么地叫人不可思议啊，就因为他是县长，医生就应该在他临睡觉前，给他按摩理疗，即使是女医生也没有人议论和说三道四，女医生就能自觉自愿地睡到自己身下。他从当常务副县长开始就知道，常在河边走湿鞋是迟早的事，连村委会主任都有相好的呢，更不要说县长了。他在内心给自己定了个原则：不主动、不拒绝、不负责。人生苦短，往前的路是黑的，谁知道会发生什么呢？就如同这冯广乾一家，谁能想到会发生这样的事呢。

想到案子，谭永远县长不免又焦躁起来。

十四、霜打茄子

这个晚上最焦躁的人还是陈文光。

眼见得都深更半夜了，新换来的这两个警察比前两个还精神，眼睛瞪得像牛蛋一样地盯着他。说来也怪，这些警察给他吃、给他喝、不打他、不骂他，也不和他说什么，所有人只是两个字：说吗？他的回答还多了两个字：不知道嘛。听起来好像他们之间有什么心照不宣一样。陈文光心里清楚，警察这是猫戏老鼠，就像早先他想杀二牛，会仔细地在二牛脖子上寻找切口一样，这些人也是在他身上寻找下口的地方，一旦找准他的七寸，这些人就会像狼一样扑过来。早上那个警察说有一个没有死，得送医院。会是谁呢？冯广乾当时呼呼地吐着气，两个老不死的当时就死僵了，冯波还在抽搐，他又补了一镢背，邻家那老婆肯定活不了，他那时已经一不做二不休了，何况这老婆经常跟村里人说他见了女人就掏出老二撒尿，他太懒了，下地干活的第一件事是坐在地里偷吃苹果。说你妈没味道的话呢。我哪里是在撒尿，我是在偷偷逗我自己想让它硬起来。我偷吃苹果是事实，可我不偷吃苹果饿得慌呀，我每顿饭都吃不饱，在盛第二碗饭、拿第二个馍时，冯广乾家人就拿眼瞪我，那些苹果都是我拾下的烂果子。如果有没死的，也许是冯广乾或是他的儿子冯波，小伙子血气旺也许挺过来了。对郭素秋那骚婆娘他下手很重，他丝毫没有手软，这一家人他最恨的就是这个骚婆娘。他干活时最烦这婆娘跟着，可这婆娘偏爱跟着他，弄得他也不敢偷懒，偷懒，这骚婆娘就往屁股上踢呢，也给他做过一件新褂子，在帮他试衣服时，还隔着裤子在他裆里抓了一把，他当时躲了一下，你当你是谁？你又不是田秀妮！

想起田秀妮，陈文光的心不由一紧又一疼，秀妮，你在家里还好吗？你可知道要不是为了能见到你们娘儿几个，我也不会来这前埠村打工，也就不会有这么一出戏。

爱情对生命而言是一个永恒的主题，无论你高贵，还是低俗，爱情如风似雨像节气，不畏严寒酷暑冰刀霜剑，也会披星戴月栉风沐雨从沙漠深处的金字塔下、从珠穆朗玛峰、从书声朗朗的校园、从炮火连天的战场、从地震废墟、从田间地头不经意间走来……

介绍人领陈文光见了那么多女娃，最终都没有谈成，可见到田秀妮的时候，陈文光挪不动腿了。田秀妮长得很平常，因为肤色较黑，平顺端正的面孔也就不出众，结实健康的身体倒是很有曲线，可农村女娃穿衣服宽松也显不出来。最出众的是脑后的两条辫子，不是很长，但黑而粗，头一甩动使整个人看起来特精神、特带劲儿。陈文光见田秀妮的第一面就在心里说：奶大、沟子圆、头发黑，是咱农村人的好婆娘。介绍人并不看好田秀妮的原因是，田秀妮早早就死了母亲，她和父亲相依为命，谁要是和田秀妮做夫妻就得入赘田家，做上门女婿。陈文光是陈家的长子，是顶门立户的角色，倒插门的可能性不大。可是陈文光自己却非常上心，好在田七秧村离东河滩村也就七八里路程，陈文光几乎一抬脚就到了田家。

那是陈文光这辈子走过的一段最为惬意的路。

春暖花开的时节，从最早的米黄色迎春花开始，慢慢地就是桃红李白菜花黄，柳絮杨花伴随槐香溢满整个田野。路边自由生长的丹萍花，更是让陈文光如痴如醉。丹萍花秆壮叶稀花疏，花色红粉黄紫黑白很丰富，陈文光也不知从什么时候起就把丹萍花和田秀妮等同起来。他走在路上会自觉不自觉地摘下花朵一瓣一瓣地吃进嘴，舔食最里面茸茸的花蕊，甜丝丝的，还真如田秀妮的唇和舌。

他们结伴来到村外田野，会在地塄坎上采一大束野花插进田秀妮房间那些废旧酒瓶里，小小的房间便满是花香。在骄阳似火的夏季午后，他背着一大包衣服、提着盆子陪田秀妮下到河滩里，洗完衣服，他们相帮着把衣服晾晒在庄稼上，就并排坐在河边戏水，同伴们有时取笑田秀妮爱女婿娃，田秀妮也不管不顾，还故意把头倚靠在他肩上，水清凉清凉的，舒服极了。等人都走完了，随着天黑只剩下青蛙的喊叫和知了的长声时，陈文光就搂过田秀妮去亲她的脸和嘴。

田秀妮会笑着说："来，我给你说个故经。"

月明夜，
亮晃晃，
开开城门洗衣裳。
洗得干干净净的，

捶得邦邦硬硬的，
打发哥哥穿整齐，
提上馍笼走亲戚。

“不行不行，要说个长的。”陈文光知道田秀妮肚子里故经多，为了和田秀妮多坐一会儿，就这样死乞白赖地央求。田秀妮会用手背擦一下溅到脸上的水珠，打着拍子继续说：

月亮夜明晃晃，
我到河里洗衣裳，
洗得白白净净的，
打发哥哥出去呢。
哥哥要骑花花马，
妹妹要坐花花轿，
出了南门放三炮，
你看热闹不热闹。

然后两个人嘻嘻哈哈地踏着薄暮回家。夏天是个火热的季节，本来就充满了诱惑，田秀妮的短衣和短裤更把她健壮的身体暴露无遗。对从未有过婚史的年轻女人来说，在青春面前本来就是不设防的，以母性与生俱来的大海般宽广的胸怀感恩前人，亲吻后人，与走进自己身边的同代人相依偎共缠绵。几次夏日的午后，陈文光走进田秀妮的房间，田秀妮都是在仰面酣睡。她洁白丰润的大腿舒展地放在床上，高耸的胸部有节奏地起伏着，脸上挂着满足的笑。陈文光抓过田秀妮的手痴痴地看着她。田秀妮醒了，她慵懒地翻个身，把头往陈文光身边靠了靠，问：“来啦？你吃过饭没？”

“吃过了。”陈文光回答着在田秀妮脸上美美地亲了一口，就扛着镢头下地了。

田秀妮家有好几亩果园，从苹果熟花开始，陈文光就像是亲吻田秀妮的脸一样精心呵护。套袋、取袋都是苦累的精细活，陈文光虽说长得单薄，但他不怕苦和累，在苹果生长的时日，他把树下的土地平整得像镜面一样，连一根杂草也见不到，去袋后青涩的果子在阳光下上色，天天都有变化，陈文光经常痴痴地站在树下发呆，成熟的苹果太像田秀妮的脸蛋了。更让陈文光满意的是穷人的孩子早当家，由于娘离开得早，田秀妮练出了一手好针线和一手好茶饭。陈文光的衣服经她缝洗后，不光干干净净，而且挺阔，就是破损之处，也被田秀妮缝补得像着意点缀的图案。天道酬勤，这一年，秀妮家的苹果大丰收。收果子的那几天，他和田秀妮他爸就住在果园地头的小看护房里，爷儿俩虽很少说话，但吧嗒着烟卷的嘴都乐呵呵的。最后一天装箱完毕后，在地头吃过田秀妮送来的晚饭，田秀妮他爸吩咐田秀妮：“你们两个今晚在这里照应着，我得回去睡个好觉。”

秋天的田野是个丰收的大库房，清凉的空气中弥漫着醉人的果香。陈文光和田秀妮依偎在一堆苞谷秆上，随手撸掉苞谷秆上的叶子，像嚼甘蔗一样嚼着手中的苞谷秆，他们把这个动作叫吃甜咪咪。由于已经夜深人静，他俩的咀嚼声就特别响，不时还能听到相邻地头的咳嗽声和说话声，他们俩也不敢大声说话，只是尽情地享受着属于他们的安宁和幸福。嚼完一根苞谷秆后，秀妮突然扑哧一声笑了。

“笑啥呢？”陈文光悄悄地问。

“咱把嚼苞谷秆叫吃甜咪咪，你知道电视上把啥叫咪咪？”田秀妮反问陈文光。

“你看电视了?”陈文光惊奇地问。

“看了呀，过去是去粮站看，现在是去电管站看。粮站那是黑白的，还经常停电。电管站是彩色的还不停电，改天咱俩看去，前段放的是《大西洋底的来人》，好看得很。”

“你还没跟我说电视上把啥叫咪咪呢。”

“瓜哥，你真是我的瓜哥哥，人家把这叫咪咪。”田秀妮的声音越说越小。

“这不是奶吗?”陈文光还在傻问。

“傻哥哥，你不能像电视上那样叫它咪咪，也不知道叫它乳房，光知道叫奶，不嫌土气吗?”田秀妮说着话解开了自己的上衣扣子，让陈文光慌乱的手放在了自己的胸罩上。

“我又不像你是高中毕业生，我初中都没毕业，哪里知道那么多呢。我只知道奶大的女人能生儿子。”

“哥，我奶大不?”

“大。”

“那你咋不把手放进去摸?”

陈文光笨拙地忙活了好一会儿，才解开了田秀妮的胸衣。在这个过程中，田秀妮早利落地解开了他的夹衣扣子。在胸衣脱落的那一瞬间，田秀妮的双乳如同挣脱管束的小兔子冲了出来，她整个人也一个激灵，猛地扑过去紧贴在了陈文光裸露的胸脯上。陈文光紧抱着田秀妮，就像抱着一堆火炭一样。随着田秀妮身体像蛇一样地扭动，他的全身都酥了，任由田秀妮的舌尖在他光洁的面孔上触来碰去。田秀妮嘴里含混不清地嘟囔着:“哥呀，我不光要儿子，我还要女子，我要生好多的娃。你给我好吗?”

陈文光挣扎着起身，抱着田秀妮走进果园房，他们依偎着躺在床上，不一会儿就满足而幸福地睡着了。

那个冬天第一场雪的晚饭后，父亲和田秀妮就她的终身大事做了一次恳谈。话题竟是从父亲的忏悔开始的：“妮呀，你妈走得早，爸拖累了你，也没有让你再读书，也没有让你去南方打工见世面，你都长大成人了，还得跟爸在这土里边刨食。”

“你说啥呀，爸，你是我心目中最能干的人。当村上那些万元户戴大红花坐拖拉机风光的时候，我们家就是十万元户了，这都不是偷的抢的，是你辛苦挣下的。咱家的果园是村上最大的，品种也是最好的，人家说吃不穷穿不穷，算计不到一世穷。爸，你会算计。”

“妮儿，甭说爸了，说你。你跟文光也相处近一年了，你觉得这娃咋样?”

见她爸说到陈文光，田秀妮羞涩地低头摆弄着衣角，好在她原本就是个黑女子，倒也不显得太尴尬。

古时候男子上门提亲，若长得好看，姑娘满意，就会一脸娇羞地说：“终身大事全凭父母做主。如果长得丑不满意就会说：“女儿还想孝敬父母两年。”英雄若救了美女，如果英雄长得帅，美女就会一脸娇羞地说：“英雄救命之恩，小女子无以为报，唯有以身相许。”如果不帅就会说：“英雄救命之恩，小女子无以为报，唯有来世当牛做马，报此大恩。”从古至今，全是套路!

“爸，你觉得他人行不?”生活在二十世纪末的青年女性田秀妮心里有这些道道儿，她低声低气反问父亲。

“我去东河滩打听过，都说是个好娃。见过抽烟，没见过喝酒，家里也没有拖累，两个兄弟也都成人，能养活自己了。在咱家我仔细看过，侍弄庄稼和果树是一把好手，只是爸有两个担心。”

“爸你担心啥呢?”田秀妮急切的语气暴露出了她的内心。

父亲轻轻叹息了一声，真是女大不中留啊！老人已经知道女儿离不开这个男人了。可他还是把心中的忧虑说了出来。

“爸一是担心他文化程度没有你高，会跟你说不来。”

“爸，你别看他不声不响的，其实坏着呢。”田秀妮不由想到陈文光在她身上那双不安分的手，内心里竟有着说不出的幸福和快乐。

父亲慈祥地看着田秀妮，他知道这个时候的女儿把魂儿丢了，是个傻子。他必须把话说完，“另一个担心是我总觉得文光太过清秀和文气了。我总觉得他身上啥地方像个女人，好在瘦是瘦，力气还是蛮大的。”

看来父亲也是有点儿说不清楚了。其实这正是田秀妮内心的得意之处，谁也比不上陈文光。陈文光比较沉稳，轻易不开口，这绝对不是装出来的，对男人来说沉默是金，田秀妮其实在内心把陈文光归到了霍元甲、郭靖一类，是大侠。

见女儿不吭声，抱着双腿把下巴支在膝盖上发怔，满眼满脸都是自得的满足和幸福感，父亲便笑着说：“那你就和文光商量，今年过年就给你们两个把事办了。正月天虽说冷，但大家多数都在家，过年办事也方便。我找人看日子，你和文光布置你们的新房，算算他家有多少客。”

日子很快看好了，正月初八，开百花，是合卺的大好日子。两个人买来涂料把田秀妮的房间仔仔细细地粉刷了一遍。在等待墙干的这段时间，两人去家具市场挑了一个大立柜，还给田秀妮挑了一件梳妆台。这些都没有用田秀妮他爸的钱，都是陈文光出的，待家具进房之后，陈文光豪情万丈地对田秀妮说：

“妮，得买家用电器了！”

“还买家用电器？你还有钱？”田秀妮惊讶地问。

“我攒了两万元，还有一万多元呢。”

两个人头碰头商量了一个晚上，最后决定买个彩色电视机，买个洗衣机，再买个摩托车。按照陈文光的想法，剩下的钱他要给田秀妮买金耳环和戒指，可田秀妮不买，她让陈文光把钱留着："男人，腰里没铜，说话不灵。"

"管它灵不灵，我有你就行。"木讷的陈文光说话也顺溜多了。

陈文光其实心里有数，在田七秧村，田秀妮家虽说不是数一数二的，但绝对是先富起来的家庭。田秀妮爸精明强干，年龄又不大，有他帮着是如虎添翼。过去讲二亩半地一头牛、老婆娃娃热炕头就是好日子。现在他们两家的地合起来有近十亩，有一半还是能来钱的果园，秀妮爸又买了拖拉机，还谋划着买旋耕机，养奶牛。这农活也不重了。他陈文光和田秀妮结婚那是掉在了福窝窝，尽管户族里还有人反对，反对的理由是陈文光是家里长子，本来就是顶门立户的，要上门也应该是老二老三去上门。可陈文光义无反顾，这其中除田秀妮情真意切的诱惑外，还有一层原因，就是几年前二牛叔的死，陈文光在心底里已经否定了那是一个意外，杀心起、手用力、人落水，怎能说不是他有意而为，只是天助陈文光而已。但说到底心里还是有点硌硬，还是离开东河滩村好。

从腊八开始，渭北就有了年气，腊八讲究吃早，天还没亮，田秀妮就做好了"米儿面"。渭北人不单喝腊八粥，讲究的是熬好小米粥后下进去面条。调味时不光放盐和醋，更重要的是"炒堂"，也叫"下锅菜"，这种菜的主料多是葱花或切碎的蒜苗，也不用多，在一个能放进灶火里的小炒勺放上清菜油，油煎后倒进主料和盐，炒熟后就叫"炒堂"或叫"下锅菜"。巧媳妇配好案，好菜配好饭，这勺菜一入锅，那种香伴着腾腾蒸气立时溢满农家小院。特别是在这个干冷干冷的冬季早晨，在西北风的呼叫和雪花的飘飞中，就着自家腌制的萝卜和蔓菁，拿上个冷蒸馍再蘸上油泼辣子，端上一大碗“米儿面”坐在热炕上，哎呀，那种幸福和滋润绝对会胜过朱团头当年那一碗“珍珠翡翠白玉汤”。

围坐在田秀妮她爸屋里的炕桌上，陈文光连头都没有抬，拿着馍就着辣子和生葱呼噜噜两大碗“米儿面”下肚，放下碗嘿嘿笑了两声，就跳下炕抓过扫帚去扫院子。到天大亮的时候，田秀妮家从里到外已经干干净净。其实近一年了，陈文光早已经不把自己当外人了，他已经自觉地把自己当成了这个家庭里的一员。

一直到腊月二十九，挂面、蒸馍、杀猪、煮肉、贴对联，三个人忙了个不亦乐乎。到年三十晚上，秀妮给炕桌上端了一碗调好的肉，热了一个红芋碗子，凉拌了一盘土豆丝，又罩了一盘莲菜，拿出一瓶当年流行的细脖子西凤酒对她爸说：

“爸，你跟文光先喝着，我给咱下饺子去。”

“来，文光。咱爷儿俩喝，我还没问你八日的事，你给亲戚都把帖下了吗？”

“下咧。”陈文光回答着斟上酒。

“从初三开始，你俩分头走亲戚去，也只能给你两三天时间，到六日那天就得给咱搭棚砌锅台，忙活咱家的事了。”

爷儿俩说着话，“吱儿”地饮着酒。

田秀妮在厨房里差点乐出声来，这是她长这么大见到的他爸过得一个最开心的年，男寡妇守娃，她爸不容易呢。她煮好饺子装盘端上炕桌，放好辣子蒜泥说：“爸，你们俩吃点饺子，肉馅的，也下酒呢。”

“好，妮儿，你也上来。我正跟文光说呢，今年走亲戚甭寒碜，咱家有挂好的面拿上，再拿上苹果，甭看都有呢，可谁家也没有咱家保存得好。”

“行，爸，你要喝着顺就多喝几杯，要不顺，就少喝，多吃点菜和饺子。”秀妮贴心地对爸说。

“顺、顺，怎么不顺呢，我还有话跟文光说呢。文光呀，这家今后就是你的了。也别想着去南方打工了，也别老惦记着倒腾买卖。咱是农村人，咱就侍弄地，要是有别家不愿种了，咱就包。地就是咱的聚宝盆。咱现在攒的钱都够盖大房了，我只是不愿意显摆罢了。”田秀妮她爸说得眉飞色舞，陈文光听的是心潮澎湃，他原本的理想是二亩半地一头牛、老婆娃娃热炕头，哪里还奢望过秀妮爸说的生活，可他现在屋子里有大彩电，院子里有农业机械，再要盖上大房，那可就比大地主刘文彩都阔气了。三个人头碰头吃着、喝着、说着，畅想着今后的幸福生活。

到正月初八那天，田七秧村田秀妮家的近支儿都来帮忙。虽说是给田秀妮招上门女婿，可田家给了陈文光充分的面子和尊重。从正月初七晚上起，田秀妮就住进了陈文光在东河滩的老屋，第二天一大早，穿着一件喜庆的唐装棉衣的陈文光，开着拖拉机，带着一群小兄弟将田秀妮又迎娶回家。对陈文光家族的人来说，这完全就是陈文光在娶媳妇，以至于这些亲友们几乎都忘记了他们是身处田秀妮之家。直到晚上要离开时，还有几个叔伯弟弟嚷嚷着晚上要来闹洞房，可说是说，毕竟隔着有好几里地，天寒地冻的也就没有人来。从进入腊月天就忙忙碌碌的，也的确累了，陈文光和田秀妮舒畅而放松地睡了几天好觉。

婚姻绝不是一张结婚证书就能够证明和约束的，它既是缘分也是契约，是相守也是承诺，更是给予和付出。既有夫妻本是同林鸟大难来时各自飞的貌合神离，也有在天愿做比翼鸟在地愿为连理枝的山盟海誓。还有一个比喻说婚姻就像鞋子，合脚不合脚只有自己知道。

婚后的秀妮有点手足无措。

最初的几个晚上她真的累了，扑进陈文光的怀里，她一下子觉得非常安全、非常放松、非常舒服，她甚至渴望着太阳落山，早早就脱衣上炕关灯入睡，与陈文光那样脸挨着脸肉贴着肉搂抱在一起。文光也是累坏了，睡得跟她一样沉。这样过了两周后，田秀妮睡不着觉了，她所掌握的生理卫生知识告诉她，夫妻间应该做点什么，她的身体也已经不满足于这种温润的接触了，夜半时分她抱着陈文光心跳口颤的总想怎么样融为一体。陈文光显然也领会了田秀妮的需要，他在慌乱中趴上田秀妮的身子，折腾了大半个晚上，却怎么也不行。陈文光能感觉到田秀妮的温热与悸动，他的心里明白作为丈夫自己应该做什么，可就是做不了。

“哥，我是你媳妇呀。”

田秀妮含混不清地在陈文光耳边说。

“妮，我知道。可我太紧张了。”

第二天早上，田秀妮翻箱倒柜地找出一厚沓《家庭医生》杂志来。从那天晚上起，专门就和谐的性生活和生育知识给陈文光进行科普讲座。两个人趴在炕上，头碰头地学，还时不时地把书上的文字和自己的身体相对照。前几个晚上还有点羞涩，随着知识的积累和学习的深入，在两个人的世界里，田秀妮渐渐放浪形骸，常常学着学着就有点情难自已，她甚至主动地用舌头去挑逗陈文光，可学习了月余，陈文光毫无长进，倒是让田秀妮天天晚上很难过。

“哥，我们去看医生吧？”

田秀妮不得不放弃自己的教程，在这个春暖花开的季节去城里找到一个专治不育不孕症的老中医。老中医拿出望闻问切的看家本领，把陈文光仔细地翻腾了一遍，然后给陈文光开了一大包养精固本的药，临了，把小两口叫到面前来一本正经地叮咛：

“吃我的药就得听我的话，三个月内夫妻不得同房，不光不能用，男的连想都不能想，女的连摸都不能摸。听明白了没有?”

“听明白咧。”

两个人异口同声地回答。

这三个月田秀妮又多了一项工作：熬药。

陈文光表面上很沉稳，但内心有说不出来的沮丧和恐慌。他恐慌的是看来二牛这狗娘养的那一年是真的废了他，静下心来想，那次苞谷地里被打之后，他还真没有见自己硬起来过，那几年他一门心思要杀了二牛，自然很少想男女之事。可现在田秀妮就在身边，他终于还是不成，其实那时他已经沮丧到了极点。

相比较而言，田秀妮倒是充满信心，照旧乐观开朗。尽管到了晚上那种莫名其妙的冲动让她有说不出来的难受，心里像爬满了毛毛虫，火烧火燎的。但转念一想，陈文光毕竟在自己的身边，再说也就三个月，好日子还在后头呢。她牢记着医生的话不去逗弄它，但她禁不住自己想看它的欲望，在陈文光的酣睡中田秀妮揭开被子偷偷地看，竟然有一种奇妙的感觉让她骨酥体软……

在火热的初夏来临的时候，田秀妮被兜头浇了一盆冷水，尽管夏天的太阳让人换上了短衣短裤，但田秀妮的心里却凉凉的。在听到老中医无能为力的叹息时，陈文光先是像刚犁过田的牛浑身大汗淋漓，待从城里返回田七秧村时，又如同被霜打了的茄子，怎么也抬不起那柔弱的头了。半道上，田秀妮钻进刚尺把高的苞谷地里，无力地坐下身去，先还强忍着不出声，只是默默流泪，流着流着就号啕大哭起来，连太阳都躲在了大槐树后，实在是不忍看不忍听。哭够了，回家，翻书。第二天吃过早饭跟父亲打了声招呼，田秀妮又喊上陈文光：

“走，城里边走，看西医。”

陈文光像木偶一样随着田秀妮来到了县医院，大夫是一个四十岁左右的男医生，在听他夫妻俩对病情陈述的过程中，一双骨碌乱转的眼睛反复在田秀妮的身上扫来扫去。听完后，大夫将陈文光带进套间里，除一件简单的器械和两个大灯外，房间里就只剩下一张铺着白床单的床了。

“脱。”大夫一边戴橡胶手套，一边从口罩后面发着指令。

陈文光顺从地脱下了裤子，大夫用戴着手套的手拨弄着，问：“怎么不行的？”

“让人打的。”

“多少年了？”

“十年了。”

“为什么婚前不告诉你对象？”

“不知道嘛。”

见陈文光有点儿不耐烦，大夫也没有再问什么。出了套间，当着田秀妮的面大夫又问陈文光：“我能和你爱人单独谈谈吗？”

“能嘛。”

陈文光回答着走出门，坐在了门旁的条椅上，门被随手关上了。

“大夫，还有希望吗？”田秀妮怯怯地问。

“你是高中毕业，应该知道夫妻的病要共同治，我来给你检查一下吧。”

大夫说着推开套间的门，把田秀妮让了进去……

大夫只开了一盒药，说是最新的美国进口特效药，叮嘱说一定要晚上吃，最好是在临睡前。让田秀妮记着在下次来时，把用药后的情况告诉他。

也许是因为有了盒美国进口特效药的原因，往家走的田秀妮没有了进城时的担忧和沮丧。她步履轻快地走着，还不时停下来去采路边的野花，嘴里却偏要哼《路边的野花你不要采》。陈文光细算了一下，这一路上田秀妮最少哼唱了四首歌：其他三首是《军港之夜》《甜蜜蜜》和《妈妈的吻》。田秀妮的情绪很快就感染了陈文光，一个下午他心情愉悦地铲除了果树下的杂草，临睡前还把拖拉机机头仔细擦拭了一遍，进屋后和田秀妮头碰头地拿出药盒看。菱形的奶白色药片被密封固定在说不清质地的板上，一百四十元钱就买了这么两粒，说明书上的文字都是外文，对陈文光和田秀妮来说如看天书，一句也读不懂。只见盒子上写着：万艾可。

“两片都吃了吧?”陈文光悄声地问。

“都吃，就都吃。”田秀妮端着开水杯回答。

懂事的田秀妮端来一盆凉水擦洗了自己的身体，见浑身一丝不挂的陈文光把两片药都喝下去了，田秀妮也脱去自己的全部衣服躺在了陈文光身边。大约半个小时后，陈文光翻身将头依偎在田秀妮身上，嘴里说：“我心里难受得很。”

田秀妮欣喜地想：见效了。她伸手去探陈文光的私处，却发现毫无反应。而陈文光的整个身体像炭火一样热，继而像筛糠一样抖动不已。田秀妮正想进一步挑逗陈文光，她身体的不同部位突然一阵剧痛。

“啊!”田秀妮喊出声的同时猛地推开了陈文光，看到自己的胸部上留下了陈文光清晰的五指抓痕，右肩上赫然有陈文光的咬痕。还没有等田秀妮从惊愕中回过神来，陈文光一个鲤鱼打挺再接着一个猫扑就把田秀妮扑到了身下。嘴没轻没重地在田秀妮脸上狂亲着，脚则在床上胡蹬浪踢，加之狼一样的低嚎声，听来是那样地刺耳和恐怖。田秀妮再次发出了“啊，啊”的痛苦喊叫声。

动静显然闹大了，从斜对面屋里传来了父亲的喝问：

“妮儿，你们干啥呢？”

“爸，没事，文光酒喝多了。”田秀妮急中生智地回答说。

“晚上喝什么酒呢，快喝点凉开水。”

趁着陈文光一愣神，田秀妮挣脱身体站到了地上。陈文光也出溜下炕来，他的脸像猪尿泡一样通红通红的，两只眼睁得像铜铃一样闪着血光，精瘦的裸体上血管像蚯蚓一样暴着瘆人的青光，当他再次如同饿虎扑食冲向田秀妮时，田秀妮端起地上的水盆兜头浇了下去，陈文光一个激灵，接着一个趔趄滑坐在了水地上，摇头甩了甩水，嘴里嘘地长吐了一口气，用茫然的眼神看着田秀妮。田秀妮端来一大搪瓷缸子凉水喂着陈文光喝了下去。

待田秀妮清理了房间，将擦洗干净的陈文光扶上床时，陈文光拉过一条毛巾被捂在脸上，泪水喷涌而出……

十五、随缘守分

“爸，秀妮病了。我俩去医院看看。”

陈文光一边发动着摩托车，一边跟老岳父告假。

“去吧，路上小心点。”

“好。”

也不知道怎么了，田秀妮最近老是呕吐。有时吃着饭，嘴里也泛酸水，陈文光看在眼里，疼在心里。这两个月来都是田秀妮一个人去医院，前几次都是田秀妮去跟医生说陈文光用药后的情况，可惜有两次那个医生都不在，第三次才见上。田秀妮回来告诉陈文光：

“李医生说了，你那是创伤造成的气质性阳痿，也别急，慢慢治吧。”

其实人家李医生说的是“睾丸受到重创已经碎裂坏死，输精管也粘连萎缩，治愈已经没有希望了”，可田秀妮实在说不出口。

还是李医生，把田秀妮带进套间里检查了近两个小时，出来后用捂在口罩后的嘴明明白白地告诉陈文光：“你媳妇怀孕了，切记不要让她生气，更不要让她干重活，把你家的电话告诉我，身体有什么不适可以随时联系我。这是我的电话号码。”

从县城往回走的路上，两口子一句话也没有说，但骑着摩托车的陈文光明显感觉到坐在身后的田秀妮环抱着他腰的双手非常用力，一路上都把脸紧贴在他的背上。经过几个月来医学杂志的学习，他已经对夫妻生活有了很直观的了解，虽然他不能完全过正常的夫妻生活，但他想，也许在不经意间，让自己的媳妇怀上了自己的孩子呢。

无论怎么说，他的媳妇田秀妮怀孕了。

进家门没有等老爸开口问，陈文光说：

“没病，秀妮怀孕了。”

放下媳妇，他掉转车头就去乡邮政局申请安装电话。田秀妮像熊猫一样被重点保护了起来。

田秀妮是世界上最幸福的孕妇，老爸亲手打理她的吃喝，陈文光一天二十四小时照顾她的起居，还有个李医生定期帮她检查胎位，在电话里提醒她应该注意的事项。眼看着她的肚子像揣着一个大西瓜，一天一天变大了。

陈文光今天苞谷地，明天果园，改天又开着拖拉机出出进进，忙得不亦乐乎。渭北过去是旱塬农业县，小麦、苞谷、谷子、糜子、高粱、大豆、苜蓿、油菜、芝麻，抓住啥种啥。这几年年轻人都去南方打工了，有人就把地转租给了别人，这样就有了规模种植，对品种也有了讲究。产量低的高粱、大豆、谷子、糜子、芝麻、苜蓿等渐渐被淘汰了。夏季作物以小麦、油菜为主，秋季作物以苞谷为主。渭北南塬除了果树，春季以大片大片的油菜花为盛，花浪似海蝶舞蜂喧，油籽的香味弥漫了整个原野。到初夏时节，取而代之的是金黄的麦浪，阳光越足，麦穗显得越精神，一眼望不到头的麦子，随着微风轻轻摆动，如黄河漫滩，又似黄沙荡荡。到麦收季节，收割机欢快地在麦浪中翻滚，眼看着满地麦穗变成了饱满的颗粒，那是农民们最开心的时刻。虽然汗珠落地摔八瓣，但所有人脸上都挂着丰收的喜悦。接下来在田野里独领风骚的就是苞谷地了，苞谷幼芽一出土就人见人爱。虽然破土而出，但叶子纤尘不染，清秀翠绿非常可爱。到麦收季节时，苞谷已经有半人多高，秆壮叶茂，随着蛙鸣蝉唱婆娑起舞。不久，青白的花便从秆顶冒出，随风摇曳。到一人多高时，其腰间便孕育出穗来。从指头粗的芯直到长成直径近十厘米的苞谷棒子，苞谷地从春到秋就成了渭北高原名副其实的青纱帐。耕种收打使陈文光乐在其中，更快乐的是晚饭后在他们自己的房间里，他简直就像个大孩子一样，将耳朵放在田秀妮的肚皮上听胎儿的动静，有时就这样贴着她的肚皮睡着了，神情是那样地满足和甜蜜。

在即将瓜熟蒂落的一天，李医生打电话叫去了陈文光，在详细询问了田秀妮的情况后，他带着陈文光来到超市的婴幼专柜前，指导着陈文光购买了童毯、婴童睡袋、披风和成套的童装，临了，还让陈文光给田秀妮买了一件紫红色的棉睡袍。他知道田秀妮的产期虽然在春天，但奶娃用得着。在送走陈文光时，李医生还叮嘱说：

“给家里多准备些卫生纸，羊水破了就赶紧来接我。”

在四月初的一个早上，田秀妮感觉到肚子一阵剧痛，她连忙吩咐陈文光去接李医生。

这个季节在渭北还属早春，柳枝泛绿，杏花白里透红，成片的麦苗和油菜苗铺在复苏的田野上，羞涩地等待着春风的抚慰而茁壮成长。

陈文光载着李医生无暇顾及沿途的景色，两个人风驰电掣地回到了家，见田秀妮的房间挂着的是厚窗帘和厚门帘，室内温度还可以，李医生满意地点了点头。当他穿上白大褂，戴好帽子和口罩后拿出听诊器去揭田秀妮腿上的被子时，嘴里含混不清地说了一句："傻瓜，都这会儿了，还穿裤子干吗?"

李医生转过头来对陈文光吩咐："去烧点热水，多拿点卫生纸来。"

待陈文光端着一盆热气腾腾的水进屋来时，李医生已帮助田秀妮换上了棉睡袍。"你一切正常，孩子的头已经可以看见了，不要紧张，估计还得一个小时，会疼的，你要忍。"李医生交代着田秀妮。又对陈文光说："医学上有一种观点，主张产妇在家里生产，并要求丈夫就在面前，一是给产妇力量，二是有利于稳固婚姻。"陈文光一句话也不说，只是关切地看着田秀妮，下意识地点着头。

"啊、啊，我腰疼，怎么办呀?"

田秀妮在炕上喊叫着："文光，帮我揉揉腰，腰疼。"

陈文光笨手笨脚地爬上炕，在田秀妮的身后双手揉搓着。田秀妮的呻吟声越来越响，她将整个人靠在了陈文光的怀里，头上渗出了黄豆大的汗珠。

"快了、快了，你得用力。"李医生说着站在炕跟前。

田秀妮披头散发地躺在陈文光怀里，死命抓着陈文光的手，嘴里不清不楚地叫骂着，汗水从头上、脸上滚落下来。李医生嘴里嚷着："用劲！快用劲!"

在田秀妮杀猪般的喊叫中，孩子出生了。李医生一只手倒提起来，另一只手轻轻地在这个小生命的屁股上拍了一下，立时孩子发出了一声清脆的哭声，三个人几乎同时长出了一口气。

“生了，啥娃?”门外传来了老人急切的声音。

“儿子娃。”李医生一边回答，一边利落地给孩子擦洗着，陈文光也帮田秀妮整理好炕铺，清理了炕上炕下的卫生。

李医生来到秀妮爸房间的时候，炕桌上已摆了几盘菜，并已经斟上了西凤酒。虽然两个人是第一次见面，但共同经历的这一场喜庆把两个人紧紧扯在了一起。

“叔，恭喜你了。咱先别急着吃，你得给月婆子熬点小米粥。”

“快上来，都到后半夜了，又这么冷。小米粥我熬上了，放一下再叫娃吃。文光，收拾完了也过来，大半天没进水米了。”

一切都在医生的指导下按部就班地落实着，田秀妮看着身边穿戴整齐睡觉的儿子，心里对身边的两个男人产生了无法言说的感激之情。她用棉袍的袖子沾了沾正俯身看儿子的陈文光额头的汗水，柔声说：“你也快去吃饭，陪医生哥喝几杯，给人家一百块钱的出诊费。那是个好人。”

“好，小米粥不烫了，我端进来你喝。我去了。”

还有什么比一个新生命的诞生更令人幸福和快乐的呢？特别是对秀妮爸来说，在田秀妮刚懂事不久，她妈就因病去世，他一个男寡妇守娃真的是太不容易了。现在好了，田秀妮长大了，也有娃了。她妈呀，我对得住你了。秀妮爸喜极而泣，令两个晚辈男人一时不知所措。

“爸，你？吃饭。”

陈文光的话永远就这么简洁。

“来，喝酒，我是高兴的。文光，给你哥倒酒，我有一句话不知当说不当说?”

“叔，你说。”李医生喝了陈文光递过来的酒，舌头也有点大了。

“本来这是在娃满月的时候才说的话，可我等不到那时候了。我们这里有个风俗，娃满月那天一大早，由大人抱着去撞人，看娃第一个会撞上啥人。文光，我跟你说，咱娃不撞了，咱娃已经撞上贵人咧。你就是咱娃他干大（爸），文光，给娃他干大敬酒。”

陈文光庄重地端起一杯酒：

“哥，你喝。”

“我喝，我喝。”李医生笑得合不拢嘴。

“叔，这干儿子我认了。来，为咱娃喝个酒。”

“文光，你和妮儿商量过娃的名字没有？”秀妮爸边喝边问。

“没有商量过，爸，你说叫什么名？”陈文光真挚地反问。

“咦——这娃。这么有文化的他干大在这里，你还问我呢。”

“哥，你起名。”陈文光央求着李医生。

“让我起？那我就起了。这孩子出生在冬末春初，冬寒转暖、春尽夏热，还是冬多了几分进取。咱娃是个男孩子，我就用一个字：冬。雪压冬云白絮飞，很豪迈的男儿气概。”

“冬。好，我去告诉秀妮。”陈文光高兴地说。

“慢，我看，你们要喜欢就先这样叫着，不喜欢了报户口时再改。现在得先给月婆子送点小米粥，一天没吃东西了。”

可不是嘛，天已经完全黑了。三个男人相跟着送一碗小米粥到田秀妮的炕头。陈文光边招呼田秀妮喝粥边说：“咱娃有名字了，叫冬冬，是他干大起的。”

“干大？”田秀妮不解地问。

“李医生把娃认成干儿了。”秀妮爸解释说。

田秀妮喝完粥，深情地看着李医生，弱弱地说了句：“谢谢哥。”

冬冬的出生给陈文光带来了多大的快乐啊！他原本是一个

闷声不响的人，除了干活还是干活，结婚一年多了，他和田七秧村的大多数村民都不认识。他的生活线路很简单：从家到田间，在家里也很难听到他一句长顺的话，可自从有了冬冬，他不一样了，躺在炕头的冬冬还不会翻身，可很快就能手舞足蹈地冲陈文光笑，有时吃着手还冲陈文光咿呀乱叫。陈文光洗完尿布总要趴在炕头逗冬冬玩，他脸上挂着天真快乐满足的笑，点着头对孩子说："噢，我娃说话呢，我娃叫爸呢，我娃叫爸呢，我娃说话呢。"

翻来覆去也就那两句话。可说来也怪，冬冬也不觉得烦，黑亮黑亮的小眼珠骨碌乱转着打量着陈文光，好像听懂了话一样，红扑扑的小脸蛋上满是笑，要是没有人打扰，父子俩能这样玩大半天。

到后来冬冬能翻身了，陈文光下地回来就把娃抱在怀里，娃尿下拉下他也不嫌脏，晚上娃要是哭两声，他立马就不睡觉了，抱着娃在地下转，边转边哼那古老的歌谣：

罗罗面面
油馍串串
猪肉扇扇
蜂蜜罐罐
我娃是个福蛋蛋
福里生福里长
从小就能把福享

田秀妮从睡梦中醒来，惊奇地问："哥，你还会说童谣?"

陈文光嘿嘿笑着将已经熟睡的孩子递给田秀妮，把抚摸着孩子的手放在田秀妮身上，三个人头碰着头再次幸福地入睡。

女儿出生就顺理成章了。在儿子冬冬满一岁半的时候，田秀妮又顺利地产下了一个女婴。初夏的黄昏，李医生在接生完毕后，连其他人的意见都没有征求，就直接给这女孩儿起名叫霞霞，他肯定是受到了窗外红霞满天的启发。

陈文光一家成了田七秧村最幸福的人家，儿女双全，健康活泼，全家人敬老爱幼、男忠女孝、亲善和美，国家又取消了农林特产税，加之风调雨顺农果连年丰收，好一个殷实人家。

按照陈文光的想法，他还想让田秀妮再生一个娃，最好是一个男娃，这样他就能跟秀妮爸说让娃随他姓了。可霞霞都会走路了，田秀妮的肚子还是鼓不起来，在孩子半岁之前田秀妮根本无心搭理他，可在孩子特别是霞霞渐渐长大时，田秀妮偶尔在夜深人静的时候，也主动逗弄过他的身体，不光用手，有时还用嘴。可不管怎么努力，陈文光根本就进入不了田秀妮的身体。在这段时间里，还发生了一件让陈文光哭笑不得的事情。

村子最西头住着一个叫赵占怀的小伙子，三年前结婚后就带着媳妇和父母分家另过，小伙子精精干干利利落落的，媳妇刘丽丽长得很敦实，虽没有田秀妮身条好，但比田秀妮白净，还喜欢涂脂抹粉，一张大饼脸也并不难看。结婚三年了，至今也没有孩子，所以就特别喜欢娃，两口子经常到田秀妮家来逗冬冬和霞霞玩，对陈文光和田秀妮一口一个哥姐叫得异常亲。特别是近一年来，赵占怀常外出打短工，家有什么女人不方便的小活，刘丽丽总爱来喊陈文光帮忙。这个盛夏的中午，田秀妮刚哄好两个孩子睡午觉，电话就响了。电话是赵占怀打来的，说他们家接洗衣机的电插座不知怎么坏了，他一半天回不来，想让文光哥现在过去给看看。见田秀妮连自己也哄睡了，陈文光轻手轻脚地退出屋，来到村西赵占怀家。刘丽丽已经在院子里等着了，不知是出汗了，还是刚洗完头，长发在脑后扎成个马尾辫，穿着开领很低的连衣裙，一张大脸红扑扑的，脖子上的肉很细腻，两个大奶一颠一颠的，明显没有戴胸罩，好像随时要从衣服里面跳出来。连衣裙原本就不长，使两条肥腿完全暴露在了外面，裙摆又很宽大，闪动间连屁股也露了出来。

“哥来了，快进房。”

丽丽招呼着陈文光并随手“砰”地关了门。

“啥坏了，在哪儿呢？”

“哥先坐下吃西瓜，不急不急。”

陈文光被让在了人造革三人沙发上，沙发前的玻璃茶几上已经放着切好的西瓜。丽丽也坐在了沙发对面的小凳子上。陈文光的眼睛一下睁得像个铜铃，吃着瓜的手也停住了，嘴里的瓜汁就顺着嘴角流了出来，他惊讶地发现丽丽没有穿内裤，她这样分腿一坐，裙摆自然提了上来，整个私处就全部展示在了陈文光眼前。

“哥，快吃瓜呀。”

刘丽丽说着坐在了陈文光身边，并用毛巾帮陈文光擦嘴，陈文光一个激灵，赶快闪躲，丽丽就势倒在了陈文光怀中，并伸手去勾陈文光的脖子。

“咦，你弄啥呢？”陈文光一脸惊讶，但他觉得丽丽的身体肉乎乎的，贴在身上很舒服，陈文光也怕刘丽丽掉到地上，就伸手揽住了刘丽丽，鬼使神差地伸手在刘丽丽光洁的屁股上摩挲着。

“哥，你真厉害，让我姐生了两个娃，还一儿一女，我也想要呢。”

“那你生呀。”

“你兄弟不行，医生说是死精，精子成活率太低，我这里没什么事，他这不是向你借种嘛。”刘丽丽说着话伸手去抓陈文光的裆部，陈文光连忙挡住刘丽丽的手，并试图推开刘丽丽，刘丽丽一只手紧勾着陈文光的头，说："哥，上床。"

陈文光抱着刘丽丽来到床边，把刘丽丽平放到床上，然后把自己的手指插入刘丽丽的身体，刘丽丽嘴里呻吟着伸手去抓陈文光，陈文光随着刘丽丽的迎合猛烈动作了几下后，抽回手逃也似的跑出了赵占怀家，在出门时他听到了刘丽丽带哭腔的骂声："你不是人，把人家的火逗上来你却走了！"村街上一个人也没有，连鸡们都回到了各自的家，只有知了在死命地叫。陈文光没有回家，他钻进了离他家不远的一片苞谷地，把裤子褪到脚面，他看到自己的私处只露出软塌塌的一个头儿，都没有撒尿时冬冬的小鸡鸡英武，这样的东西根本就不能使女人生孩子。惭愧、屈辱、焦虑绝望的情绪像一把无形的手抽了陈文光的筋，陈文光无力地倒下身，在系裤带的瞬间，他的眼泪不由得喷涌而出。男人哭时不用哄，哭出声已经到了第三阶段，第一阶段才是最惨痛的，泪往腔子里边流，流的时候叫泪，流入身体变血，再喷涌而出就是火，这种火能烧毁自己，也能毁灭世界；第二阶段是泪水独自流，那里面包含了太多的悲哀和无奈；到能够发出声来，那是已经找到了宣泄的窗口，是熊在举掌、虎在展腰、狼在狂嚎。陈文光哭了一会儿后立起身来，也不管苞谷秆上已结出嫩苞谷，恶狠狠地手掰脚踏，嘴里嚷嚷着："该死的二牛！该死的二牛！"像野猪进了田地，把青苞谷糟蹋了一大片。

本来就寡言少语的陈文光，彻底沉默了。

除冬冬和霞霞能引得他开口说话外，再和谁都没话了。陈文光还是下地进果园侍弄农机具，但晚饭后常常坐在院子里20世纪留下来的石磨上抽烟，一抽就是大半夜。

冬冬和霞霞有时绕在陈文光的膝前问：

“爸，你抽的啥呀?”

“烟。”

“那怎么不给我俩抽呢?”

“你俩小，不能抽。霞霞是女娃，更不能抽。”

“不对，爸，丽丽姨也是女娃，她怎么抽呢?”冬冬问着问着就玩别的去了，霞霞偏喜欢刨根问底。

家里有几个人，两个小人儿还是和陈文光亲，也许是陈文光多不在家的原因，只要进了家门，两个孩子这个问话那个让抱，把陈文光忙得不行。

立秋后的一个晚上，陈文光照例坐在石磨上抽烟，先是冬冬问：“爸，你老往天上看，天上有啥呢?”

陈文光深深叹了口气，对孩子说：“有月亮呢。”

“那月亮上有啥呢?”

“有嫦娥呢。”

“嫦娥有啥呢?”

“有吴刚呢。”

“还有啥呢?”

“还有玉兔呢。”

“吴刚有啥呢?”

“有酒呢。”

在娃的心目中，他爸知道得太多了，啥事都难不住他爸。但陈文光知道什么事难住了他。他彻底明白了田秀妮接完电话后，总要往苞谷地里跑的原因，每次从苞谷地里出来，田秀妮的眼睛就显得很黑、很亮、很水灵，步态的轻盈都到了骚情的地步。有时半夜醒来陈文光会想：田秀妮在别的男人那里会快活到什么程度呢？出于对田秀妮的尊重和爱护，陈文光和田秀妮的肢体接触，在霞霞三岁前还只限于贴和亲，没有深入过田秀妮的身体。但在和刘丽丽接触后的那天深夜，他用嘴和手逗弄田秀妮，田秀妮扭动身体呻吟着，反应好剧烈。第二天早上是冬冬的笑声惊醒了他俩，懵懂的孩子问妈妈是不是爸爸欺负她，田秀妮边穿衣服边说："没有!"

"那你咬爸爸干什么，看，爸爸的肩膀都让你咬红了。"冬冬边说边用小手抚摸着陈文光肩膀上血红的牙印。陈文光懒洋洋地享受着儿子的爱抚。

"别胡说，再胡说跟你姥爷睡觉去。"田秀妮呵斥着儿子。

冬冬悄声问陈文光："爸，你疼吗?"

陈文光故意迎合儿子，龇牙咧嘴地说："疼"。

可能是受田秀妮那凶相的影响，冬冬又小声问："爸，你怕吗?"

"怕。"陈文光逗孩子玩。

"你怕啥?"冬冬又问。

"我怕官。"陈文光答。

"那为什么呢?"

"官管我呀。"

"那官怕啥?"

"官怕天。人在做天在看，所以官怕天。"陈文光没有等冬冬问为什么，就做了解释。可还是没有拦住冬冬的提问。

"那天怕啥?"

"天怕云。云能遮住天。"

"云怕啥?"

"云怕风。风能吹散云。"

"风怕啥?"

"风怕墙。墙能挡住风。"

"墙怕啥?

“墙怕老鼠。老鼠打洞会毁了墙。”

“老鼠怕啥?”

“老鼠怕猫。猫逮老鼠。”

“猫怕啥?”

“猫怕人。人打它。”

“那人怕啥?”

“人怕官呀。”

“你们俩有完没完呀，快起来吃饭吧，这种车轱辘话能说一早上呢。”田秀妮已经给霞霞梳洗完毕，并做好了早饭。

陈文光在此后的岁月里一直心惊胆战。他是真的害怕，他害怕谋杀二牛的事情败露，他更害怕失去这个家庭。他知道了这两个娃不是他的，但他有时也想，谁能在他槽头认马呢，刘丽丽不是也说赵占怀要借种吗，田秀妮和她爸也是厚道人，两个娃又和他这么热络，人活一辈子就这么回事，到头都是一场空，生不带来死不带去，啥能是自己的呢。话是这样说，可陈文光强烈地意识到，他的软肋在这两个娃身上，这两个娃就是他的命，他最怕的是失去这两个娃。可他也知道只要田秀妮不说破，世上就没有人知道这件事。

其实田秀妮是个很善良的女人。

命运给了她一个不能出嫁的充分理由，她也相信命运，热爱生命，每一个走近她身边的男人，在她看来都是男神。她生命中的第一个男神是父亲，她的父亲和别人父亲的区别在于老人家既是父亲又是母亲，父母的苦难和辛酸他老人家集于一身，勤劳能干的父亲不光养育她长大，不光给了她一个家，还给了她一个富裕温馨的家。虽说没娘的孩子早当家，田秀妮在上初中的时候，就学会了家庭主妇的全部本领，但在父亲面前她始终是个乖乖女。她生命中的第二个男神就是陈文光了，就是她最终明白陈文光不能给她甜美的夫妻生活而且治愈无望的时候，她也没有嫌弃陈文光，当然这要归功于她生命中的另一个男神，这是她田秀妮生命中的贵人，在合适的时间、合适的地方、堂而皇之地走近她的身边、走进她的生命里。田秀妮坚持了随缘守分，善待自己的同时，也善待他人。当然，田秀妮也有烦恼，她的一层烦恼是来自陈文光的“爱”。陈文光明明啥也干不了，可还是经常挑逗她，近几年越来越长本事了，嫩苞谷、小茄子、红萝卜，他拿起什么是什么。冬冬懂事了，早早就和姥爷住一屋了，霞霞眼见也大了，又是女孩子家。在夜深人静时田秀妮喊不能喊叫不能叫，又痒又烧又急又焦，好气好笑又好舒服，生活真成了痛并快乐着。另一层烦恼是“哥”不再让她生娃，田秀妮觉得她爸就她一个女子，文光又是上门的人，她应该多生几个孩子才对，可“哥”却认为有两个孩子就行了，儿女双全，应该知足了。每次和“哥”见面让“哥”检查，“哥”都要带上那套儿，怪麻烦不说，还让她胡思乱想，要是别的男人带上这套儿，还不是跟“哥”一样，她第一次进苞谷地心里就跟自己说：“哥，我没有对不住你，我让他也带着套呢。”连田秀妮自己也觉得奇怪，怎么就不觉得对不住陈文光呢？

这对陈文光确实不公平！

陈文光自己心里明白，在这个世界上，他唯一的念想就是田秀妮和两个孩子，他之所以忍饥挨饿、忍气吞声在冯广乾家打工，就是为了能偶尔见到田秀妮和两个孩子，要是有人敢欺负田秀妮和两个孩子，他会豁出命来保护他们，谁敢说他们的坏话，他都不会放过。

陈文光此刻非常焦躁：“你们这是弄啥呢？把我弄到这里弄啥呢？”

深更半夜，陈文光的声音在这公安局的负二层听起来很沉闷。

十六、克俭书记

李克俭知道自己今夜注定无眠。他信手给黎铧发了个短信："案情有否突破?"

"条件还不成熟，没有突破。"黎铧的回信很快就来了。

李克俭知道黎铧也注定今夜无眠，那些有责任心的认真的人都是这样。李克俭比黎铧早来渭北两年，黎铧调来时的任职是县长助理、县公安局长，那时李克俭在渭北县的工作上正干得风生水起，因为雷厉风行就难免磕磕碰碰，公安局用得多，但不顺手也不给力。当然也不能全怪人家公安局，更不能全怪人家局长，有许多事情本来就是非警务活动，但县长也无奈，不调动公安又该去调动谁呢？还是在黎铧来渭北任职的第二个星期的一天早上，李克俭带人下乡路过渭煤公司柳家岔煤矿门口时，看见县政府征好准备盖学校的地里，有工人正在盖房子，且第一层已经盖成，正在加盖第二层。

“停车。”下了车李克俭问正忙活的工人：“你们是给谁干活，这是要干什么？”

“给张老板干活呢，听说张老板要用这块地做停车场或者煤场子，我们也不知道。”有工人回答说。

“张老板，张老板叫啥名字？”李克俭继续问。

“张志杰，煤老板。”工人觉得很奇怪，这人看着光光鲜鲜的，竟然连张志杰老板都不知道。

“停下，什么狗屁老板！这是老子征的地。”李克俭的一声大吼令在场的人都浑身一震，身后的办公室主任忙走到工人跟前说：“县长说了，就先停下，这是政府征回来的地。”

可工人们并不买账，他们说：“咱们不管县长不县长，吃谁饭跟谁转，咱挣人家钱只管给人家干活。”并没有停下来的意思。

“你跟他们废什么话，你通知河防办李主任、教育局卫局长、城建局姚局长，还有公安局黎局长马上到现场。把那个老板的电话给我要出来。”李克俭命令道。

最先赶到现场的是黎铧和他们的指挥中心主任，见有警察和警车来了，工人们总算停下了施工。李克俭县长正拿着手机大声嚷嚷：“……你不需要解释那么多，你只需要告诉我，谁给了你这块地，谁批准你在这块地里盖房子的？你下午六点钟前必须回来给我说清楚。我不跟你说了，你跟公安局长说吧。”

已经了解了大概情况的黎铧接过电话毫不客气地说：“张老板，你听着，你的行为说轻点是毁损公共财物，说重点是破坏耕地，我现在通知你马上拆除你的违法建筑，下午六点钟前来公安局说明情况。”

说话间，河防办李主任和两位局长也到了现场。

“这地是咋回事?”因为地是河防办征的，李克俭县长就先问河防办李主任。

“地征回来后移交给了教育局，原规划是把县中学搬到这里。”

“你们是怎么回事?”李克俭又转头问教育局卫局长。

“地是移交给我们了，可河对面要建火车货运站，柳家岔煤矿的传送带要从空中过，这块地已经不适合建学校了。”卫局长嗫嚅地回答。

“我问谁同意这个张什么在这里盖房的，政府辛辛苦苦把地征回来，和群众打打闹闹的容易吗?你们就这样弄，想给谁就给谁?咱们为了治理和保护环境，费了多大劲才取缔了煤场子，你们倒好，跟谁也不打招呼，就让老板建煤场子。谁给你们这么大的权力，城建局知不知道?”李克俭显然火了。

“城建局不知道。”城建局姚局长干脆地回答。

“那你城建局是干什么吃的！不快点拆除，还等什么呢?”

工人们也已经听清楚了这里面的问题，见几位局长来到他们面前，还有警察陆续过来，就拿着工具撤离了工地，黎铧指挥着工地上现成的挖掘机把正在盖的小楼推倒了。

李克俭交代说：“教育局明天一天把场地清理干净；公安局在今天下午六点前将张志杰抓捕归案；晚上七点半在县政府开会追究责任。”说完李克俭就气呼呼地走了。

那天晚上黎铧才真正领教了李克俭的雷霆之怒。其实他一点都没敢怠慢，回到局里就开了个紧急的局长办公会，通报完情况后，几个副局长认识都很到位：一是张志杰违法事实存在，地的确是县政府的地；二是县长这人说一不二，脾气不好，决策又没有问题，我们公安局必须坚决支持；三是问题也不复杂，张志杰因为开煤场毁损林地本身就已被公安机关立案，现在还办的是取保候审手续。黎铧当即安排两个副局长，一个在局机关协调指挥，敦促张志杰尽快投案，同时也对张志杰上了必要的技术手段；另一名副局长带领刑警队的同志赴华南市抓捕。黎铧明白像张志杰这样的人，在渭北是个人物，参加局长办公会的至少有一半人认识他，所以黎铧强调说：“李县长的作风和性格你们大家都明了，这件事没有回旋的余地。张志杰必须抓捕归案，至于怎么处理他，到案以后再说。张延安副局长，你们到了华南后跟张志杰谈，他必须回来，如果本人确实有病住院，那就可以暂缓，但要取得住院证明和他关于这块地的材料，你可以边走边给他打电话做工作。要是本人拒不配合，不管是在哪里，都要强行带回来，但注意不要用器械。”

下午四点多的时候，张延安从华南市打回电话说张志杰手机关机，人联系不上，他家里也没有人，车在人不在。他安排人在小区守候，同时和张志杰在市交通局工作的儿子联系，让他帮助做做工作。

黎铧知道这些老板们都死要面子，但他想不通，怎么这么犟呢？你在医院的高级病房一住，做个全面的体检，打上几天吊瓶调理调理身体，我让人来取你的材料，我给县长交了差，你也不用进拘留所，何乐而不为呢？也许张志杰关了手机正赶回渭北呢，也许他会在六点前到局里投案，直到晚上七点前黎铧还心存侥幸。

晚七时整，政府办公室通知黎铧去李克俭县长办公室，黎铧立即赶到政府大院，刚下车就听到在办公楼楼侧，李克俭典型的红都口音在呵斥着谁，走过去，黎铧惊讶地看到只有县长李克俭一个人站在道路中央，走近前去很正规地行了举手礼，同时喊了声“李县长”。

“现在几点了，看看几点了？”李克俭的问话几乎是在喊。

“七点了。”黎铧老老实实地回答。

“人呢，我让你六点钟前抓的人呢?”

“人在华南，说是病了。可我们的人在他家门口守候到现在，还没有见到人。”

“你的人都是干啥吃的? 把我说的话当耳旁风。别以为你公安局长是市委任命的，我咋样不了你，别忘了你还是我的助理，我收拾不了你，我就不是李克俭!”

见李克俭总是这样恶声恶气的，黎铧小声央求道：“咱们去你办公室吧，在这里让机关同志看见影响不好。”

“老子在跟你谈工作有什么不好，政府的地人家可以随便盖房子，你公安局连人都抓不回来，我要你们公安局干什么呀，这是你公安局长的失职，你给我说什么时间能抓回来? 说!”

“我会依法履行好我的职责，你喝酒了，我不跟你说了。”

“你管我喝酒不喝酒，我要的是你给我把人抓回来。办公室人呢，给老子通知开会，除刚才那几个部门，把纪委书记、监察局长也通知上，还有两办督查室主任。”

黎铧都走远了，还听得见李克俭气急败坏的声音。

“黎局长不能走。”黎铧正闷闷不乐地低头走路，听到声音他抬头一看，原来是河防办李主任拦住了他。这是一个五十多岁的老同志，乍一看是一个典型的渭北农民，斑白的两鬓记录下了岁月的风霜，黝黑的脸上满是岁月刻画的印痕，感觉人很是沉稳。面对着李主任深邃而又真诚的目光，黎铧委屈地说：“李主任，你看县长。”

“我都听到了。但今天你不能就这样走，你必须参加会议，你这一走事情怎么收场呢? 使不得。”

“可你听听，他又是叫纪委书记又是叫监察局长，一会儿在会上我还不得跟他吵起来。”

“不会的，你不了解县长，他有智慧处理这些。你不必有这么多顾虑，你慢慢就明白了。听老哥的，走，去开会。”

两个人相跟着走进会议室，看见李克俭坐在主席位置上，面部表情冷若冰霜，就像是谁借了他二斗米未还似的。黎铧目光一扫，看见乔爱国副局长也被通知来开会，见李克俭开口说话，黎铧的心不由得一沉！李克俭语气低沉但非常冷静，他回顾了前半年清理煤场子的工作，重申了“驱除雾霾，还我蓝天碧水”活动的重大意义，表扬了在这次专项行动中贡献突出的单位，其中也有公安局。说完这些之后，李克俭话锋一转，口气异常严厉：“可我们有个别单位和同志不珍惜我们的整治成果，不珍惜目前的大好形势，把我们好不容易征到手的地，又让别人占用了。这本来就是从煤老板手上夺回来的，你让他继续建煤场，我们还整治什么？我今天下乡回来时，看到咱们政府千辛万苦给学校征的那块地，有人在私搭乱建，我一问是个煤老板要用。谁给他这么大的胆子，敢在我征的地里盖房，我们在他家院子盖房行不行？今天公安局和城建局很果断，当场把所有建筑扒掉了。河防办和教育局分别说说，是怎么回事？”

河防办的全称为渭北县泾河堤防工程建设领导小组办公室，因为堤防工程建设涉及水利、城建、土地、环保、煤炭、公安等多个部门和城关镇，工程跨度大、资金多、建设年限长，为此县委、县政府决定成立堤防工程建设领导小组，书记任组长，县长任执行组长、其他常委和副县长任副组长，相关的部门和乡镇一把手都是成员，抽调县政府正县级调研员李学农同志任办公室主任，带领办公室一帮人全权负责河堤工程的定点设计、可研环评、招投标、征地拆迁和具体施工。

李学农是土生土长的渭北人，是真正的渭北人民的儿子。李学农从记工员干起，然后小队长、大队长、大队书记、公社副书记、乡党委书记，再后来是水利局长、城建局长、县人大常委会副主任、政府正县级调研员。临到退休，他有件事始终想不通，那就是这泾河治理。打从李学农记事起，这泾河就如同一匹没有驯服的野马，平时温顺善良，但过几年总要暴躁一回。渭北县城依河而建，靠的就是水的灵秀之气，河道东弯西拐，河水暴涨时真就成了脱缰野马。水到之处伤民毁财，渭北县城的人老几辈都没有大的发展，水患是一个重要的原因。李学农常听干部们说要根治水患，可直到他参与到此项工作治理，水患还只是喊在干部们的嘴上。后来提倡水土保持，作为公社书记，他冒失地给县革命委员会建议借“推水保”修一条泾河大堤，这样既能给泾河这匹野马挽上笼头，又可以整理出几千亩河滩地。结果在县“三干会”上，他受到了县革委会主任的严厉批评：“李学农你逞什能？伟大领袖教导我们农业学大寨，搞水土保持，你不想想怎么带领社员修梯田，却建议修泾河大堤，还想要整出几千亩河滩地，你是中孔老二的毒太深，想当地主……”那时候开县社队三级干部会是县上一年一度的大事，会议要开几天，农村干部要带着铺盖碗筷，吃饭也简单，每人一碗烩菜和两个馒头，蹲在地上吃完后，自己接开水喝，革委会主任把饭打到房间去吃，也就比大家伙儿多几片肉。李学农原本觉得挨了批评无地自容，没想到会上他倒成了焦点人物。吃饭、睡觉他跟前围的人最多，大家都在议论修泾河大堤的事。比较一致的看法是这是好事，真修了大堤，城里人就能睡安稳觉了，不必像现在这样，提心吊胆总怕会发大水，县城也可以好好规划规划，盖点永久建筑。到会议快结束时，水利局一个戴眼镜的年轻人还给他送来了自己关于泾河大堤的设计规划。革委会的头头脑脑似乎也不是很反感，说过也就过了，时隔不久，革命委员会就被县委和县政府取代，李学农还真被任命为水利局长，当时是光抓革命，不促生产，修河堤的事还是只停留在不停修改的图纸上。尽管后来工作岗位有所变化，但李学农一直没有放弃努力，眼看着就要到退休年龄了，李学农只得望图兴叹，看来要遗憾终生了！谁知绝望之中曙光现，渭北来了个李克俭，这年轻的交流县长不哼不哈闷头闷脑地在渭北的大街小巷沟沟岔岔转悠了半年后，也不知从哪里听到了李学农主张修河堤这件事，在一个周末的早上，把还在担任县人大常委会副主任的他召进了办公室。泡好两杯茶后，李克俭就认真地听取了李学农对修河堤的设想。对李学农来说，这不需要准备，他已经把这件事在心里酝酿了大半辈子，快退休了也不必忌讳什么。李学农喝着茶从泾河水患讲起，然后说到“农业学大寨”推水保时期对修河堤的动议，最后详细汇报了近二十年来县委、县政府对修河堤的规划勘察和可研情况。见李克俭听得认真，李学农连水患的远古传说，当年提出修河堤动议时的风风雨雨，多年来围绕修河堤议案的是是非非都讲了出来，由于感情充沛，还真是一嘴梦想言，两眼辛酸泪！

李克俭不仅听得认真，记录得翔实，他的内心也颇为激动。在和李学农接触前，他已经和不下二十个人议论过修河堤的话题，几乎所有干部在说到渭北未来的发展时，都要提到泾河治理。在他提出渭北城区建设“东建西进南改北扩”的思路时，“北扩”的设想其实就是泾河治理。提到泾河治理所有人都会提到李学农，李克俭之所以最后一个找李学农谈，也是为了检验自己设想的合理程度和自己的识人能力，还有就是对权威和先哲的不轻易认可。可在听了李学农的汇报后，李克俭折服了，他在心里告诉自己：这是那种把工作当事业、视理想如生命的人，完全可以信赖。喝着茶，李克俭诚挚地说：“老哥，时代在发展，我们的思想也得跟得上形势，修泾河河堤已经不单纯是治理水患的问题。你想想，我们如果把河堤修成天津海河公园或者兰州滨河路那样的，我们就能开发出近万亩河滩地，这些地本身就和我们县城是一体的，我们县城面积就扩大了一倍；还有我们渭北被称为煤城，空气质量相当差，我们马上要开展专项治理，要求煤矿做防尘处理，要求清理露天煤场子，如果我们在修好大堤的基础上，再筑坝拦水的话，那我们可真是还给了渭北人民一片碧水蓝天；再者我们提出了拓旅的思路，在县城我们让游客看什么？如果我们沿着河堤搞一条景观带，把它绿化、美化、亮化，那可就大不一样了，就会有人愿意来、留得住、有看的！老哥你想想，那个时候的渭北县城是什么样子！”

“我倒没有想那么多，咱只想把水患治住，让咱的后人不再为水担惊受怕了。”

“这不行！这样想永远只能停留在想象上，难以付诸行动。老哥，我现在不是在想建不建河堤，是在想怎样建河堤，建一个什么样的河堤。咱们不说虚的了，我问你，现在就启动建设河堤的项目，最大的困难会是什么？”

“钱！”李学农干脆地回答。

“不说你的其他设想，也不说泾河的全部治理，单就城区防洪大堤建设，没有上亿元的资金根本就拿不下来，将近十五华里呢。”李学农进一步解释道。

李克俭沉思了大约十分钟，然后说：“钱，应该不成问题。咱们拿上五千万元先干起来，你别看现在咱们县城的地每亩连十万元都卖不到，真正把河堤项目启动了，河滩的地价就会噌噌地往上涨，将来每亩地要在百万元以上呢。咱们拿出一半地做建设用地，那绝对不是个小数目。我倒是担心在立项启动过程中有不同意见，工程跨度时间两三年，这期间就怕有意想不到之事。这件事情开弓没有回头箭，要干就必须干成！”

“应该不会有不同意见，泾河筑堤、治理水患是渭北几代群众的心愿。”

“难说，愿望是愿望，行动是行动，真正干起来了，征地拆迁问题、小集团、小集体利益问题、招投标问题，还有许多不可预见的问题就全来了。不说这些了，和老哥商量个事，修堤工程一旦立项，就得成立相应的机构，我想请老哥把这个担子担起来。我跟你说清楚几点：我会说服县上四大班子领导全力支持你；政府这边说到做到，在资金上按进度全力保障；我个人保证不给你介绍施工队，不干扰你的工作。我对你也有一点要求：只许成功，不许失败！你今天先不要急于表态，回去考虑一下，改天再谈。走，去食堂，咱哥俩儿好好喝几杯。”

今天中午在柳家岔煤矿门口，李学农就意识到问题的严重性，张志杰胆子再大，也不敢贸然在政府征过的地上盖房子，这应该是渭北煤炭公司的肖天柱在试探县长的软硬；也应该还有县教育局对政府给中学选址的不满。李克俭本来就眼里揉不进沙子，又是一个干起事来不管不顾只知道往前冲的人，他是多么需要同志们的理解和支持呀！李学农对新来的公安局长黎铧还不了解，但他知道绝对不能让李克俭和黎铧闹翻。公安局长在县上绝对是举足轻重的人物，公安局长需要县长的理解和支持，县长更需要公安局长的支持，离开公安局长的支持，县长在县上的权威至少会损失一半，所以他才极力劝黎铧留下来开会。也真难为了李学农，都快退休的人了，还得整天土里水里地在工地上奔波，整天面对的是失地群众的围攻甚至谩骂、个别同僚的不解和嘲讽、有些利益集团的愚弄和挤兑，还有领导的不满和批评。这不，这个晚上第一个挨剋的还是他。李学农硬着头皮回答说：“河防办已经把这块地移交给了教育局。”

“是的，这块地河防办是移交给了教育局，可这块地不适合建学校。”教育局卫局长接过李学农主任的话，刚汇报了一句话，就被盛怒的李克俭县长打断：“这块地适合做什么，这不是你考虑的事！地移交给你教育局，你教育局就是这样管的，让个体煤老板去建停车场和煤场子，进而污染环境！谁给你这么大的胆子？我看你这教育局长是不想干了！你河防办把地移交给教育局就没有责任了？你必须对县委、县政府负责，保证征回来的土地都用得其所。都像你们这样，渭北的事情还能干好吗？大家都听清楚了吧，咱们政府征回来的地，个体老板可以随便在上面盖房盖楼，我今天已经在现场做了布置，房子是推倒了，教育局明天必须把现场清理干净，公安局必须把这个张什么给我抓捕归案。渭北是有王法的！我再强调几点：一、财政局负责扣发河防办、教育局一个月经费，作为对工作严重失职的惩处。二、监察局负责彻查这块地被非法占用的过程，查清楚是谁表的态。三、土地局加大土地监察执法力度，绝对不能让非法煤场子死灰复燃。大家还有什么意见？”听到“没有”的回答，李克俭说了句散会，就站起身来径直走了。

李学农对黎铧苦笑了一声：“兄弟，关键就看你了，这个张志杰你得尽快让他归案，没有其他退路了。”

令黎铧惊奇的是，李克俭在盛怒之下，竟然没有就会前的话头收拾公安局，思路是那么清楚，分寸拿捏得恰到好处。黎铧原本准备承受晴空霹雳，他甚至想好了，如果李克俭继续这么蛮不讲理，他也就只能针锋相对了。他才来渭北几天时间呀，威信对一个公安局长来说，还是非常重要的。李克俭却能在短时间内改变出击方向，而且一击中的，既未减雷霆之怒，却也没有伤及无辜，看来被批评者和与会的人也心悦诚服。黎铧自己觉得压力更为巨大，因为刚才在开会时，张延安副局长给他发来短信："已经对张志杰采取了必要手段；有迹象表明他要离省；我带人继续侦查。"

黎铧毕竟和李克俭交往不深，李克俭根本就没有跟他动怒，相反对黎铧硬朗的风骨在内心还是赞赏的。其实今天工地拆房、会场发火对李克俭来说都是醉翁之意不在酒，问题的症结在哪里呢？在肖天柱身上！在李克俭"一整一建"过程中，他费尽九牛二虎之力，把隶属乡镇的小煤矿归于渭北煤炭公司旗下。公司总经理肖天柱确实能干，带领着他的一班人脱皮掉肉打拼几年，使原本默默无闻的渭北煤炭公司一跃成了华南市的纳税大户和知名企业。可刚过了两年好日子，渭煤公司经理肖天柱却以企业改制为名，把几年前政府投资的两千万元想还给政府，并放话说要多少利息他们都给。只是想摘掉"红帽子"，放手让职工自己自主经营发展生产。起先李克俭没有弄明白是怎么回事，但当他听汇报说渭煤公司成立了董事会，开股东大会发动职工入股还政府的投资时，李克俭感觉到了不安。他给老书记一汇报，老书记也有同感，老书记说得更为直接："这两年咱们把渭煤公司做大，煤炭形势好了，也挣大钱了，渭煤公司领导层有其他想法了。"

很快在县委常委会上就明确了三点：一是为了加强渭煤公司的班子建设，县委决定派县委组织部副部长纪长明任渭煤公司党委书记；二是渭煤公司本来就是县属国有企业，不存在对政府还款的问题，渭煤公司要就这件事对县委、县政府作出解释和检查；三是县政府要加强对渭煤公司国有资产的管理，同时加强安全生产。

尽管渭煤公司的"私营"图谋被县委、县政府识破和粉碎，但李克俭很伤心，他当初调研确立"一整"，整合渭北煤炭资源，在很大程度上是听从了渭煤公司经理肖天柱的建议，这个整整年长他一轮的老兄是个慈眉善目的人啊！可短短几年时间，就因为有钱了，就忘了本。为了收回那几家乡镇煤矿，李克俭几乎和个别的官员以及承包商成了死敌，可到头来是为他人作嫁衣，他蠢啊！为了支持渭煤公司的发展和给企业创造良好的生产、生活环境，他打打闹闹地从村民手里征回了柳家岔煤矿门口那一大块地，要知道柳家岔煤矿可是渭煤旗下煤质最好、储量最大的矿。正因为这样，在县委常委会关于渭煤公司的三点决定之后，李克俭通知河防办，柳家岔煤矿门前那块地，移交教育局用于渭北中学的搬迁。李克俭自己做过老师，知道矿区周围车水马龙乌烟瘴气不适合建学校，但他一时也没有合适的理由。肖天柱是何等聪明的人，他也知道李克俭是在和他较劲儿，他不会去正面和县长交锋，他找科局长们诱之以利，对县长釜底抽薪，就纵容张志杰未批先建，其实也是试探李克俭的意思。李克俭对这一点也是洞若观火，他也知道柳家岔煤矿的传送带规划从这空地空中过，这就说明其他单位就很难用这块地了，在李克俭的思路里，这块地是柳家岔煤矿理想的洗煤场。但这件事不能由肖天柱做主，他知道他今天中午推房骂娘的举动很快就会传到肖天柱的耳朵里，他很满意今天中午黎铧的果断与坚决，要是再把张志杰抓捕归案，在这件事情上肖天柱就威风扫地了。

黎铧虽然对事情的背景不知情，但李克俭的暴跳如雷，个别科局长与会时的窃窃私语，自己几个副局长在讨论案子时的闪烁其词，都让黎铧感觉到了诡异和复杂。当天晚上，黎铧一边指挥张延安带队追捕张志杰，一边用手机短信给李克俭县长汇报进展情况，同时他还召集在家的班子成员开了个碰头会。这个会开得相当民主，所有的与会人员都围绕张志杰其人其事发了言。除主持和记录外，黎铧没有在任何人发言时插一句嘴，在所有人畅所欲言之后，黎铧连总结都没有总结就宣布散会。大家都和新局长共事不久，不敢也不愿对局长的行事作风进行评论。黎铧也不管这些，他只是整理着他的记录和思路。这个会议给他传达了这样的信息：第一，渭北煤炭公司已经成了渭北县乃至华南市举足轻重的知名企业，但渭煤公司已经与渭北县委、县政府产生了裂痕，在渭北涉及渭煤公司的话题已相当敏感；第二，张志杰与渭煤经理肖天柱曾经是工友，当年的井下生涯，使两个人结下了生死之交。张志杰未批建房，肖天柱应该知情，说不定本身就有生意上的往来；第三，一年前清理煤场子影响到了肖天柱、张志杰等煤老板的利益。客观上是为了保护环境重现碧水蓝天，但在处理煤老板的过程中异常严厉，县委、县政府有杀鸡儆猴的意思；第四，张志杰因为毁损耕(林)地被立案侦查，现在尚在取保候审期内，传唤无果，抓捕他合理合法。黎铧也意识到了一个新问题，刚才张延安副局长来电话，张志杰在中州新郑机场订了到海口的机票，他肯定是坐了其他人的车去新郑机场，顺利的话今天晚上就能在机场截住张志杰。明天张志杰到案后，怎么处理张志杰？沿刑事案子往下走，检察院批准逮捕，那半年前立案目前取保候审的其他几个煤老板，都得被起诉，还不知道会牵扯什么人呢，势必要在渭北引起一场风波。县上的特点是人老几辈住在这里，不出三个人就能找到一个亲戚关系，那黎铧得罪的可就不是几个人了。检察院认为罪行轻微没有逮捕必要，公安局又得放人，他黎铧怎么向李克俭县长交代？左思右想黎铧最后决定，以毁损公私财物对张志杰行政拘留十五日，前面的事情一概不提。第二天下午在张志杰被张延安他们顺利带回渭北后，黎铧跟县长当面说："张志杰被带回来了，已依法拘留。"

黎铧留了个心眼，他没有对县长汇报是刑事拘留还是行政拘留，也没有给县长汇报行政拘留的具体执行期限。

“好，辛苦了。依法处理吧。黎局长，你很认真啊！”李克俭县长由衷地说。

“你更是一个优秀认真的好县长！”

当两双手握在一起的时候，两个人都感觉到了对方的坚强有力。

黎铧是条汉子，是条百折不挠的汉子，可毕竟是六人被杀的惊天大案呀！可偏偏这个时候却听纪委书记华月梅说，市纪委来人调查黎铧的有关问题，他详细一问，才知道是对市审计局关于黎铧离任审计报告问题的核查，核查就核查吧，可这个时间不对。这几年纪委查案是个敏感话题，也不能多过问，他只得交代华月梅多操点心，李克俭在心里谋划着怎么样来支持黎铧破案……

十七、峰回路转

在为黎铧担心的同时，李克俭也在为自己担心，社会稳定工作是党委的首要工作，六人被杀的血案省市领导肯定要关注。从去年年初华南市换届起，李克俭就觉得自己进入了华南官场的旋涡，官场旋涡是一种奇怪的运动，它能让一个人慢慢攀升，从而迈上一个新的层次和境界，也能让一个人慢慢沉没，几番折腾之后彻底从政坛消失。在换届时，华南市缺三个常委、三个副市长、四个人大常委会副主任、四个政协副主席，总共十四个位置，党委和政府各给上级机关留一个位置，人大常委会和政协各给无党派民主人士留一个位置，还有十个位置，再按一半县区，一半机关来任用，县市区委书记最少也可以用五个。李克俭权衡了一下自己的情况：论工作成绩，渭北县是华南市唯一进省十强的县，五年来在华南市年度考核总分均为第一，自然连续五年也就是优秀县；论资历他在十一个县市区委书记里排第三；他还有一个优势就是交流干部，是在省委组织部挂了名的，县市区委书记、县市区长要进步，还得省委组织部提名，省委常委会决定。可这同时也是劣势，华南市委有可能为多争取提拔干部，拿他和省委说事，偏重照顾他们的本土干部而不推荐他。李克俭倒是很能沉得住气，严格遵守换届纪律，当别人像热锅上的蚂蚁，上蹿下跳、又跑又送的时候，他却在渭北县掀起了一个公民思想道德建设的热潮。给所有的中小学都建了青少年宫，课余和节假日全面开放，还有专业老师管理和辅导。最受留守儿童和青少年欢迎的是，每个青少年宫都设有亲情连线室和心理疏导室。在亲情连线室，留守儿童可以免费和在外务工的父母通话和视频聊天；在心理疏导室，青少年可以平等地和辅导员讨论问题、倾诉心中的郁闷和青春期所特有的烦恼。自从群众路线教育实践活动开展以来，还真刹住了奢侈浪费之风，再也没有机关干部敢去大酒店大快朵颐了，请客也是在机关灶上。人家千方百计在灶上请领导，请市委常委和委员，请参加投票的科局长，我们的李克俭书记倒好，也在机关灶上请客，你看他都请的什么人：有突出贡献的医生和老师，年度纳税大户和杰出人才，受到全国道德模范推荐提名的渭北好人。不光请客，还送礼，给百岁以上的老人送药，发动企业家给养老院的鳏寡孤独送棉被，给特殊教育学校的学生送书本。这特殊教育学校是李克俭的得意之作，也是苦心之作。事情缘于他的一次下乡，那次下乡他主要是检查“三告别”的落实，“三告别”是告别边远村、告别危漏房、告别土窑洞。据统计，全县需要告别边远村的零散住户还有十二个村一百零四户，危漏房有二十三户，土窑洞只有十七户了，边远村的整体搬迁计划已经执行两年了，再有两年所有村都能搬进新农村集中居住区，危漏房也在根据各自情况由扶贫办协调改造和修缮。住土窑洞的这十七户人家不算多，但工作最难做。据镇村干部汇报说，这十七户人家多在新农村，有的甚至在城里有房子，但就是不搬离沟坡边的土窑洞。有人是舍不得自己垦荒出的沟坡地，有的是为了收山核桃等野果子，有的老人是在房子里住不习惯或不愿和儿女同住，还有的有说不出的难言之隐。“有什么难言之隐呢？真有困难咱们具体问题具体对待，帮助群众解决。走，就去这样的人家看看。”李克俭说。

几个镇村干部带着县长沿村边的羊肠小径来到沟边，几个村干部嘀咕了几句后对李克俭说：“这下边有两家，不过咱们这样进不了屋门，我们先下去一个人把他们家的大人叫出来，你们趁机进去看看。”李克俭县长想，我是来访贫问苦的，又不是来做贼的，至于这样鬼鬼祟祟的吗？只听先跑下去的村干部大声喊：“二婶，来五婆家把你的电表数字对一下。”

“来咧，来咧。”有人应答。听到院门咯吱的开闭声，村镇干部领着县长敏捷地来到沟边的院落前。门果然未上锁，进得门来，李克俭看见依崖壁凿有三孔窑洞，院子倒也平坦干净，但是崖面已经有塌陷的痕迹。进了其中的一孔窑洞，李克俭惊讶地发现，窑屋炕头的墙壁上固定着一个虽然不很粗，但很结实精致的铁链子，铁链子的一头拴在一个七八岁孩子的身上。见这么多人进窑来，那孩子缩进炕角一声不吭。李克俭仔细一看，铁链被巧妙地缝进一条棉背心里，铁链限制了人身自由，但对孩子的身体并没有造成什么伤害。孩子被洗涮得干干净净的，只是脸上缺少血色，显得过于苍白，一双眼睛呆板和茫然。李克俭正要问孩子话，只见从人后面挤进来一个六十多岁的大妈，利索地跳上炕，将孩子揽进怀里，边拍打边口里说着：“我娃不怕，我娃不怕，有婆呢！”随后又从人后面挤进一个十岁左右的小男孩，看着很是机灵，可来到炕边却急得说不出话来，口里啊啊叫着，手不住地比画，可谁也不知道他在说什么。村主任拍了拍那孩子的肩，边摆手边说："石头娃，没你的事。"就领着县长一行退出窑屋回到了村委会。在会议室落座后，村主任汇报说："其实这两户一家在新农村有房，一家在县城里有房，可就是不愿意离开土窑洞。我二婶的娃跟媳妇在南方打工，在县城买了房，第二个孙子上小学了，我二叔在城里给做饭和负责接送。刚才咱看到的链子拴着的是大孙子，叫虎虎，这娃小时候就看着不太对劲儿，在学校打伤好几个同学，下手没轻没重，拿起啥是啥，差点闹出人命，带去医院一检查是先天性智障，且有暴力倾向。村上大人小孩都叫他瓜虎虎，二婶要强，怕城里人歧视娃，就不愿进城，怕她眼不见出乱子，就准备了那么个铁链子。平时婆孙俩在沟边相依为命，也不锁，二婶有事出门时偶尔才锁。隔壁五婆那个孙子石头娃和虎虎年龄差不多大，看着精细伶俐的，谁知道却是个哑巴，同样也不愿意到人多处去。两家同病相怜，相互有了伴，两个老人就怎么也不愿意搬离沟边。情况就是这样。"那天从村镇回来，直到晚上李克俭都闷闷不乐，还好，骆慧敏那天晚上回到了他的身边："怎么了，遇到不顺心的事了？"骆慧敏在李克俭的耳边问。

"不是不顺心，是有点窝心。"李克俭把白天的所见跟妻子说了一遍。

"嗯，是有些窝心。咦，你可以建一所特殊教育学校呀，让这些特殊儿童受到教育，长大后也好自食其力，从妇联、团委这条线上应该还有国家扶持项目呢。"

"对呀，我怎么没有想起这茬儿呢。前段时间教育厅长来检查教育园区，还说过我们缺特教学校呢。你真是我的聪明的好婆姨。"有了主意，李克俭立时心花怒放，他在被窝里嘻嘻哈哈地动作着，夫妻俩和和美美“敦伦”一次，第二天早上还意犹未尽，真有点小别胜新婚呢。

特殊教育学校就这样建起来了，李克俭眼看着“虎虎”和“石头”进了学校，他还亲自在学校开学那天去讲了话。见从全国范围内招聘来的老师认真敬业，李克俭欣慰的同时，还有点小得意。这天他去特教学校送书本时，还带了几个效益好的企业家，想着给学校解决点实际问题。进到智障少儿班，中年女教师显然早有准备，带着学生们站起来鼓掌欢迎，见孩子们都穿戴整齐，脸蛋红扑扑的，李克俭很是高兴，老师和孩子们都停止了鼓掌，他还在乐呵呵地拍手。就见那“虎虎”快步走到他面前，李克俭正要低头问他话，“虎虎”抬手“啪”地掴了他一掌，嘴里面嫩声稚气地说：“不听老师的话，不给你吃包子。”一行人都愣住了，老师连忙将“虎虎”拉回了座位。等李克俭县长一行来到了学校的会议室，那女老师连忙解释：“都怪我，都怪我，怕学生们鼓掌不整齐就跟他们说鼓掌要看老师，老师鼓掌你们就鼓掌，老师停止你们就停止，谁不听话不给谁吃包子。谁知道这傻虎虎就干出了这样的傻事。”看到女老师诚惶诚恐的样子，李克俭不由得笑出声来，他这一笑在场的人就全都笑了，竟形成了哄堂大笑。结果真应了那句话：把快乐送给了他人，把痛苦留给了自己。待市级换届时，他连一个市政协副主席都没有当上，只是被确定为副市长的差额候选人，到第二天的正式选举时还被换了下来。据说是因为头一天晚上有人提醒市委书记，如果让李克俭做差额候选人，很可能会高票当选。就这样，李克俭“陪选”的资格也被连夜取消了。还好，市级换届结束后，省委组织部还是派一名处长带队来考察他，说是要提拔他就任省建设厅副厅长，李克俭本人及渭北的干部都庆幸：组织还是有眼光的，不会亏待干了工作的好干部！不管是民主推荐，还是民主测评，对李克俭都没有一句不利的话，渭北的官场和群众都异常振奋，市级换届带来的颓败情绪一扫而光。大家欢天喜地地送走考察组，都在等待李克俭书记的好消息。谁知道又应了一句话：举得有多高、摔得有多重。等了有两个月，依然没有等到李克俭的任命，李克俭自己却从党务网人事任免信息上看到，正是来考察他的那位处长，被任命为建设厅的副厅长了。这已经不是简单的愚弄了，它足以毁灭一个人的信念和理想，而一个人理想和信念的形成，要经过多么艰难的修炼呀。有人穷尽一生，还只是懵懂生活，在黑暗中摸索。尽管心在滴血，但李克俭默默地接受了现实，他让司机把车开上了紫薇山，站在紫薇山的最高处用破锣似的嗓子大声吼了几句：

告诉你我等了很久
告诉你我最后的要求
我要抓住你的双手
你这就跟我走
这是你的手在颤抖
这是你的泪在流
莫非你是正在告诉我
你爱我一无所有
噢——噢——

坐在车里的司机听着这狼一般的嚎声，竟听得泪流满面。

换届结束后，李克俭明显感觉到，他已经到了成与败的临界点，也就是处于官场旋涡的水平面，经常能听到关于他升迁的议论，但近一年了却没有任何实质性进展。群众路线教育实践活动开展以来，省委明确表态在活动结束之前暂不调整干部。俗话说夜长梦多，李克俭来渭北也已九个年头，从县长到书记难免会得罪一些人，组织一时用不了，也得有个恰当的理由，冰火相遇是共同的悲哀，其结果只能是共同的毁灭，冰被融化为无形，火亦被无形浇灭，屈死了连说理的地方也没有！六人被杀的惊天血案如果迟迟破不了，上级肯定会认为社会治安综合治理措施没有落实到位，矛盾纠纷排查还有死角，为人民服务的理念还需要强化。如果上级某位有生杀予夺大权的领导突然震怒，那他李克俭吃不了就得兜着走，别说高升进步了，弄不好政治生命也许会就此终结了。几年前的河堤路风波还不是这样，庆幸的是他生命中有个女人周索娜，谁能想到帮他渡过劫难的竟是周索娜呢。不过想起那场风波他还有点儿心惊胆战！

河堤路工程如李学农等渭北广大干部群众所愿搞起来了，李学农做梦都没想到，就因为这个工程把他和李克俭等领导差点送进了监狱。李学农的从政经历中最悲壮的一夜，就是在他荣任渭北县泾河堤防工程建设领导小组办公室主任一年后的那个晚上，就在三天前，渭北泾河堤防工程被市委、市政府紧急叫停，原因是该工程未经×委会批准，且在设计上存在重大缺陷，会造成千年水患。在常务副县长林如新把李学农和发改局长石康叫到李克俭办公室的时候，已经晚上十一点多了。正在吃泡面的李克俭神情异常萎靡，灰白的头发在室内明亮的灯光下格外刺目，等到李克俭像吃药一样吃完了那碗泡面，林如新端过一杯白开水放到面前同时低声问："情况咋样？"

"不咋样，我早上六点出门等到了晚上十点，没有见到一个领导，市上的水利部门把我推到了省水利部门，省水利部门把我推到了×委会，×委会的工作人员说需要专家论证。我也理解领导，省委、省政府不表态，他们能说什么呢，所以干脆不见。咱们凑凑情况我明天继续去找。”李克俭推开桶装面的餐盒，声音沙哑地说。

“情况很不好，省报记者程在贤写的那篇《治患还是制患》的内参，原本没有在领导层引起多大的反应，现在见工程被叫停，省报便决定公开发表。一旦公开发表，省上领导，甚至中央领导都可能批示。程文全盘否定工程、倾向性又很强，这就等于提前给我们的工程判了死刑。老书记也急了，派常委宣传部长去报社交涉了，自己今晚上也住在省城，说明天一大早要去见报社老总，无论如何在省上高层发声之前，文章绝对不能见报。今天还有个情况得跟你汇报：市检察院来了三个同志，不要我们接待，也不要县检察院配合，自己登记住进了三水酒店，今天下午持公函去河防办要工程资料，被老李顶了回去，但从石康那里拿走了国家发改委给咱们立项批复的复印件。我从侧面了解了一下，来的是市检察院反渎职侵权局的，咱们堤防工程基础部分已投入过亿元，工程一旦被否定下马，他们立即就立案，追究咱们的渎职责任。”林如新情绪低落，所以说话的声音越来越小。他的情绪也影响到室内的其他人，使这间不大的办公室空气颇为凝重。

还是李克俭的一声苦笑刺穿了这份沉重：“嘿嘿，我在红都做了几年县长，交流到渭北不提拔还做县长，我不贪不占、清白做人，一心为老百姓工作，不求有功，可也不想把自己放到监狱里去呀!”

李学农接过了话：“李县长我一直敬重你，你在我跟前说一不二，但这件事我得跟你说清楚，真到了那一步，堤防工程的所有责任都是我的。是我欺骗了你和政府，谎称拿到了×委会的批复，建议工程开工。我还曾经跟你保证，一边建设一边完善各种手续，但在工程基础即将完工时，我还没有拿到相关手续，我欺骗组织、滥用职权、渎职失职，这些责任都是我的。”

“我也有责任。我当初认为，我们的工程可研报告形成时，曾经请国内知名水利专家论证，×委会要请的也是这些专家，没有必要重复论证；我还认为有国家发改委的立项批复就能开工了，所以在所有的立项可研勘察定点意见书上都签了字，没有请县长签字，你县长只承担领导责任。”发改局长石康也诚挚地说。

“好老哥、好兄弟，我李克俭能这么做吗？覆巢之下安有完卵？牺牲你们能保住我李克俭吗？我谢谢你们!”

“我倒觉得老李和石康说得有道理。”林如新分析道，“你看啊，李县长。处理他们你可以说话，但如果拿下了你，我们就全都完了。我个人认为咱们堤防工程的这一场风波还是对事不对人，没有领导在程在贤的内参上批示，说明省上领导对咱们堤防工程的态度是慎重的，对老书记和你是信任的。如果事情真到了最坏的地步，你应该把责任往我们身上推，你和老书记要保证个干身子，这样你们才能有话语权，才能替我们说话，替渭北人民说话。”

“程在贤就是针对我的，我在红都做县长的时候，就认识这个人。这个人事很多，今天帮人揽工程，明天帮人跑官，过几天又找你说情，我也照顾过他几次。来渭北后我没有理他，半年前找我安排人，我答复他说现在无论是行政单位还是事业单位凡进必考，被我顶了回去，他是记恨我，故意找事。”李克俭正说着，桌子上的固定电话响了。接完电话李克俭继续说：“真的感谢弟兄们，刚才的电话是老书记打来的，省报答应他稿子暂时不发，他明天还要去找市委领导。你们也别想着替我揽责任了，看还有什么工作可做。”

“我明天带着石康再去×委会，也就是个别实权人物给咱们介绍的施工队没有竞上标，现在故意给咱们出难题，但这个头咱们得低，我们俩再去给人家汇报，后续工程咱们照顾人家，人心都是肉长的，我不信感动不了他们。”李学农说。

林如新接着说：“我明天去找程在贤，咱们宁得罪君子，不惹小人，让这个疯狗住口，不要再不知轻重地乱叫乱咬。这个事情不是小事，一旦工程真的被否定下马，我们在座的谁也跑不了，追究渎职进入法律程序就更难处理了。现在的关键是得请省上有分量的领导出面，如果有省级领导出面支持咱们，事情就好办多了。可惜我们尽管占理，却没有过硬的人事关系，不能直接去找领导汇报。”

“今晚咱们就商量到这里，你们几个去休息吧。尽管门难进、脸难看，我明天还是要去省城，我就不信感动不了他们。”

“李县长你也不要灰心，您的决策绝对没有错，您为渭北的老百姓做了一件一劳永逸造福千年的大好事。全县的干部群众都支持你，公安局长黎铧发来信息说，公安民警会用鲜血和生命保卫河堤工程！你也好好休息，这几天你太劳累了。”李学农临走时诚挚地说。

送走了林如新他们几个，李克俭整个晚上都难以入眠。其实他对这场风波的严重性是有充分认识的，工程一旦被否定谁也救不了他，他相信绝大多数科局长和群众是拥护他的，但肯定也有部分人会动摇，这少部分人无疑会是他的事业的终结者。事情就是这样，原本只是为了利益，为了显示自己部门的权威性，显示他们在这个社会的举足轻重，可一旦以组织的名义发号施令、以为人民群众利益负责的借口斗起气来，那就骑到了老虎背上，非置对方于死地不可，早就忘记了对手也是社会主义建设者！好像唯有如此才能显示出自己革命的正确性和坚定性！关键是要赢得上级的支持，但事情到了这个地步，哪个领导会明确表态支持他呢？锦上添花的事情人人都爱做，可雪中送炭能有几人呢！也怪自己平时只知道闷头工作，不常去省城机关汇报和走动，现在求到人了，连机关的大门都进不去，连个能商量事的人都没有。国难思良将，人愁忆知音，这就又记起了周索娜。

几年前周索娜被任命为红都市计生局的副局长，两口子一起来渭北看过李克俭，那时就说在省城买了房子，鬼使神差，李克俭给周索娜发了一条短信：

> 周姐：还好吗？明天在红都还是在省城？我去省城办事，你要是在省城，中午我去看你。

发完信息李克俭把电视调到新闻频道，垫高枕头眯着眼听着电视神游八方……

在似睡非睡之中，周索娜的电话彻底唤醒了他。

“克俭你是怎么了，怎么睡这么晚，你明天要来省城？孩子要参加高考，我们都在省城，你中午来家里和你大哥喝几杯，几年没见了，怪想你的。办完事来电话，你大哥在小区门口等你。”

这就是周索娜，永远是那么干爽利落，从不拖泥带水。连李克俭听了她的话浑身都轻快多了。洗漱、早餐、装特产，李克俭一气呵成完成了这一系列动作。往省城赶的过程中，看着路边亭亭玉立色彩艳丽的丹萍花，即将开镰收割的麦子和油菜，青葱嫩绿的苞谷，李克俭思量着很快就要三夏大忙了，龙口夺食连不懂事的小屁孩也得忙活三天呢，得召集镇村干部开个会，农业收入可全靠夏粮呢，碾打晾晒的所有环节都不能出问题。要是没有“河堤路风波”这样的堵心事，在初夏的暖阳中，与周索娜这样的朋友品茗聊天把酒忆旧，不失为人生一大快事。

这个上午的拜会对李克俭来说只是走了个过场，一听说主要领导不在他拔脚就走，进了机关门见人家模样不展，他稍做应酬也不解释旋即离去，就是坐在厅长面前也是公事公办一句多余的话也没有，好像这些事对他来说都是捎带着办的。直到中午见到周索娜，他才露出了笑容，可又不免有点儿辛酸。

“哟，怎么搞的嘛，才几年不见，人也瘦了，头发也白了，不至于吧？县长还能把人当成这样？你这是搞啥子嘛。直接上桌子吧，再等不到你菜就凉了。你俩坐着喝酒，我给你们做羊肉烩面。”

周索娜边发着议论，边把两个男人让到了餐桌边，李克俭也不客气，他坐下身的同时也抓过了那瓶打开盖的三十年青花瓷汾酒：“大哥，谢谢你去接我，咱们两个三四年都没有喝过酒了，最近一次喝酒，还是你们上次去渭北看我。”

“那次你把我灌醉了，你们那几个局长真能喝。”

“你没有，你海量怎么能醉呢。你可是福大命大之人。大儿子大学毕业后，我记得分到了省城，小儿子最近又参加高考。哥，我真的羡慕你呀。”

两个人说话间竟连碰了三杯酒。回忆着往昔喝酒的趣事，又情不自禁地喝了好几杯。见周索娜端上了羊肉烩面，李克俭连头都没抬，就吃了一大碗，擦过嘴就又去端酒杯。

“等等。”索娜哥用筷子挡住了李克俭的手，“你小子别净给我戴高帽子，要是不遇到难事，你也不会记起我们，别因为喝酒误了正事，说说有什么过不去的坎？”

也许是几杯酒下肚的原因，听了索娜哥的话，李克俭一时泪如泉涌，继而泣不成声，他一边擦泪一边诉说。这谷咋种的、米咋碾的，把河堤路风波的根根节节仔仔细细地说了一遍。周索娜两口子也不打断他，都很认真地听他说。周索娜毕竟心软，也不时地随李克俭唏嘘不已。最后李克俭可怜兮兮地说："大哥，周姐，天地良心，我修河堤路没有半分私心，一是为了却渭北人老几辈根治水患的心愿，二是为了给渭北县城发展创造更大的空间。可水利部门这些人，你们当初允许我们开工建设，现在又叫停我们的工程，关键是把一个亿的人民币已埋进了河堤基础，这渎职是要承担刑事责任的，弄不好你们两个就得到大牢里去给我送饭了。"

"怪不得把头发都急白了，怎么会是这样呢。你去找上级说清楚呀，组织总得主持公道吧！"周索娜这人挺有意思，常常发急时说出的还是普通话。

李克俭苦笑着说："我这不是找来了嘛，可组织是由人组成的，人家不见我呀！"

"这可怎么办呢？"周索娜站起身来焦急地摇晃着自己丈夫的肩膀。

索娜哥亲昵地揽住妻子娇小的身躯，轻声安慰着："你别急好吗？我问克俭几句话。"

"克俭，你是说得请省上领导支持你，这个事情才会有转机？"

"对。"

"那你找谁呢？"

"我下午想去找省委白副书记，他在红都做市委书记时就认识我。"

"政府这面是哪个副省长管水利？"

"马副省长，据说是军转干部，可惜我不认识。"

"噢。来，你俩先聊着，我去打个电话。"

索娜哥回卧室大约十分钟，再回到餐桌边时就像捡了个金元宝，高兴得合不拢嘴：

“哈哈哈！李克俭，你小子还说我福大命大，你才真的是福大命大造化大，你说你怎么就交了我们这样的朋友。还哭个什么，来喝酒！我们连碰三杯。”

见周索娜用狐疑的目光看着他，索娜哥边笑边说：“老婆你忘了？马政委！”

“马政委？噢，马政委在省人大当副主任，他能说上话？”周索娜惊喜地问。

“又改过来了，已经被正式任命为副省长有两个月了，分管的正是水利工作！”

索娜哥的话音未落，周索娜一声尖叫就扑进了丈夫怀里，并在索娜哥的脸上亲了一口。

李克俭傻乎乎地举杯看着这激动的夫妻俩，但他的心也剧烈一动，根据他对这夫妻俩为人的了解，一定是他的事有了什么机会。

果不其然，周索娜端起酒来，已是笑靥如花，说：“兄弟你别急，放心喝酒，你想见的马振川副省长是你大哥当连长时的团政委，你大哥转业那年，他就已经是西北基地政委，正军级呢。我们转业安排、儿子国防生毕业分配他都帮过忙，甘肃人和咱们饮食习惯相近，过去常来我们家吃饭。你放心喝酒，让你大哥给你联系。”

“酒别喝了，咱们得商量一下。我这个老首长喜欢喝酒，咱俩得留点量晚上陪他。”

“好，咱到哪家酒店？我让人去提前预订。”

“不用。高新区有家铁锅羊肉你吃过吗？老板是咱们红都的郭德勤，小名你应该知道，叫拴狗。几天前他还说要见你，你去那儿等着，再不要叫别人。酒就喝狗哥的，那是从厂家订的茅台。没去过就找这个地址：高新区锦绣花园 6－1A－31 甲。

这是电话。”

“地方没去过，可这人我知道。我先过去了。”李克俭拿着索娜哥写的字条走出了周索娜家，把地址交给司机，他就陷入了沉思，他不知道索娜哥跟马副省长把事情说到了什么程度，因为这的确是一个较为棘手的问题，就连对他李克俭了解和器重（李克俭自己是这样认为的）的省委白副书记也不愿意贸然表态，马省长听了汇报又会是什么态度呢？但不管怎么说，他可以见到真佛了，这个机会必须牢牢地把握住。好的是周索娜两口子确实和马副省长关系密切，五大三粗的索娜哥却不是一个胡吹的人，他心思缜密、行事稳重、心胸开阔，李克俭颇为佩服。正思量着车就到了地下停车场，找到6－1A的电梯直达31楼，索娜哥显然已经联系好，电梯口已经有一个年轻的服务生在恭候着。进门后再上一个内楼梯，一个似曾相识的人领李克俭进了一个叫杨树岭的包间。李克俭这才看明白这原是这栋单元房的最上两层的八套房子打通所为，既成一体，又可以单独出入，避免了熟人间就餐时撞脸的尴尬，也保证了就餐环境的安静和清爽。所有的装饰都以红都格调为准，饰品和壁上的画也满是传统轶事和先烈风采，在间以信天游和兰花花元素，倒也古而不朴，正而不滞，靓而不俗。

“李县长你可能记不起我了，兄弟郭德勤，在红都咱们聚过。你先看一下包间，然后去我办公室休息吧，马副省长快到时我叫你，在咱们这里吃饭不到楼下迎接人，酒菜你也不用操心，马副省长的口味这里的厨师都知道。”说话间就把李克俭领进了另外的房间。李克俭一看，房间虽小，但布置得相当精致，想着晚上要陪省长喝酒的确需要休息一会儿，也就嘴上说着“谢谢郭总”，随之倒头躺倒在床上。

对李克俭来说，这真是一顿救命的饭。

原本在电视上看见过马副省长，近距离一接触，李克俭有说不出的敬畏。不知为什么，乍一见这黑脸大个子副省长，李克俭脑子里浮现出的是参天大树、巍巍山峦、峭岩巨石、擎天钢柱和默默负重的桥墩。要不是裤线分明的西裤和洁白的衬衣，还有黑亮整齐的背头，威严而训练有素的举止，单看脸怎么看都是一个饱经风霜的农民。无论是横的还是竖的皱纹都非常分明，李克俭突然就想到了渭北黄土沟壑区那些沟沟卯卯。他同时感到胆怯，他觉得像马副省长这种人碰不得，谁碰到他不说碰个粉身碎骨，也会落个鼻青脸肿，所以他在和马副省长说话时小心翼翼的。

马副省长倒是蛮随和的，他一边落座，一边和对面的周索娜开着玩笑："小周，你说你怎么就长不大呢，结婚时是这样细皮嫩肉的，儿子快要结婚了还这样，你有啥秘方吗?"

"说我呢，你看你这么多年了，头上连一根白头发都没有。看我这克俭兄弟当个县长连头发都愁白了，你当省长还不减当将军时的英武和帅气。"

李克俭感激地看了周索娜一眼，他明白周索娜是故意把话题往他身上引呢。

"当了县长愁啥呢?天塌下来有大个子人撑着呢，最委屈的还是我这个兄弟，小周你好歹还混了个市一级的计生局副局长，我兄弟至今还窝在县物价局当个副局长，真他妈的不讲道理。"

"喝酒吃羊肉，说我干什么。"索娜哥说着话举起了酒杯。

马副省长还真不含糊，满杯酒竟连干了三杯。以李克俭对酒的感觉和品评，这酒还真是茅台。

"李克俭是红都人?"马副省长端着酒杯问。

索娜哥连忙回答："我们是老乡。他原本在我们那里任县长，两年前交流到渭北任县长，人生地不熟的，交流啥嘛。这组织也真是的。”

“组织？组织也是人！我是垄东人，和你们红都人也算老乡，当年闹革命时，咱们都是老区。”马副省长这段话的前一句是跟索娜哥说的，后一句就把头转向了李克俭。李克俭受到了莫大的鼓励，他赶紧站起身来：“是这样啊，那我先喝一杯，再敬领导一杯。”

“怎么？县长也不好当？”马副省长边喝边问。

“也没有什么难当的。我最近遇到的问题也是个特殊问题。”

见马副省长很认真地听，李克俭就把渭北县“河堤路风波”的前前后后仔细汇报了一遍。

周索娜见马副省长若有所思，就接过李克俭的话说：“关键是他们河堤路的基础工程已经投入了过亿元人民币，工程如果被否定，检察院就要追究克俭的渎职责任，这不是让人栽跟头的问题，这是要整死人的问题。”

“省委那边你向哪位领导汇报过？”

“白副书记。”

“没有调查就没有发言权，我听了你们的，还要听业务厅局的，这样吧，我给省委汇报一下，争取到你们那里看看。”

“那可太好了！我代表三十六万渭北人民感谢您！”李克俭站起身来，由衷地给马副省长鞠了一躬。

“吃肉吧，也怪，你说这都半辈子了，就爱吃羊肉，吃着咱们垄东、红都的羊肉就是香。”

“老首长，什么时候在咱们家羊肉都是管饱。只是这次你可真得拉我这克俭兄弟一把，对他来说是要命的事，工程真停了，他的政治生命也就完结了。”周索娜又把话拉回到了正题上。

“只要你真的是为民谋利的清官，我马振川就坚决支持你；

可如果你是为了捞好处、要面子、争位子、劳民伤财、纯粹做政绩工程，我马振川可绝不饶你！我还没有学会做模棱两可的太平官。”临分手时马振川副省长斩钉截铁地说。

第二天下午县政府办公室就接到了市政府办公室的传真：次日早晨，副省长马振川带领×委会的主要领导、省水利厅长和几位国内知名的水利专家来渭北县调研泾河河防工程建设工作，市上主管水利的副市长及水利局长、城建局长陪同调研。

李克俭做了细致的安排后，就跟着老书记带着林如新、李学农和石康全程陪同调研。马副省长根本就没有去宾馆，他带着人直接就上了河堤路的路基。在工地，他走得很慢，时而看脚下的路基、时而看河床里的水流、时而驻足看县城的建设、时而又远眺左右的沟壑丘陵和山包。好在正是春夏之交，山坡上的刺槐和松柏枝繁叶茂、桃李杏梨虽已经落花坐果，但丹萍花已和许多叫不上名的花竞相开放，油菜和小麦已经进入成熟期，葱绿中泛着土黄。最为风光的是槐花，在沟边坡顶和路旁，都能看到白中泛黄的花朵，都能闻到沁人心脾的清香。河床里都是青草和苇子，只在河床心才看到缓缓流淌的河水，河水清澈温顺如多情少女，既婀娜多姿，又妩媚奔放。

马副省长一句话也不说，只是来来回回在河堤路的路基上走着，认真地听着李学农的汇报。李学农重点汇报了河堤路建设对渭北全县，特别是对渭北县城深远的历史意义和巨大的现实意义，并对项目的立项审批施工的所有环节都进行了详细的汇报。走到一处能看到河对面崖壁的地方，一行人驻足观望，终于有人开口说：“当年这条河可真是条大河，被水冲刷过的痕迹至今还留着。”

又有人接口说：“这渭北县城本来就是河水冲刷出来的川道，咱们老祖宗一直都靠水而居。”

大家都看着马副省长，马振川副省长那看不出表情的黑脸冷峻得就像一块石头。临离开河堤路基时，他不置可否地说了四个字：“沧海桑田。”

那天所有人都吃了一顿非常沉闷的午餐，饭罢，老书记试探着说：“省长，我们的安排是你们中午在宾馆休息，下午座谈，请领导和专家对我们的工作给予指导。”

“不了，我们回省城开会，你们忙你们的吧。小麦该开镰了，这几年雨水勤，一定要抢收抢晒，弄不好乡亲们就得吃燃麦面了。”马副省长仍然不冷不热地回答，临上车还不忘对副市长说：“就此别过。”

目送马副省长一行绝尘而去，市县送行的人相对无言，只有苦笑。副市长临走时握着李克俭的手说：“别急，省长能来就说明事情有转机。”

但李克俭心情的沉重一点都没有减少，以他对马振川副省长的短暂接触看，这是一个直率到近乎莽撞的人，他对事业的忠诚和做人的正直应该没有问题，但他对是非的分辨能力和处理复杂问题的行政能力又会怎么样呢？你副省长不来不说，你来了，在河堤路基上走了走看了看，你不是代表个人，你是请示了省委后代表省政府来的，在我们河堤路建设问题上，你可是一言九鼎呀！李克俭几次都想给索娜哥打电话，可他最终还是没有打，如果朋友都能够影响副省长的判断的话，那么这个副省长还有什么可信赖的。

时间就这样忧心忡忡地过了几天，终于等来了省级水利部门的正式答复：渭北县河防工程建设是造福百姓的好事；工程方案是可行的，但个别地方要稍做改动，以保证七百米河床行洪；要尽快完善报批手续。

满天的乌云风吹散、渭北一下晴了天。李克俭、林如新、李学农、石康四个人先是开怀畅饮，继而泪流满面，到最后竟抱头痛哭。河堤路风波就这样有惊无险地过去了，真可谓来如霹雳闪电，去似袅袅青烟，可谁能还李克俭一头黑发！

那一次多亏了周索娜和索娜哥。黎铧呀！这次就看你的了。我们是布尔什维克，从来就不相信神仙皇帝，要创造人类历史全靠我们自己！直到窗外已泛起一抹青色，李克俭还在不停地思量着。

十八、暗度陈仓

一大早，黎铧就直接到了“5·29”案发现场。昨晚他就谋划好了，根据案情分析会的意见，他今天还要仔细地勘查现场，以印证他的推理和判断。在刑事案件的侦破过程中，黎铧始终认为现场非常重要，一切的分析推理研判都要以现场为依据，离开现场的高谈阔论都是无稽之谈！

现场还笼罩在浓郁的血腥味之中，在住屋的院子里搭起了灰蓝色的大棚，大棚里一溜放着六具冰棺，香烛、纸马和花圈使整个院子充满了肃杀之气，花香与阴冷的交织使这个清晨有点儿混沌。他首先走进了鸡舍侧面的早苞谷地里，葱绿的早苞谷叶像稚气未脱的孩童手拉着手，那一片被踩倒的苞谷苗顽强地抬着头奋力挣扎着想站起身来。当时的情景已经被摄录，也刻进了黎铧的脑海，两个上身着夹衣且敞胸露怀下肢裸露的尸体重叠俯卧着，但昨天尸检结果是两个人的致命伤都在右脑的侧顶部，还有一个只有黎铧和袁顺意政委及法医掌握的细节：郭素秋的私处夹有一根胡萝卜，黎铧需要还原冯、郭二人临死前的现场，他需要弄清楚当时在这片狼藉的苞谷地里到底发生了什么。还有昨天晚上大家毫无争议地认定，杀戮应该是从苞谷地里开始，那么诱发凶手出手的直接原因是什么呢？又是什么原因使凶手连两位古稀老人都不放过，继而殃及热心的女邻居？这个只有几户人家的小村庄进入了一个什么样的残暴恶魔？他站在这片生死交织的苞谷地里审视着四周，他在寻求答案。除了忙碌的警察，就是带着泪痕和发出哭声的群众，没有人能告诉黎铧什么，倒是鸡舍屋檐下那只孤寂的灯还亮着，仿佛在等待着黎铧。黎铧原地站着仔细审视，他不得不承认这个灯就是为这片苞谷地而安装的，亮光集中照射之处正是他所站立之地。黎铧思考着，沿自己所确定的作案路线走了一圈，在离开中心现场时，他带领他的团队来到棚头的灵堂前，点燃了三炷香，恭恭敬敬地鞠了三个躬，他能感受到周围受害者亲友哀伤、感激、敬佩的目光，但没有人知道黎铧刚才在默默祈祷：你们的生命信息应该还存在，保佑和指引我们早日破案，尽快抓获凶手，以便对你们有个交代。

重新勘查完现场，黎铧在村边的一户人家找了间房子，他要亲自对最早进入现场的几个村民反映的情况进行核实。尽管这项工作枯燥乏味，但黎铧自己必须这样做，他不光是要核实走访组所取材料的准确性和客观性，他更需要掌握这几个人所反映情况的细节，黎铧坚信细节决定成败。摘录几段黎铧的询问记录，以飨诸君。

其一

你说你是最早见到陈文光的，他当时在做什么？

他当时推了满满一车鸡粪，听我喊他，差点把鸡粪倒在了当街上，我见丁素素不动弹，没有声响，浑身上下全是血，就喊陈文光别动。

你说差点是什么意思？

陈文光抖抖索索的，眼看连手推车都扶不稳，这要把鸡粪洒了，还不把现场破坏了？

你还很有现场意识？

咱整天看电视呢，也知道这现场不敢破坏。我不光没叫文光动弹，后来陆陆续续来的人我也没叫他们到跟前来，直到你们的人上来。

陈文光这人看着很瘦弱，冯广乾咋雇用这样的人呢？

瘦弱？才不是呢！文光劲儿大得很。有一次我们砍了棵碗口粗的槐树，两个人抬不动的树身，文光一个人扛上就走。

其二

你是丁素素的老伴儿，又是冯志强老人的家门兄弟，家里出了这样的事我们也很难过，但你还得挺住，你先把大概过程再跟我说一遍。

我娃跟媳妇在外面打工，家里就我们老两口带着六岁的孙子。孙子早上七点就要上学，我每天晚上十点左右就睡了。当时我睡得迷迷糊糊的，我老婆推醒我，说隔壁我哥院里好像又打架了。我看了看柜子上的钟表，刚十二点过五分，我一听还真传过来“咣咣”两声，老婆子说她得去看看，要是广乾两口子吵架还得劝劝。老婆子说着就开门出去了，我本来也要去，但孙子醒来了，说他要撒尿，我照顾孙子撒完尿，就哄他睡觉，连我自己也睡着了。早上六点刚过，听见门外面有人大声喊我，起来一看老婆子不在，才知道出了这事。唉！

时间说得很准，看来你这人很有时间观念。

在家带孙子呢，孙子就是爷，生怕把爷念书耽误了，习惯看钟表上的时间。

你刚才说你老婆说好像又吵架了，隔壁是不是经常吵架？

家大人多，哪有不吵的，我哥嫂年纪大了相对省心，广乾两口子过日子很细，经常磕磕绊绊的，有时也动手，雇个人多个口也就多个口舌，也常能听到叫骂声。儿子波波又不争气，经常和不三不四的人来往，听说还抽大烟呢。我老婆热心，经常过去劝广乾两口子呢，谁知道这次遇到这事。

你听没听说过冯广乾跟谁结过怨？

结怨我没有听说过，农村人本分过日子，鸡场生意还顺，但也挣的是辛苦钱，能跟谁结怨呢。但是波波接触人太杂，还有就是来他家收鸡蛋的外地人也有。

其三

这里就住了你们三户人家，你们相互都了解不？

了解说不上，倒是经常见着。

有人说冯广乾家雇的陈文光有些傻，你看傻不？

不傻，傻啥呢。有时做活想叫他搭把手，他就装听不见。到地里干活去，先坐在镢把儿上吃苹果，吃够了才干活呢。一年四季身上不离苹果。

哪来的苹果？

有时是苹果月里的好苹果，有时是他捡的和藏的烂苹果。说他不傻，可有时候显得不够成熟。

怎么说？

这人有个毛病，见了女人爱掏出老二撒尿。为这事还跟丁素素吵过架呢。

你说说那过程。

那是在一年前夏天的早饭后，丁素素跟我老婆，还有广乾家女子冯妍三个人在我家门口说话呢，文光扛着镢头下地去，刚走过她们三人身边就站在路边撒尿，素素就说："文光你要脸不？人家娃管你叫叔呢。"听她们后来讲，文光连裤子都没往上提，就转过身来骂丁素素说："你咬我尿呀"，两个人就这样闹了起来，妍妍把她妈叫出来，才把文光喊喝住了。

你说陈文光扛着镢头下地？

对，本来锄苞谷用锄就行了，可文光习惯用镢头不用锄。

看来妍妍她妈还能说得住陈文光？

嗯，在那家里就听郭素秋一个人的，跟广乾经常闹别扭，不过广乾急了还打呢，老婆老汉只得哄着。

和冯妍的谈话就没有这么轻松了，这个二十一岁的姑娘在村头就昏死了过去，多亏了村民和亲友早有准备，救护车就在旁边，一阵忙乱之后，孩子才能回答侦查员迫切需要得知的问题。当黎铧再次询问时，懂事的孩子跪在黎铧面前，一个劲儿磕头，恳请黎铧早日破案。黎铧心里也很酸楚，眼泪也差点掉下来，他用低沉的声音说：

“孩子，你遇到的是人祸，你要坚强，这家里边的许多事情还要你来处理。我知道现在和你谈话并不合适，但为了尽快破案抓住凶手，我们还得和你谈。”

冯妍听话地坐在了旁边。

“我问你什么你回答我什么。我现在问你第一个问题：你们家和别人有矛盾吗？”

“没有。叔，我爷我婆都老了，我爸我妈和人相处得都很好。”

冯妍回答得很干脆。

“你哥呢？”

“我哥——我哥人也不坏，只是他交人太杂，花钱手大，经常为钱跟我爸吵。”

“那么陈文光呢？”

“你说我文光叔，那也是个可怜人。我爷我婆对他很好，我爸我妈也把他当兄弟。尽管我爸每月没给他钱，但我爸都给他存着呢，再说他有病也是我爸领他去看的呢。”

“你家每月给陈文光多少钱？”

“吃住我家管，每月五百元。”

“你说你爸存着，是存在陈文光名下了，还是存在你爸名下了？”

“存在我爸名下了。”

“你说你爸领着陈文光去看病，看的是什么病？”

冯妍沉默了好一会儿才回答说：“好像是男人那东西上的病。”

面对一个失去至亲的二十一岁的姑娘，黎铧实在不忍心再问下去，倒是冯妍在被人搀扶着离去时，又跟黎铧说了点情况：“我听我爸妈议论说，文光叔是‘骡子’。我文光叔也怪，他娃离这么近从来都不来看他，可谁要说他娃和他婆娘的不是，他就跟谁急，几乎每次跟我妈吵架都为这事。叔，要真是他，我要当面问他为什么要这样做呢！”

是啊，为什么呢？这正是黎铧他们亟待弄清楚的问题。

本来黎铧还准备去陈文光老家和田七秧村看看，但省公安厅马副厅长和省厅刑侦局师局长来到了发案现场。黎铧便跟随着谭永远县长和路也宽副局长陪着厅长和局长又把现场走了一遍，省厅刑侦局的霍俊副局长边走边将现场情况向厅长一行做了介绍，在回到前埠村村委会后，路也宽副局长就侦破工作情况、谭永远县长就稳定工作情况分头向厅长做了汇报。厅长认真地听完汇报后，传达了省委主要领导在省厅《情况反映》上的批示：公安机关要尽快破案消除影响，渭北县委、县政府要妥善安排好受害群众的后事，要吸取教训，认真开展矛盾纠纷排查化解工作，预防和杜绝此类恶性案件的再次发生。就落实省委主要领导批示精神，厅长强调了三点：一是专案组要加大工作力度，争取尽快破案；二是渭北要做好媒体应对工作，防止媒体炒作；三是县委、县政府在处理好受害群众后事的同时，做好矛盾纠纷排查化解工作。

现场的会议完毕后，黎铧引导着厅长回到了县公安局的审讯室。一溜四间审讯室在公安局主楼的负二层，只有一台加密电梯可直通负二层，出了电梯间便是两扇紧锁的大门，大门顶白底黑字写着两个生冷的字：“禁区”。楼道里倒是亮如室外，出奇地静寂让人不自觉地就紧张起来，杂沓的脚步走着走着竟自然整齐划一，等要进第一审讯室时，突然的立定都让沉思中的厅长微微一怔。戴着脚镣的陈文光并没有被固定在审讯椅上，他在四个民警从四个方向的监督下原地转悠着，见这间不大的屋子里突然进来这么多人，陈文光先是一怔，接着就一个踉跄，似乎站立不稳随之蹲下身去。除警长汇报说“怕在椅子上固定时间长了他身体受不了，所以让他活动活动”外，再没有人说一句话。厅长只是认真仔细地审视着面前抖抖索索的陈文光，陈文光显然知道了这些人的来意，他先是用手在地板上胡乱划拉着，接着嘴里就嘟囔开了：“亲爸亲妈、养父养母。亲爸亲妈不见了、养父养母也不见了。亲爸亲妈好、养父养母也好。亲爸亲妈、养父养母！”

厅长竟也蹲下身来，仔细地听着陈文光的嘟囔。

回到负一层执法办案中心的审讯指挥室里，厅长详细听取了关于现场走访情况的汇报和现场提取检材的比对检验化验结果，他要求专案组牢固树立现场意识、证据意识和程序意识，既要有主攻方向，也不要放过任何可疑之处，争取早日破案。

送走厅长一行之后，黎铧又赶到前埠村村委会参加谭永远县长的碰头会，他只是简单地汇报了一下当天的工作，下一步的工作要在晚上的案情分析会上讨论决定。谭永远县长向与会者传达了省委主要领导的批示精神，大家都是官场中人，听得出一方诸侯批示的含义也掂量得出分量。大家不约而同地看着谭永远，都在传达着一个共同的信息：关键是破案！县长表扬了群众工作组，工作基本做通了，明天打墓，后天一早埋人，满足亲友祭奠的愿望和尊重当地葬埋风俗。谭永远的作风就是这样，从不拖泥带水，碰头会开得实际又紧凑。只是在这个短会要结束时，县委常委、宣传部长汇报说，今天按预案给各大媒体发《关于“5·29”案件的情况通报》，多数媒体表示理解，可还是有个别媒体纠缠不休提出要到现场采访。特别是农民报的一个记者，非要坚持见县长，我让一个副部长带着去看了大半天新农村建设，可最后还是跟了上来。

“现场，记者绝对不允许去，我这就要去参加案情分析会，那就现在在这里见见记者吧。”

县长谭永远的话刚一说完，就见一个风风火火的女人闯进了会议室。她那天蓝色的风衣，在这春天的黄昏里显得温暖而又艳丽，自然地为这间小会议室带进了一股和风。一头精心修剪的齐耳短发映衬下的面孔白皙清秀，整个人看上去既不失青春的靓丽，又饱含职业女性的豁达干练。在众多男性的注目下，来人站到了谭永远县长面前：

“我就不相信谭县长你不愿见我。”

清新悦耳的声音听起来充满了自信！

“朵朵，林朵朵。我的天，我怎么能不愿见你，你来也不打个电话，你不是在省报吗，怎么又到农民报了？”认出了来人之后，谭永远站起身来，不住声地问。多亏了面前还有一张会议桌，要不两个人还不得激动地跳起来。

见与会的人还都傻呆呆地站着，谭永远县长示意林朵朵坐下，给大家介绍说：“林朵朵，省报的大记者，我农校的同学，我们的班花，也是校花。”在给林记者逐个介绍了大家后，谭永远县长嘱咐大家：“你们按咱们的安排分头去开展工作，我和林记者说会儿话后，就去公安局参加案情分析会。今晚我还住在这里，你们有什么情况随时汇报。黎铧局长稍等一下。”

“朵朵你吃过晚饭没有，住在哪里？你看我都不知道你来。”谭永远又回眸对林记者说。

“你们宣传部长安排得很好，我吃过了。知道你今天肯定很忙，我就没有来打扰你，你今晚上真要住在这里？”

“对呀！我已经住一个晚上了。还有两个副县长也住在这里，警察要保护现场，还要在附近村子巡逻，人不埋我不能离开呀！”

“还有房间没有？要是方便的话，我也想住一晚上。我还没有在农村住过。”

听村上干部说有房间，谭永远县长也就同意了：“那好，朵朵你就先在这里，需要什么跟村干部说，我参加完案情分析会就过来。”

在去参加案情分析会的路上，谭永远县长问到了市纪委来查账的事，黎铧老老实实地做了回答，然后说：“我得到的通知是来核查离任审计报告中存在的问题，但来人却把近几年的账本全抱走了。看来是要给我寻点事。”

“要不要我跟市纪委刘书记私下说说？”

“不合适吧？要是真查出了问题，你那时再说吧。”

“也好！”

当晚的案情分析会聚焦在现场组对检材的检验鉴定上，现场提取的足迹、血迹、烟头、剩茶、细胞脱落物共十七件，截至会前已经有十一件做出了结论：与现场关系人陈文光比对一致。尽管铁英代表走访组做了详尽的汇报，也筛选出了几条模糊疑点，审讯组辛苦工作一整天，陈文光还是装傻充愣、鬼话连篇，但侦查员们都舒了一口气，无论如何侦查方向总没有错。尽管这样，路也宽副局长还是强调三个组不能有丝毫的懈怠，工作上还是要精益求精、慎之又慎，走访组还是要做过细的群众工作，对新的线索要刨根问底，排除所有疑点；现场勘查不能掉以轻心，对所有现场遗留物和提取的检材检验鉴定和比对要抓紧，出来一项要立即将情况报告给他和霍局长；审讯组可以适当加大对陈文光的审讯力度，但要讲究技巧，要有耐心，绝对不允许刑讯逼供和变相体罚。霍俊副局长最后强调说：“同志们，我完全同意路也宽局长刚才的安排，应该说‘5·29’案件的侦破工作已经到了攻坚阶段，曙光就在前头，在此关头，我们要注意两点：一是一定要有证据意识和程序意识，县局提卷、市局把关、省厅协调，在案卷上不得出任何差错；二是要有零口供的心理准备，把案子办成铁案。”

会议结束后，谭永远就直接回了前埠村村委会，与会的人讲了些啥，他一句都没有听进去，他的脑子里全是林朵朵。林朵朵代表了他的一个时代，那正好是青春勃发的时代。那是谭永远生命中回味无穷的岁月，那时候的大学生们没有毕业即失业的概念，从进校门那天起，他（她）们就成公家人了，而且还是国家的主人！有多少人在塑料皮笔记本的扉页上写下了“问苍茫大地，谁主沉浮”的豪迈诗句。其实人生的幸福和快乐也就那么短短几年。参加工作后，一个接一个的责任，就像一座座山迎面而来，压得人喘不过气来。听不完的谎言，看不透的人心，放不下的牵挂，过不完的坎坷，越不过的无奈，伤不完的回忆，剪不断的思念，躲不过的寂寞，流不尽的眼泪，忘不了的昨天，忙不完的今天，想不到的明天，经历不完的酸甜苦辣。这就是人生！想想，还是那时候好。

那时候的林朵朵是谭永远心目中真正的女人！秋虹当时对谭永远而言，是仙是月宫中的嫦娥，谭永远不敢仰视，那是因为他明白他谭永远是人，没有质的飞跃他很难成仙。可林朵朵不同，她尽管也生长在城里（她的父母是一家国有企业的技术干部）但她对农村孩子谭永远热情似火，谭永远不敢接近她，是因为他怕这火把他们两个人烧成灰烬。因为整三年的农校求学，谭永远都生活在林朵朵的热情之中，谭永远的多数衣服是林朵朵洗的，占座位、打饭，林朵朵没少干。看着林朵朵洗衣服时额头渗出的汗水，听讲座时心猿意马的神情，感受到和她面对面吃饭时所发出的气息，谭永远都无比感动，同时也会产生强烈的冲动。那种原始的男人的狼性在残酷地折磨着他，谭永远本想像对待秋虹一样仰视林朵朵，但他做不到。林朵朵那双勾魂摄魄的眸子，蓬勃高耸的胸，浑圆柔美的臀，随时都在提醒谭永远，这是花朵般盛开的女人。有一天晚上学校操场上放露天电影，日本故事片《望乡》，谭永远照例和同学们嘻嘻哈哈地搬着方凳去看，林朵朵早就为他占好了位置，电影很快就征服了银幕下的几百位师生，大家鸦雀无声地盯着银幕，偌大的操场上除了电影上的对白，就剩下了放映机哗哗的胶片转动声。谭永远至今都不知该如何评价这部电影，但真真切切的是，这部电影给他上了生动的性爱教育课。随着电影上野蛮的动作和急促的喘息，谭永远陡然一惊，林朵朵不知什么时候抓住了他的一只手而且越抓越紧，竟将头斜靠在了他的肩膀上。谭永远惊惧地向四周瞄了一眼，朦胧的夜色中满是急促的喘息和口水的吞咽声，周围凡是成对而坐的同学几乎都相互依偎在一起。谭永远一时竟如坐针毡，但眼见得林朵朵几乎将她的所有体重交给了自己，谭永远不敢发出一点响动，他想看电影又有点儿害怕，他想推开林朵朵又有点儿不舍。谭永远魂不守舍地煎熬到电影散场，连给林朵朵一句认真的告别都没有，就逃也似的跑回了宿舍。舍友们津津有味地议论着电影里的细节，谭永远应付了两句就入睡了，真正的恐惧是在半夜，朦胧中他和林朵朵相拥着来到了一只小船上，水流着、船漂着、他们拥抱在一起晃荡着，恍惚中他们又进入了一片苞谷地，葱绿水嫩的苞谷秆被他俩压倒，顺溜地铺满地，他都不敢看林朵朵的脸，把自己的脸埋在林朵朵的胸前，但躲过了林朵朵的注视，却醉倒在林朵朵的胸前，眩晕中的谭永远非常迷茫，他不知道自己在渴望什么，寻找什么，惧怕什么，在云里雾里的晃荡中他束手就擒顺其自然，终于不由自主地发出痛快的呻吟……当冰凉的内裤把他从梦中激醒时，谭永远好长时间都不想睁开眼睛，他太迷恋梦中的情景了！这样的梦自从进入农校就经常有，但从来没有这么清晰的对象，也没有这么真切的感受。一场刺激的电影原本应该是质的飞跃，但对善良本分的谭永远来说，却变成了恐惧的障碍，谭永远不敢和林朵朵单独相处了，他惧怕梦中甜蜜暧昧的情景成为尴尬的现实。谭永远看似平静，可却在有意无意地躲着林朵朵，这可深深地伤害了林朵朵的自尊。躲在校外农田地的塄坎上林朵朵大哭了一场，但她还不死心，在自己主编的校报上发表了一首诗《你不知道》，直白地做了表白。可谭永远仍然像木头一样无动于衷，甚至几天时间都见不到人影，林朵朵在极度郁闷之中又写了一首诗《你是农民》发表在校报上：

别看你人模人样的
制服的上衣口袋插着钢笔
但仔细看
不是挽起裤管
就是一个裤腿高
一个裤腿低
毕竟——
你是农民

别看你装模作样的
对着月光时也充满遐想和惆怅
但目光里
却没有嫦娥和吴刚
你关注的其实是织女和牛郎
冷落了玉兔
欣赏着牛的犟
毕竟——
你是农民

别看你大模大样的
常常陪伴在教授的身旁
但其实
你是荷锄走在田埂上
你欣赏不到
牡丹的富贵
玫瑰的芬芳
你只配享受
野花的清香
毕竟——
你是农民

有时你也像模像样的
像冰雪覆盖了河流
如绿草遮蔽了山坡
似春雨浇透了森林
落叶般扑向大地

只要在土地上
瘦弱的你就成了巨人
你是泥土的儿子
大地是你的魂
因为——
你是农民

当时读到这首诗，谭永远也是百感交集，他怎么会感受不到林朵朵对他的情意呢，他也读过“花开堪折直须折，莫待无花空折枝”的诗句，但他终于没有迈出那关键一步，还是因为母亲那句话：“不是你的菜，千万莫下筷”，自卑的谭永远不敢相信美得令男生炫目的林朵朵是他的菜。好在这一切细节，高高在上潜心读书的秋虹不知道，要是知道的话，这盘仙物会不会主动送到他谭永远的嘴边还两说呢。谭永远这样想着想着，就回到了前埠村村委会。在听取了几个副县长的工作汇报后，谭永远又对明天受害人的葬礼进行了周密细致的安排，这才来到他隔壁林朵朵今晚栖身的房间。室内的摆设和谭永远的住屋没有多大区别，只是换上了一条粉色的床单，枕巾和被套虽说有着金色的花卉图案，但整体还是粉红色的，这使得整个房间清雅而又温馨，要不是林朵朵放在桌子上的手提电脑闪烁着文字和画面，这整个情调就如同农村青年结婚时布置的新房。

“忙完了?”林朵朵对电脑上的文件做了保存后轻声问。

“算是完了。”回答过林朵朵的话，谭永远见室内唯一的椅子被林朵朵坐着，只得坐在了床沿上。

“看起来县长也不好当，还是我们无官一身轻好。”

“快别调侃我了，听说你先生在大学做教授，为什么这么多年不理我?”

“没有不理你呀，是你做了秋教授的乘龙快婿，仕途顺利把民女忘了。”

“你是民女，全中国的民女要都像你这样，咱们早就进入共产主义了。我才是实实在在的农民呢，就像你当初说的。”

尽管两个人斗着嘴，但谭永远觉得非常开心，那些恼人的烦心事都被阻隔到了门外边。五月的渭北乡村正是槐花飘香的季节，桃红李白菜花黄，满屋子都是原野的清香，谭永远一时间又如同回到了农校，回到了那个令他心惊胆战的大操场，又闻到了秋教授实验田里那股泥土的芳香。不同的是他没有了学生时代的羞涩和怯场，他微笑地看着站在了他面前的林朵朵。

脱去风衣的林朵朵在雪白的吸顶灯下整个人就像一朵盛开的花，粉面含春，吹气如兰，正从那薄而透亮的嘴唇里弱弱地吐出几个字来：“你还记得这些?”

“我能忘吗?”谭永远回答着站起身来将林朵朵搂进了怀里。对人来说，最幸福快乐的事情莫过于当你去拥抱别人时，对方却更紧地抱住了你。

在他俩相拥着倒在床上时，谭永远还在心里对自己说：得好好和林朵朵说说话呢。

十九、子夜血光

陈文光觉得自己快要疯了，坐在这种手脚被束缚住的椅子上很不舒服，更不舒服的是，面前的桌子后面总坐着两个穿戴整齐的警察，定定地看着他，但并不多说话，要说也就是那两个字：“说吗？”而他几乎顺口就回答了他们：“不知道嘛。”整整两天一夜了，好在每过两个小时，还打开脚镣手铐让他活动活动手脚，也定时给他送来饭菜，他看清楚了，警察并不歧视他，给他的饭菜和他们吃的一模一样。起先他还试图逃跑，但他慢慢明白这根本就是不可能的。“照顾”他的最少有六个警察，两个在室内两个应该在门外，还有两个轮换着休息，即使他趁活动之机放倒室内这两个警察，他仍然逃不出室外那两个警察之手。可惜这里没有镢头，要是有镢头，这六个警察是不是他的对手还难说呢。

文人爱笔，武将爱枪，陈文光最顺手的是镢头。也许前天晚上不该拄着镢头站在大门口！前天也许和其他若干天一样，不同的是那天晚上发生了许多事情。

早上的太阳依旧灿烂，早饭后郭素秋和陈文光相跟着扛着梯子去苹果树地里疏花疏果。大面积疏花疏果人手不够，需要请许多劳力，基本上已经完成了。他们两个要做的工作是对不到位的个别枝条上的花果再进行整理，这是个细活。所谓疏花疏果是两个概念，疏花就是要把枝条上的花间隔五六寸除去，疏果则是因为一朵花会坐好几个果，要把周围的几个摘去留下中心的，以保证果实有足够的生长空间。苹果花白中泛绿，发出一种混合着泥土和青草气息的香味，与地畔垄边及田野里白的梨花、粉的桃花、红色的刺玫和成串的槐花，还有丹萍花和波斯菊的花蕾共同组合成了一个瑰丽奔放的五月。

进入苹果林地深处的陈文光和郭素秋，放下人字梯后并没有立即开始工作，陈文光从口袋里掏出一个烂苹果，在衣襟上擦了擦就站在树下贪婪地吃了起来，那咔嚓咔嚓的齿咬和咀嚼声在早晨的林地里听起来非常清晰。另一棵树下的郭素秋褪下裤子解着手，她嘴里吭哧吭哧的用劲声和小便的水流声也如陈文光的咀嚼声一般清晰。农村生活有许多不便之处，一大家子人住在一起，早晨起来上茅厕就得轮流来，家里的每一个响动都盖不过其他人的眼，对上有老下有小的中年人来说，想尽情尽性做自己想做的事，恐怕只能在外边。嚼着苹果的陈文光看着不远处解手的郭素秋，就自然而然地想到了他曾经的妻子田秀妮和也算与他有过身体接触的（他是这样认为的）刘丽丽。田秀妮无疑是他陈文光心目中最完美的女人，尽管已经有好几年都没有见过田秀妮和孩子了，但田秀妮的形象一点都没有改变。她的毛发还是那样黑浓茂密，体态匀称得就像小母牛一样，怎么看怎么顺眼。哪像这郭素秋光是个勾子（这地方人把屁股不叫屁股，叫勾子）圆，两个奶都快耷拉到肚子上了，还时不时地故意掀起衣襟让他看，像这样只有他们两个人时，拉屎撒尿也不避躲他。这婆娘此前在他面前还动手动脚的，像猫儿戏鼠一样趁他不备在他裆部抓上一把。还没有刘丽丽好看呢，可这婆娘偏偏比刘丽丽还骚情。眼瞅着郭素秋苹果花下的大白屁股，陈文光不由得又想起大半年前冯广乾的父母冯志强老汉和陈秀琴老婆那件事情。

那是去年盛夏的一天中午，苹果幼苗的地行间种有小麦，土黄色的麦穗在骄阳下也泛出一片金黄来。小麦成熟也就这么几天，不及时收割就会炸到土地里。夏季的天又是娃娃脸，说变就变，此一时还骄阳当空，可说话间就是风雨大作。渭北人老几辈把夏收称为龙口夺食，就是这个原因。好在有了联合收割机，这才把农民从“龙口夺食几身汗，幼儿也得忙三天”的辛苦中解救了出来。可冯广乾这几亩幼苗地不能用收割机，那会伤了幼苗。他们三个人只得拿着木镰挥汗如雨地收割。临下地时，文光给一个冯志强老汉废弃的破脸盆里抓了一大把干苹果叶子，将盆放在了冯志强老汉的门口，口里瓮声瓮气地说：“叔，水开了帮我泡上。”冯志强老婆的腿不好，老汉走路也颤巍巍的，只得在家里歇着。

太阳就像火烧一样，陈文光原本白色的汗衫已经被汗渍晕染得成了土黄色，裸露的脖子和胳膊黑红之下，暴着青筋并不规则地脱着皮，那些即将褪去的皮，如一张被雨水淋湿又被太阳晒干般赖在人身上残酷而丑陋。收麦子这个活儿偏偏要在大太阳下干，太阳越大麦秆越干越脆，越好收割。三个人以幼苗为行相跟着挥镰收割。冯广乾在最前面，像牛一样摆着头，他的婆娘跟着他正好把个大屁股撅给了陈文光。陈文光也不知道是嗅到了自己的汗臭味，还是面前这婆娘的尿骚味，总之鼻子很呛、口干舌燥。婆娘下地时提着一瓦罐凉开水就放在地头，两口子一边收着麦还一边扯着淡，说着娃。一会儿说娃不争气不听话，一会儿又夸娃长得乖长得帅。这使陈文光不由得就想到了冬冬和霞霞，自然也还有田秀妮。好几年了都没有见过他们，原本来冯广乾家打工就是指望着能见见他们，谁知道几年了，却连一眼也没有看见。但他们的情况他知道，都还好。这主要是因为丁素素这个冯广乾的碎嘴二妈，这婆娘是世界上最爱说闲话的女人，她似乎对田秀妮和冬冬、霞霞的行踪很了解。开始陈文光很感激丁素素，他喜欢接近丁素素，渴望从丁素素的口中听到田秀妮、冬冬、霞霞的消息。可后来不知怎么了，这丁素素总是说些让陈文光堵心的话，最让陈文光气愤的是，他曾多次听丁素素跟别的女人咬耳朵说“田秀妮跟男人钻苞谷地”，还听见这死老婆子说“冬冬和霞霞就不是文光的娃”。陈文光几次都想打这碎嘴婆娘，特别是近几年来田秀妮明显在躲着他，他回田七秧村田秀妮也不让他进门，更不让娃见他。说不定就是这碎嘴婆娘传了什么闲话，他陈文光反正死猪不怕开水烫，就这么回事了，可田秀妮的名誉要紧，两个娃还要好好活人呢。每当想到这里，陈文光都想砸丁素素一镢头！听着冯广乾和他婆娘有一句没一句地说娃，陈文光的气不打一处来，原本早上就没有吃饱，割麦又是个累死人的活，陈文光昏头涨脑的都有点撑不住了，这两口子轮番捧着个瓦罐喝水也不让人。陈文光把木镰一扔，抓过一个破草帽顶在头上，转身向村子里走去，走出老远还听见冯广乾在身后骂：

“狗日的骡子，干不了几下活就偷奸耍滑。你屋里有吃奶的娃呢。”

门是敞开着的，知了在死命地叫着，桐花落地的声音也此起彼伏，小鸡咯咯咕咕的叫声很是热闹，盛夏乡村的中午并不宁静。陈文光跑到上房门口，还好，他放进苹果叶子的面盆里已经注满了水，陈文光端起面盆来向饮牛一样灌进肚子半盆“茶”，一下子觉得清爽了许多。当他抬起头的时候，惊讶得差点扔掉了手中的盆。上房里的冯志强老汉正在给他老婆陈秀琴擦拭着身子，老婆子坐在炕上几乎是一丝不挂，只是用被单胡乱遮盖着下体。陈文光惊讶的是陈秀琴这一身白肉，这么大年纪的人了，又整天病坐在床上，可你看身上虽说没有太多的肉，两个乳房也如同挂在脖子上的干粮袋，吊到了腰际也没有几颗米，可皮肤却比田秀妮、刘丽丽、郭素秋她们几个都白。陈文光目不转睛地看着冯志强给老伴儿擦完了身，又见放下毛巾的冯志强用双手托着老伴儿下垂的乳房，伸过嘴去轮流地吃着，老婆子掉了门牙跑风露气的嘴里嘻嘻笑着还伸出手去摸冯志强老汉的头。陈文光突然就想起了刚才冯广乾骂他的话，不由得一下就笑出了声。饶是冯志强老汉耳朵背，可也听到了门外的动静，转回头来见是陈文光，冯老汉羞臊地骂道：

“骡子，狗日的回来也不言语一声。笑什么笑！”

“伯，你忙，你忙，我走咧。”

陈文光说着就赶紧转身往地里走。自从冯广乾带着他去华南市看了一次病后，广乾两口子和冯志强老两口子骂他时，便都叫他骡子，他知道是冯广乾把他的病对他父母说了，郭素秋原本在和他单独干活时爱说些疯话，动不动还会在他裆里抓上一把。可自从叫他骡子后，这女人再没有这些动作了，在吃饭时，常常鼓励他盛第二碗饭拿第二个馍，眼神里还偶尔能看到母亲在世时的眼神，只是拉屎、撒尿、换衣服这些事再也不避背他。陈文光知道叫他骡子是骂他杂种、废物，陈文光恨上了冯广乾，狗日的冯广乾你妈你爸七老八十了还不安分，你在家里还嫌不展脱，晚上跟你婆娘还要钻苞谷地，你是饱汉不知饿汉饥，自己快活着还要揭我的短呢。怪不得再也见不到秀妮和两个娃了，看不到秀妮和娃给你家扛长工还有啥意思呢。

郭素秋全然不知道陈文光这天早上会有这么多的想头。她的确曾经动过陈文光的念头，起先是因为冯广乾千篇一律的动作，她比冯广乾大两岁，一辈子都迁就着冯广乾。刚结婚那阵子，冯广乾虽然急急火火的，但总像个饿狼一样吃不饱，每晚上都要势翻（折腾）好几次，后来有了孩子，郭素秋在那上面也就淡了，心思全都放在了娃身上。眼看着两个娃都大了，这几年养鸡也攒了些钱，衣食无忧了，郭素秋就想做点什么，对冯广乾那“三板斧”就有点不满足了。陈文光乍进门，郭素秋还有点看不上眼呢，细皮嫩肉长腰细项的像个女人，还没有冯广乾魁梧，动作也猥猥琐琐好似做了什么亏心事一样。可后来接触多了，郭素秋就慢慢发现，这陈文光还是个心思很重的人，她曾不止一次地看见陈文光在前埠村通往田七秧村的路上走来走去，前埠村和陈文光老家东河滩村、陈文光入赘上门的田七秧村都不远，所以有关陈文光的情况，他们都有所了解。弄不清楚的是陈文光上门的田秀妮家在田七秧村是有名的富裕户，田秀妮她爸也是方圆数里有名的大能人，陈文光的一对儿女也长得健康活泼聪明，也没有听说他两口子吵吵闹闹，可怎么就离婚了呢？倒是听素素二妈说过田秀妮爱和男人钻苞谷地，可这里的人向来笑贫不笑娼，这事在这里也不算什么事，也不至于就闹到离婚。真应了那句老话：家家有本难念的经，就说离他们前埠村不远的陈社会家，十多年前一家人说没就没了，当时还有警察住在前埠村里，听说到现在也没有弄清楚那一家人是怎么死的。直到有一天，冯广乾陪陈文光看病回来，说陈文光那东西根本就硬不起来，从小就是“骡子”——废人一个。

郭素秋才明白了陈文光为什么会离婚，不知怎么了，她特别怜悯这个人。过去吃饭时，陈文光吃第二个馍冯广乾就会用眼睛瞪他，陈文光也就讪讪地缩回手去；现在郭素秋就会直接拿个馍递到陈文光手上；见冯广乾几年了也不给陈文光工钱，郭素秋还曾明确地提醒过冯广乾，冯广乾嘴上说给陈文光存着，可就是不往外拿，怕陈文光走人，还扣了人家的身份证。为此两口子在夜深人静的时候还吵过嘴呢。

“你管他那么多弄啥呢，你向着他跟他睡去。”

冯广乾是个粗头，说话从来是直来直去，可也是话里有话。

也是自己不争气，从陈文光来家打工那天起，不知怎么了，身子总是想要。她此前从来没有为这个求过冯广乾，可现在她不得不去主动挑逗他。冯广乾还取笑说：“三十如狼四十如虎，五十坐地吸土，真活成人精了。”只有郭素秋自己知道是有另外一个男人走进了她的心里，她也不知怎么就忽略了他的单薄和消瘦，甚至还想象着瘦是瘦筋骨肉，能给她带来更大的惊喜和更多的快乐呢！知道了陈文光的无能后，郭素秋还曾黯然神伤，怎么都是这样的命，连吃个舍饭也端不上一个好碗。

此刻，看陈文光狼吞虎咽地吃着烂果子，郭素秋一边系着裤腰带，一边嘴里说：“还是没吃饱？你也是，吃自己的饭，往他们脸上看啥呢，该吃就吃，该喝就喝。”

说着话帮陈文光扶着梯子，看着他把没有完全疏好的幼果再细心地整理。人啊，就怕自己给自己竖起来四堵无形的墙，把自己圈禁在那窄小的世界里，能感受到外面世界无形的压力，却无法抗争，每一次抗争带给自己的只能是头破血流！郭素秋善意的安慰，并没有得到陈文光的认可，更谈不到感动。倒是她裸露的肌肤勾起了陈文光对田秀妮和孩子的无穷思念。按说前埠村、田七秧村、陈家村，还有他陈文光的老家东河滩村都赶的是一样的集，一四七、二五八、三六九轮流着转，他要见田秀妮和孩子不是难事。可他到冯广乾家都五年多了，就只见过田秀妮和两个孩子一面。田秀妮并没有改嫁，他也可以大大方方地去看他们，可他没有。他怕看见冬冬和霞霞的眼睛，在他的印象中，两个孩子的眼睛就像玻璃球一样清澈透亮；他也怕看见田秀妮的眼睛，那种恐惧和哀伤让他的心冷得打战。但他陈文光也坚信，田秀妮绝不会忘了他，两个孩子更不会，他们躲避他的原因，肯定是前埠村人议论他是“骡子”的话传到了他们的耳朵里，他们不愿意看到他的羞惭和屈辱。狗日的前埠村人，你们羞辱我可以，可你们羞辱秀妮和两个孩子是绝对不行的！这个五月的中午，站在梯子上疏果的陈文光透过苹果树的枝条，看到了夏日的那一抹血红，他的灵魂深处产生了一种久违的躁动。满目的青山绿水和遍野盛开的烂漫山花，都成了他胸腹中那股暴戾之气的引信，可冯广乾全家人却没有一点警觉。下午的活是给果树喷药，冯广乾和陈文光搭手干，冯广乾负责给地里送水，陈文光负责兑好农药后背着喷雾器喷洒。加满水四十公斤的喷雾器异常沉重，经过一下午的劳作，冯广乾家的树总算喷完了，陈文光刚坐在地塄坎上喘口气，就听见隔着一畦子油菜地的丁素素喊：

“广乾，你地里喷完药了，过来给我把树也喷了吧。”

“喷你妈吧。”

陈文光虽说低着头，但在心里狠狠地骂。

“反正桶里还有剩下的农药，咱去给她喷了吧。”

冯广乾尽管是商量的口吻，但已经起身蹚过油菜地向丁素素地里走去。进地后回头见陈文光磨磨蹭蹭的连喷雾器的管子也不收，任由那管子在油菜丛中拖拉着，冯广乾不由得动了气：

“你个狗日的懒骡子，把管子收起来，你看把油菜拖成啥样了。饱了发困，饿了发呆；不饱不饿劲儿不来。你真成了骡子的屎，废肉一块。”

冯广乾只顾自己骂得痛快，却没有看见陈文光在整理管子时，趁机拔掉了和喷桶的接头处，管子和喷头虽然拿在身后，但背上喷桶里的药水已经流出。到了丁素素地里，尽管陈文光煞有介事地整理管子、给喷桶充气，但在举起喷杆拧开喷嘴开关时，也只是听到了“噗”的一声，哪里还有药水喷出。

“咦，你驴日的把药弄哪里去了？”

冯广乾疑惑地问。

“没有了嘛。”

陈文光瓮声瓮气地回答。

“明明刚才还有，怎么就没有了？”

陈文光躲闪着冯广乾眼里凶狠的光，嘴里嗫嚅着：“不知道嘛。”

“对咧，对咧，叫你们两个干个活，看难的。”

丁素素气得一扭头走了。

也许对农民来说骂人是一种痛快的宣泄。冯广乾将生活中所有的苦难和屈辱、所有的失望和愤怒、所有的压抑和憋屈、所有的怨气和哀伤、所有的不如意，都宣泄到了陈文光身上。他请出了陈文光的祖宗八代、父母和孩子，用渭北最恶毒下流的脏话污辱他们。他只顾自己骂得痛快，全然不顾陈文光的感受。

直到晚上回到家，陈文光不吃晚饭的时候，冯广乾才意识到了自己的过分。这个晚上，他再没有支使陈文光干什么活，在妻子郭素秋的帮助下起了鸡粪、整理了鸡舍、准备好鸡饲料，并在十一点半的时候给鸡投放了当天最后一次饲料。也许是五月的夜晚太具诱惑，也许是下午的宣泄使冯广乾亢奋，抑或生活的前景让这对夫妇向往，总之在投放了最后一把鸡饲料后，冯广乾拍了拍手在自己妻子只穿着薄衫的腰上捏了一把，在妻子转头看他时，憨笑着抬起下巴给妻子示意了一下。两个人出了鸡舍的门相跟着走进了旁边的苞谷地，对拄着镢头站在门口的陈文光完全视而不见。陈文光抬头瞅了瞅房侧屋檐下那亮着的电灯，心说怪不得不给我住的地方安灯，却要给这里安个灯呢，原来是为了自己弄事亮堂。陈文光像以往一样轻轻挪动着脚步，他知道冯广乾夫妇是去做什么。在以往的夏夜里，陈文光感受着夏夜的凉爽、享受着原野的奇香异味、偷看着冯广乾两口子在苞谷地里颠鸾倒凤、行鱼水之欢。尽管陈文光的身体没有什么反应，但他喜欢听郭素秋的呢喃和冯广乾近乎牛喘一样的出气声。好戏又该开场了，陈文光拖着疲惫的双腿用手中的镢头支撑着饥饿的身体，饶有兴趣地看着冯广乾两口子在苞谷地里的神魂颠倒，在这两口子脱去衣服完成所有的既定动作后，他看见冯广乾从自己的夹衣兜里掏出一根胡萝卜来，信手向自己刚才寻欢作乐之处插去。陈文光的血嗖的一下涌上了头顶，他的眼前恍惚出现了陈社会丑陋的身影和母亲的叫声，他不由得提着镢头向前走了几步。陈文光的动作显然惊动了冯广乾和郭素秋，他们两个人保持着原有的动作，但同时侧过头来。冯广乾愤怒的眼神更加激怒了陈文光，陈文光在电光石火的瞬间神经紊乱了。究竟是谁的错，究竟是哪里不对劲儿，他全都顾不得了，他只是狂暴地抡起镢头向面前这两个人的头上砸去；狗日的冯波，一天也不给我好脸看，留着也是祸害，尽管冯波从梦中被惊醒时还试图反抗，但也不禁打；还有这两个老货骂我是骡子，还在我跟前骚情，明明是欺负我嘛，也没费多大劲儿，只咣咣两下，便什么都结束了。出院门的时候，陈文光还在想人的脑袋其实很脆，用镢头砸起来就跟西瓜一样。就在陈文光迷茫地站在当街上的时候，丁素素从自己家走了出来，陈文光的气不打一处来，这婆娘整天说田秀妮的坏话，今天下午就因为给她家打药，让冯广乾骂了我半下午，这时候了还敢从我跟前过，手起镢落，丁素素一个踉跄扑倒在了地上，陈文光利落地又补了两镢背。做完这一切，陈文光扛着镢头大步向公路上走去，他告诉自己，前埠村他是不能待了，他得再换个村子，得跟秀妮和两个孩子见个面，他太想他们了！到了公路边，经凉风一吹，陈文光立时清醒了很多，从手上的黏糊，他知道了自己脸的不干净，脸上肯定沾上了血，这样去见秀妮和娃，会吓着他们。陈文光思量着又回到鸡舍，他打来一盆水仔细地洗了手和脸，他突然惊觉不能去看秀妮和娃，这会连累他们。天亮了警察肯定会来，他一走警察就会知道是他干的，再说冯广乾扣着他的钱和身份证他也走不了。陈文光枕着镢把儿躺倒在一棵苹果树下，明天警察来了，就说是半夜来了几个人把冯广乾两口子打了，也把他打昏了，其他的事他一概不知道。谋划好了，陈文光竟迷糊了过去。但一个晚上怎么也踏实不了，天快亮时，他突然想起来当年在陈社会家放的那一把火，正是这一把火才使人没有怀疑到他，他还得想点办法。

整整两天了，审他的警察都换了好几拨了，问他的总是那些话，他回答的也总是那些话，他是抱定了死的主意：打死都不说。只是这种将手脚固定在铁椅子上的感觉太难受了，都快急死人了。人来人往连惊带吓的他也吃不下饭，两天都没有解手了。他也不想上厕所，但他知道从昨天早上起他已经尿在了裤子里，他也不愿意，但不知怎么就出来了，也许裤子里已经不光是尿，他已经顾不上这些了。他得想怎样对付警察的问话，挨打他不怕，他甚至盼着警察打昏他，这样他就能睡个好觉了。可是没有警察打他，今天晚上这两个警察更为和善。他已经从他们相互的称呼中知道了这两个人的名字，一个叫“进军”，一个叫“保卫”，进军偏高较瘦，眼眉很浓，较深的眼窝藏着恶气，但似乎没睡醒，总耷拉着眼皮也就煞气不重了。这个保卫身形倒是不高，圆脸也显得略胖，下垂的大耳垂和敦厚的嘴唇，使整个人看着慈眉善目的，只是两只眼睛太大，显得异常机灵。此刻两个人坐在他面前，保卫坐得很端正，瞪着两只牛蛋大的眼睛盯着他。进军则歪倒在椅子上，还嫌不舒服，竟将两只脚高高抬起交叉着放在他坐着的审讯椅上。但陈文光知道进军并没有睡着，他的身体稍微有所动作，进军的眼睛里立马射出利剑一般的光来，他要是长时间不动，进军则会用皮鞋碰碰他铐在审讯椅上的手：“陈文光，说嘛。”“不知道嘛。”陈文光照例回答。进军也就再懒得问。

保卫两天都没有问他一句话，但今晚上问他话了：“陈文光，知道我名字不?”

“知道嘛，保卫。”

“那你知道我的姓吗?”

“不知道。”陈文光老老实实地回答。

“那我告诉你，我也姓陈，我叫陈保卫，咱们五百年前是一家。”

陈文光看着面前的这个警察，他提防着他套他的话，可也想听他继续说下去，毕竟他们五百年前是一家。

“你冤枉不?”

陈文光差点脱口而出“不知道嘛”，但想了想还是回答“冤枉”。

“那你知道我冤枉不?”

“你冤枉啥呢?”

“跟你说吧，我比窦娥还冤。”

“那你说嘛。”

“你想听?”

“想听!”

“那我就跟你说。”

二十、底层百味

陈保卫跟陈文光说他比窦娥还冤其实一点不假，陈保卫本来就是一个生性恬淡的人，他甚至有点儿懦弱。他冤枉的是他在警察的岗位上整整干了二十年了，有十七八年做协警，直到“5・29”案发生的前两年，才成为一名正式人民警察。这其实是他陈保卫永远的痛，他平时都不愿和人提及，但今天他却主动讲出来了，他是做好充分的思想准备才和陈文光交流的。这两个晚上的案情分析会他都参加了，在今晚的案情分析会结束后，负责他们审讯组工作的杨毅支队长又召集审讯组的同志开了会，杨毅支队长说得很明确：“从目前掌握的证据来看，可以确定陈文光为犯罪嫌疑人，虽然霍俊副局长讲要做好嫌疑人零口供的准备，但咱们审讯组不能这样想，咱们要想方设法让嫌疑人开口，要拿到认罪的口供。”杨毅还在会上点到了他。杨毅说："保卫呀，你可是咱们的刑侦专家，当年'9·27'绑架案，多亏你及时撬开了嫌疑人的嘴，那孩子才得以解救。你得对陈文光也想点办法。"

陈保卫这人最怕人用这种语气和他说话，这意味着他要付出更多的努力。

二十年前陈保卫中学毕业后没有考上中专，大学就更不用去想了。家里就他和姐姐两个孩子，姐姐是父母的掌上明珠，他更是父母的宝贝疙瘩。那时候父亲在交警大队事故处理股工作，见他没考上学郁郁寡欢的，父亲就跟大队长说了一下，他就在交警大队当了一名交通协管员。因为警力欠缺、他又很年轻，大队就把他编入城区管理中队值勤。第一次领到草绿色的交警执勤服和白色大檐帽，陈保卫那个兴奋啊，晚上睡觉衣服都不愿脱，将大檐帽抱在怀里，队长一声令下，赴汤蹈火在所不辞。父亲见他很热爱这个职业，也无心再复习考试，就和母亲商量说："反正我再有一年就到退休年龄了，干脆我提前退休，趁着国家还有接班顶替政策，让他接班顶替算了。"

陈保卫知道父亲参加工作是在交通局，单位是交通局下属的交通监理所，虽然是工人身份，但父亲也以工代干被任命为监理所所长。只是后来机构改革，交通监理所撤销，将车辆事故处理的业务交给了公安局交警大队，父亲也随之到了交警大队，从事的还是车辆事故处理。虽然父亲在业务上是绝对的内行，但严格说来连警员也不是。从交通监理所所长到交警大队事故股的工作人员，父亲一时很难转过这个弯，和公安局的局长、交警大队大队长在工作上经常磕磕碰碰的，成了交警大队很难说话的一个人。让他接班顶替，对父亲来说也是痛苦的抉择。父亲那时已经熬到了转干的年限，转为干部就能争取警衔，如果正式授了警衔，父亲就成了堂堂正正的警察，国家干部。

这对父亲来说是梦寐以求的事情，但当时的国家政策有规定：只有工人才允许接班顶替。父亲坐在院门口的碌碡上，抽着老旱烟思量了好几个晚上，最后一拍大腿“嗨”了一声，放弃了他最后一次，也是一生中唯一的一次录警转干机会，决定以工人身份提前退休，让儿子接班顶替。接下来写报告、填表格、盖公章、转粮户关系，虽然手续烦琐，但用了不到三个月时间，人事档案关系就全部建好了，只剩下拿着行政介绍信去公安局政工室报到，工资关系自然也就解决了。可就在这个环节上出了问题，当时的公安局长怎么都不在行政介绍信上签字，理由是上级有规定，公安局作为行政部门、没有工勤岗位，不得接收工人。父亲不得不回过头来再去找劳动人事局，劳人局长倒是很直率：“老陈呀，你是不是办此事之前，没有跟你们局长汇报。人家说的原则没有错，可你们公安局也不是没有工人。再说你是从公安局退休的，人家哪个单位能接收你的孩子呢。这样吧，你先去慢慢做工作，工作做通后，我再给你开手续过去。”

那时候保卫父子都没有把这件事当成一个问题，反正陈保卫已经在交警大队上着班，工资也不比正式民警少到哪里去，局长你为难我，我就不信你把这局长能当一辈子。你还别说。也就三年光阴，上边来了文件，县区公安局长要高配为副县级，在任职条件里边就有一条：要异地交流任职。新局长上任有半年多，老陈也不好意思去找，直到快一年了，他才找到了新局长，把娃接班顶替没有被接收的事情讲清楚了，可也把他跟老局长的过节刨了出来，新局长见有是非，便推诿说先让他了解一下情况。恰好那段时间陈保卫和县信用社的刘小娟谈上了恋爱，这刘小娟是农村信用社的一个普通临时职员，她身形袅娜、模样俊俏、皮肤白皙，更难能可贵的是做人本分，好学上进。老陈老两口打心眼里喜欢刘小娟，倾其所有给陈保卫在城里购买新房、添置家具和筹备婚礼，这一忙活就是近两个年头。在这四五年时间里，陈保卫虽然说只是个协警，但工作勤勤恳恳、任劳任怨，年年都是交警队的先进个人，大队的所有科室和中队都抢着要他。特别是有一年冬天发生的一件事情，让陈保卫在渭北县公安局交警大队乃至华南市交警系统都成了一个人物。

这年冬天不太下大雪，但天气奇寒，西北风整天呼呼地刮，吹到人身上像刀扎一样。那天从下午起，天就像要塌下来一样，蒙蒙白雾让天地连成了一片，到入夜就有了断断续续的小雪颗粒落下地来，半夜时分雪是不下了，但地上的雪颗粒全冻成冰了。公路上最怕这种天气，路面就成了“冰溜子”，光滑无比。国道在渭北本来就有一段下坡弯道，名字叫“七里坡”，这种天气车辆最容易出事故。陈保卫当班这一组是两个人，他和警校新分来的学生小王。到后半夜陈保卫醒来要去巡查时，小王却怎么也喊不醒，陈保卫心想：就让他睡吧。陈保卫按规范绑扎好自己，套上有反光标志的多功能服，就开着警用面包车上了国道，后半夜的月光倒是很亮，和地上的“冰溜子”相互一照应，使整个夜空惨白泛青。视力所及，寒冷凄清，仿佛遍地皆冰。路上几乎没有车，陈保卫小心翼翼地驾着车缓缓巡视着。警车前后远处的微弱灯光告诉他，前后还是有车在行驶。到了七里坡，陈保卫还是发现了异常情况，一辆大卡车几乎是横在路上，车头滑进了路沟里，陈保卫小心地踩着制动，他知道虽然警车装有防滑链，但处置不当还是会出事故。待车停稳后，他走近前车，这才看清原来是一辆前四后八的拉煤车，这种车装载吨位不大，多是中短途运输，驾驶室里有一男一女两个人，坐在正驾驶位置上的男人，耷拉着头似乎昏了过去，女人正声嘶力竭地摇着男人喊叫着。车头严重变形，两侧的车窗玻璃都已经碎裂，陈保卫试图拉开车门，但试了几下都没有成功，女人看见他颤抖地回过头来说：“同志，快救救他，快!”

陈保卫拿出手机先拨打了120，让救护车速来出事现场，紧接着用对讲机呼叫了大队值班室和110，他要求大队派人增援他，请求消防大队来人携带专业工具参与救援。做完这一切后，他一边戴着手套清理车窗上的碎玻璃一边问：

“伤得严重吗?”

“刚才还喊疼，这会儿连声气都没有了。同志，你快救救他，他伤得不轻。”

女人带着哭腔说。

“你们怎么不报警呢?”

“手机在他身上，这一撞我也找不见了。”

“你身上有什么不舒服吗?”

“我刚才头和腰疼，见我家人撞得重，我一急把自己的疼也就忘了。”

陈保卫心里有了谱，副驾驶位置上的人没有受伤，驾驶位置上的人也应该没有大碍，但不排除方向盘对驾驶人的瞬间挤压和腿部的骨折，在这样的路面上，车速不快应该没有生命危险。他问这么多也是两个用意，一是了解情况，二是消除当事人的焦虑感。通过进一步的交谈，陈保卫知道了这是垄东邻县的车，为了早日还上车贷，两口子才冒险夜行的。说着话就看见远处有车灯闪烁，最先到的是救护车，陈保卫从车窗里接出这名叫郝彩云的妇女，又帮着医生爬进驾驶室，医生一阵忙乱后，传出话来，人应该是进入了深度昏迷，现在卡在里面也不敢贸然乱动，只能先给他插上氧气，郝彩云听见医生这么说，又哭了起来。好在交警队、消防队的车陆续都来了，陈保卫先给路两边派好警戒，然后安排车灯全部照射到肇事车驾驶室，先让医护人员和郝彩云待在安全处，这才组织消防救援人员破车救人，约莫半个小时后，驾驶员被抬上了救护车。陈保卫安排交警队的同志做好警戒标志，保护好现场。他知道虽然说是单方责任事故，但天亮后还是得细致地勘查现场，这些车肯定都有保险，但保险公司的赔付条件很苛刻，手续也很烦琐。交警队这边工作稍微不细致，就会给车主造成重大损失，何况刚才那女人说的还是分期付款买车，又出了这么大的事故，不容易呢。安排好这一切，陈保卫驾着车小心翼翼地回到城里，本来想到值班室睡个囫囵觉，但突然想起来这肇事车辆是外地车，司机两口子在这里人生地不熟的，肯定不方便，便连忙赶到县医院，驾驶员已经被送进手术室，郝彩云一个人坐在走廊的连体椅上在抹眼泪。

"甭急，甭急，人进医院了，你也就该放心了吧，现在该给家里人打电话就给家里人打电话，该给保险公司报案就给保险公司报案。急也不顶啥。"

听了陈保卫的话，郝彩云这才稳住了神，可就在瞬间她"扑通"一声跪在了陈保卫面前："哥，真不知道该怎么感谢你，哥！"

"快起来，快起来。"

陈保卫边说边伸手去扶那女人，她浑身还在不住地打着哆嗦，陈保卫不由得就动了恻隐之心，他脱下自己的多功能防寒服递给郝彩云："这个你先穿着，把我电话记一下，也许你用得着。"

当陈保卫转身离去时，他听到郝彩云带着哭腔说："哥，你可真是个好人啊。"陈保卫觉得心里热乎乎的，竟然连疲倦也感觉不到了。

千好万好，郝彩云的丈夫经过一个多月的治疗终于康复了，医生说关键是送来得及时，否则长时间昏迷，就是抢救过来也难保不留下后遗症。郝彩云给丈夫详细叙述了当晚的肇事过程和交警的处置经过，两口子对陈保卫的感激之情无以言表，对陈保卫“陈哥、陈哥”叫得那个亲呀，都让刘小娟嫉妒。后来他们不光给陈保卫送了半麻袋土豆和一只宰好的羊，还给省公安厅送去了一封热情洋溢的感谢信。无孔不入的商报记者写了一篇感人至深的通讯《热心为民的好交警》，陈保卫也因此被评为省总队年度十佳交警。可热热闹闹一年，陈保卫除了认下郝彩云夫妇两个干亲戚之外，辅警还是辅警，临时工还是临时工。而刘小娟不但已经转正，而且已经荣升为城关信用社主任了。

说话间这就又换了一任局长，父亲这就又去找，局长倒是没有推托，但人事局那边出了问题。原来的人劳局已经被分成了人事局和劳动局两个单位，按陈保卫的工人身份，此事该劳动局管，但公安局是行政单位，人事工作自然该人事局管。小陈干工作是一把好手，但社交方面是短板，处理车辆事故现场井然有序，说起法理条文头头是道，可就是不敢也不愿面对各级各方领导的脸，尽管是自己的人生大事，但自己从来不去找领导说。老陈只得亲自出面去找人事局和劳动局，两个单位的领导倒都没有拒绝，都答应研究研究，那年头“研究研究”已经成了专用名词，凡需办事的人都知道那意思就是“烟酒烟酒”，其实两个单位的头儿都认为这个事该办、也能办，所以才说要“研究研究”。那年头烟讲究的也就是红塔山，酒讲究的是五粮液，无奈咱们老陈太实在，既不上红塔山，也不敬五粮液，只是在家等着研究结果。这一等又是一年，再去问事情就复杂了，似乎变得谁都无法去管。老陈气得大病一场，将近一个月都出不了门。好在交警大队长升任了县公安局副局长且分管刑侦工作，陈保卫也因此被调整进了刑警大队，虽然说是以驾驶员的身份调入的，但在刑警队侦查预审抓捕看管什么都干，陈保卫似乎天生就是做警察的料，做什么像什么，干一行爱一行，人缘又好，很快就成了刑警队的骨干。刑警队的工作本身就忙，这一忙就把自己的身份忘了，也就懒得去管那些。真应了那句老话，是金子在哪里都会发光。陈保卫还真没有给他们老队长丢脸，那年的“9·27”绑架案还让陈保卫露了一次大脸。

渭北城东北角有个不大的村子叫小豆村，原本离县城还有二三里地，有一股山水从村头经过，在那里形成了一汪水潭，曾经的潭水清澈见底，时有草鱼悠闲地在水中游弋，还有过成对的白鹭和红嘴鸥在这里滞留过。依山傍水的小村，除冬季略显冷峻和生硬外，其他三季春有百花秋有果，盛夏西瓜最解渴。槐荫下常常能看到三五成群的儿童头碰头趴在地上“吊脖脖”，嘴里奶声奶气地喊着：

眯眯猫
上高窑
金蹄蹄
银爪爪

虽然村里读书人不多，但仁、义、礼、智、信大家都自觉遵从，多年来，小豆村就没有发过刑事案件。在二十世纪八十年代更被评为全国的治安模范村。那时候的县委书记，大年初一还去村老支书家拜年吃饺子呢。也就是从改革开放始，进城成了小豆村年轻人的一种理想和目标，近几年县城扩容很快，小豆村成了城边村，村里人大多姓豆，种庄稼收成最好的除了苞谷就是红薯和土豆，所以家家院子里几乎都有红薯窖。很快老村里再也看不到在大槐树下聊天的老人了，打“苞米”和滚铁环的少男少女也销声匿迹了。连蛐蛐的叫声和蛙鸣也被震耳欲聋的迪斯科摇滚乐取代。随着清泉被养鱼人承包，白鹭和红嘴鸥再也没出现过。宁静的乡村很快被现代文明的嘈杂所取代。原来的农家小院，多数都成了前店后屋的格局，有人干脆在城里买了单元房，将院子整体出租，开店的开店，倒腾小生意的倒腾小生意，沿街遍布美容美发屋、游戏厅和小旅馆，出入其中的不是涂脂抹粉的“小姐”，就是油头粉面或敞胸露怀的嫖客和赌徒。村子最东边的豆榆钱家，倒是正儿八经的生意人，五十多岁的父母在离家不远的电力局，看大门又兼打扫卫生，吃住都在电力局门房，每月还有两千多元钱的收入呢。离家不到一里路，豆榆钱的儿子四岁的豆豆，从幼儿园回家也时常去爷爷奶奶那里。豆榆钱家在村子最东边，旁边原本就是他家的责任田，豆榆钱将一半责任田用围墙圈进院子里，搞起了建筑架、管扣件、壳子板租赁生意，剩余的责任田全种上了时鲜蔬菜，从乡下亲戚家雇用了几个青壮劳力，不出几年小日子就过得红红火火。还买了一辆桑塔纳轿车，让表哥的儿子孟飞给开着，两口子轮流出外收账。表哥也住在小豆村，要说位置，比豆榆钱还靠城里，可前几年表哥和人合伙贩海鲜，出车祸赔了本不说，还欠了信用社几十万元贷款，这才让二十岁出头的孟飞给他表叔开车。九月二十七日那天下午，豆豆没有按时回家，豆榆钱两口子也没有在意，还以为去了爷爷奶奶那边，到晚上八点左右时，豆榆钱在他家大门内左侧，意外地发现了豆豆的一只鞋，鞋扔得很随意，但鞋里头塞了一张纸条，豆榆钱捡起鞋仔细一看，见纸条上写着：

你娃在我手上，速准备八万元，我会告诉你放在哪里。报警或不拿钱就没娃了。

豆榆钱头“嗡”的一响，差点吓昏过去。反应过来之后，一边喊他老婆翠英的名字，一边往他父母那边跑，豆豆果然不在爷爷奶奶处。豆榆钱慌忙地用电力局门房的电话报了警，不到三分钟，公安局那边回了电话，让他原地不要动，千万不要再跟别人说这件事，马上就会有人联系他。随后就有一辆当地牌照的车进了电力局院子，从电力局值班室打来电话让豆榆钱过去。豆榆钱事后才弄清楚接待他的两个人虽然没着警服，但都是渭北警界赫赫有名的人物，一个是当时的刑警大队长铁英，另一个是当时刑警大队大案中队的中队长赵刚。铁英和赵刚非常仔细地看了豆豆的鞋和那张写有字的纸条，并小心翼翼地分别装进了两个塑料袋里。铁英在和赵刚头碰头地嘀咕了一会儿后，交代豆榆钱说：“从现在开始，你见过我们的事以及我们之间的谈话内容不能告诉任何人，包括你的父母和妻子；我们会派一个同志去你们家，你就说是一个要好的客户，有什么疑点和紧急情况你就和他商量，他会和我们联系，你不能擅自采取任何措施和行动；告诉家人和亲友不要外出，可以分头去附近的水塘、井口、废窑洞去找找孩子。”

考虑到陈保卫刚调进刑警队不久，城里还没有人知道他是侦查员，铁英对陈保卫单独做了交代后，就巧妙地让陈保卫去了豆家。

“9·27”绑架案最后的结果是成功告破，但也并非有惊无险，作为生平第一次执行这样任务的陈保卫，觉得既新鲜刺激，又有点提心吊胆。铁英交代给他的任务是保护豆榆钱的安全、协助豆榆钱处理突发情况；细致观察豆家所有成员和近亲属、以防绑匪有内应；相机处置发生在豆家的任何不测之事。陈保卫生平第一次挎上了手枪，寸步不离地跟着豆榆钱，同时还要眼观六路耳听八方，试图从豆家亲属中找点儿线索，他渴望着从他这里突破案件。可惜过了半夜，豆家什么情况也没有，到凌晨三点通知他收队的时候，他才知道铁英和赵刚抓捕了孟飞，他们经过调查推理比对鉴定，初步认定孟飞是“9·27”绑架案的重大嫌疑人。不要说豆榆钱全家不相信是孟飞绑架了豆豆，就是陈保卫也半信半疑，豆榆钱全家是从感情上接受不了，陈保卫是对孟飞本人没有信心。二十岁出头的孟飞原本就长得瘦小，身高也就一米六出头，白净的面孔在审讯室刺目的灯光下发出泛青的惨白，坐在审讯椅上四肢不住地打战，在陈保卫看来，他惊惧得就像一只兔子。哪怕是审讯室挪凳子的吱呀声，他也直摇头，那种难受状就像要死一样。侦破绑架案子是否成功有一个普遍的衡量标准，那就是看人质是否被安全解救。孟飞被抓进来后一直装疯卖傻，拒不说出豆豆的下落。从下午六点到凌晨三点已经过去了九个小时，铁英和赵刚难免有点儿焦躁，可孟飞惊惧归惊惧，口中还是没有一句实话。铁英情急之下就提了一壶冷水，扯开衣领就从孟飞的后背灌了进去；赵刚也满审讯室乱找工具，可审讯室的墙壁是软包，审讯桌椅都是固定的，同步录音录像设施也打不成人，墙角倒是有几块包装这些设施的泡沫板块和防水塑料袋，赵刚气得抱起这些物件要打孟飞，可想了想又扔回了原地，气得大声“唉”了一下。铁英不住口地问：“豆豆在哪里?”孟飞只是一个劲儿神经质地摇着头。时间就这样一分一秒地过去，陈保卫知道豆榆钱一大家人和知情的亲友还在焦虑地等待和寻找着。他把铁英拉到楼道：“队长，让我试试?”

“你?”

铁英先是疑惑地问。可紧接着就说：

“好，你来问。”

又叮咛说：“下手不要太重。”

“明白，放心吧。”

陈保卫再进去时，铁英喊出了赵刚和另外一名刑警。这样审讯室里就只留下了陈保卫和与他一样身份的另一名辅警大牛。

“让保卫试试，反正他是辅警。”

“也不敢下手太重，不敢出事。”

两个人刚说了两句话，就听室内的陈保卫喊：“队长，快进来。”

铁英、赵刚一跨步冲进屋里，见另一名辅警规矩地坐在审讯桌后，陈保卫手上抓着一大团塑料袋站在孟飞身侧。再看孟飞如同遭到电击一样被固定住的手脚剧烈挣扎着，不住抖动的面孔上双目紧闭，从上下打架的齿缝间不清晰地抖出一句话：“红薯窖，我家的红薯窖。”

“看好他。”铁英边喊边和赵刚跑出了门。

豆豆很快被从孟飞家的红薯窖里解救了出来，虽然说九月天不冷不热，但孩子因为受到惊吓，嘴被堵，眼被蒙，手脚被捆绑，空气又稀薄，解救出来时孩子已经奄奄一息。据医生说，如果再晚半个小时，豆豆就有可能成植物人了，甚至有生命危险。因为亲戚们谁也没有怀疑到孟飞，孟飞家的红薯窖又是在依壁而凿的窑洞的拐窑里，已多年废弃不用，就谁也没有注意到。铁英他们把更多的注意力放在了孟飞的同伙身上，也就没有及时地搜查孟家。好在解救及时，小豆豆也只是在鬼门关上走了一遭，三天后又活蹦乱跳了。

在“9·27”绑架案侦破总结会上，铁英提议给陈保卫申报了三等功，可后来市局政治部在考察时，却提出了异议：根据《公安机关人民警察奖励条令》的规定，陈保卫不具备人民警察身份，不能申报三等功。申辩和争论都是没有意义的，最终的三等功给了赵刚。陈保卫也不吃亏，赵刚将一千元的奖励悉数给了陈保卫，但附带一个条件：“老陈，你得告诉我，你是怎样拿下孟飞的?”

“我就是在他耳朵边揉了揉塑料袋子。”陈保卫老老实实地回答。

“废话，这些大牛早就告诉我了，我是问你，我们那么大力度都没有审下来，你怎么在他耳朵边揉了揉塑料袋他就说了?”

“是这样，我进屋后仔细观察了孟飞，我觉得他是一个不知轻重的愣头青，又是血气方刚的年龄，他是憋着一股劲儿要在警察面前逞能，所以你们问他什么他都不回答。但我注意到他对你挪凳子的声音反应出奇地强烈，不光是害怕，好像他听不得吱吱的那种摩擦声，我突然就想起了有种人他天不怕，地不怕，就怕老鼠在耳朵边磨牙。当时我也没把握，只得跟你和队长说试试，谁知道孟飞还真受不了这声音，还真说了。”

陈保卫说得简简单单，但赵刚听得却格外认真。不光当时认真听了，两个人说完后就去找“度娘”弄个明白。

陈保卫本想借机会去找局长谈谈自己工作的事，但自己想了想就没有了勇气，一是觉得虽然是孤身进豆家，但也不是虎穴觅踪虎口拔牙，自己也没有摸到什么情况，至于说拿下孟飞，陈保卫自己觉得纯属偶然。二是陈保卫觉得自己喜欢刑侦工作，找好了好办，找不好要退回交警队去站马路，岂不是得不偿失。再说在“9·27”绑架案侦破中，是铁英和赵刚看得起自己，又不是局长安排的活儿。

这一晃又是几年，日子对陈保卫来说也就是黑了明了、阴了晴了，寒来暑往、春夏秋冬。也有快乐之事，刘小娟给他生了个儿子，老陈老两口把主要精力放到了孙子身上，虽然老陈会去人社局、公安局催问一下陈保卫的工作事宜，得到的答复还是得研究研究，老陈生一肚子气回到家，看到牙牙学语的小孙子活泼可爱也就无所谓了，催问陈保卫工作之事倒像例行公事一般。倒是刘小娟得子之后保养有方，整个人真是梅开二度，工作上也是得心应手顺风顺水，没几年就被任命为城关信用社的主任了。古语说树凭林、虎凭山，女人凭的男子汉。刘小娟又是转正又是提干又是升官，可陈保卫十多年如一日，还是一个辅警，刘小娟话里话外已经透露出对老公公的不满意了。

陈保卫的工作问题被正式列为陈家的头等大事，是从“清网”行动中陈保卫负伤开始的。

“清网”行动是当代公安史上一件有意义有影响的大事。公安部要求基层公安机关在半年左右抓获所有网上逃犯，以保证法律的尊严和社会的安定。

且说中原之地有个陆河县，陆河县有个崔家崖村，村子里有个叫崔满仓的人，弟兄三个守着不足十亩的薄田，还要养活父母二老，生活过得非常艰难。崔满仓是老二，正应了那句老话：偏大的、向蕞的、中间夹个受罪的。从小吃不饱穿不暖不说，还爹不亲娘不爱，常受左邻右舍孩子的欺负。特别是村北有个叫赵二锤的比崔满仓大两岁的孩子，仗着他伯父是村支书，他父亲是村上医务室的医生，经常欺负崔满仓。在学校上课自己做了错事，一概推给崔满仓，放学走到路上冷不防就会给崔满仓几拳、几脚、几耳光。其实要是真打，崔满仓不见得打不过赵二锤，但崔满仓不敢还手，他知道他一旦还手打了赵二锤，自己的父母就该受罪了。崔满仓宁可自己受点皮肉之苦，也不愿看着父母在赵家兄弟面前低三下四。就像树会在风雨中成长一样，孩子也在凄风苦雨中慢慢长大了。到十七岁那年，初中毕业的少年崔满仓毅然报名参军，天高任鸟飞，海阔凭鱼跃，虽然营区地处西北边陲，且一年有大半年冰天雪地，部队训练不外乎摸爬滚打，显得枯燥乏味，但这些对苦出身的崔满仓都不是问题。新兵训练结束后，他先是去菜地喂猪种菜，后又去炊事班做饭。第二年做副班长，第三年做班长。尊重首长，团结战友，吃苦在先，享受在后，干一行，爱一行，一切行动听指挥。年年被评为优秀士兵，还曾两次荣立三等功，被评为优秀共产党员。可惜因为学历低，失去了上军校提干的机会，又因为名额所限，没有能转上志愿兵。在当了五年兵后，崔满仓不得不又回到崔家崖村，但这次回村他不是一个人，他还带回了对象田丹丹。崔满仓在部队喂猪种菜那年刚满十八岁，菜地在营房半华里外，这里天太冷，菜只能种包心白菜和土豆，播种和收获都是全连出动，中间的除草和施肥也要班里战士参加，平时侍弄菜地就是崔满仓一个人了。喂猪是个脏活，但对崔满仓来说也说不上苦和累，他只需要每天担三次六桶泔水给六头猪拌食，清理猪圈。那段时间，中原农民崔满仓活得很自得，穿的是戎装、吃的是军粮，没人呵斥、没人辱骂，由于猪长得肥胖，还经常能得到连长和指导员的表扬。一个人住在猪圈旁边的小砖房里，闲时还能翻翻杂志《解放军文艺》《中国青年》，也可以尽情地想心事。崔满仓那时想得最多的是提干和找个好媳妇。提干好啊！提干了他就能指挥别人，就能娶个漂亮媳妇，就再也不用回崔家崖村，不用看村里那些人的脸色了。可有时还想要回去，全副武装骑着炮连拉炮的高头大马，或者坐着炮车带着士兵从崔家崖村过，崔家崖村的男女老少肯定会羡慕嫉妒得要死。虽然说不想当将军的士兵不是好士兵，可崔满仓想是想，却也知道今生要想当将军肯定无望，他初中毕业连考军校的资格都没有，推荐上军校的又都是军事训练的尖子，他一个喂猪种菜的根本没门儿。提不了干那就想着找个好媳妇，这没有人约束他，他可以尽情想象，且不分场合和时间，哪怕喂着猪他也会观察那猪是不是双眼皮，种着包心菜他也非要分辨出菜苗是雌还是雄，慢慢地崔满仓心目中有了一个大致的轮廓：一个长腿女孩，留着剪发头，刘海下有一双清秀的柳叶眉，眉下是一双亮如星星的眼睛，高鼻梁薄嘴唇，连半隐在发里的耳朵也透亮透亮的。喜欢穿藏青色的裤子，粉色底上有白花或黑花的上衣，不喜欢说话，但喜欢笑，一笑脸上就出现两个浅浅的酒窝儿。那时候有个歌颂赤脚医生的电影叫《春苗》，饰演主角春苗的是著名演员李秀明，崔满仓中意的对象其实就是春苗的形象。只是春苗那个年代虽然说是刘海遮额齐耳短发，但喜欢在脑袋右后上分出一撮来扎上红头绳，这一条红头绳就扎出了一个时代。其实崔满仓服役的地方是多民族地区，以汉族、维吾尔族、哈萨克族人口居多，少数民族少女能歌善舞，喜欢艳丽服饰，更喜欢将头发用五颜六色的头绳束成许多细小的辫子，跳起舞来如蝴蝶纷飞，又如烟花绽放流星赶月。可崔满仓是一根筋，他就认准了“春苗”，他思呀思、盼呀盼、做梦都想着“春苗”能来到他面前。五月的天山深处有着很别致的景色，茂盛的牧草遮盖了原野，一丛一丛的野花竞相开放，山坡上的松柏树一片墨绿，白的雪线就成了纯净的背景，雪线之上的冰峰银光闪耀直插白云飘浮的蓝天，宽阔的巩乃斯河如同一个雍容华贵的妇人，慈善而又无私地接纳着从雪线融化的小溪，在布满白桦树的河套间，以清澈见底的透明和本真欢快而又温婉地向着伊犁河流淌着。在吃过中午饭后，崔满仓着春秋军装，一个人坐在地塄坎上想着心事，他和战斗班的兵不同，优越之处就在这里，战斗班的兵有句顺口溜：白天兵看兵，晚上兵看灯，兵在干什么？兵在搞卫生。崔满仓不必整天看着其他战友的后背或者面孔，不必在晚上开班务会时正襟危坐直眉瞪眼地看着枯黄的灯泡，也不必有事没事就整理内务打扫卫生。他可以坐在地塄坎上白天看原野，晚上数星星，尽情想自己的心事。崔满仓在陶醉的想象中听到了细声细气的呼唤：

“哥哥——”

“解放军哥哥——”

他扭头一看，从隔壁老田家的菜地里正走过来一个姑娘。老田家的菜地和连队的菜地相邻，见连队菜地有猪圈，老田也给菜地砌了猪圈，养了两头猪。崔满仓也经常用剩余的泔水接济田家的猪，也就和经常来菜地干活的老田和他儿子田宝宝熟悉了，田宝宝还大崔满仓一岁呢，招工在公路道班上班。这个女孩看着这么眼熟，会是田家的什么人吗？

“是满仓哥哥吧？我叫田丹丹，田宝宝是我哥。”

姑娘走近前来看着崔满仓大方地自我介绍。

“噢，是老田的闺女，怪不得看着眼熟呢。过去咋没见过你？”

“我在县城打工，回来取东西。常听我爸和我哥说起你，上次回家我就来菜地转，没有见到你，今天终于见到了，我就想看看你这好人是什么样子。”

崔满仓的心不由一动，站在他面前的姑娘穿着一双白色运动鞋，当下正流行的牛仔裤使她的腿长得出奇，上身这件枣红色着黑碎花的夹袄和一头齐脖短发，总让崔满仓觉得在哪里见过，似曾相识。还有就是白净的脸上这一对大而透亮的眼睛，让崔满仓都不忍正视。他站起身来嗫嚅地说：“屋里坐吧。”

所谓屋子也就是猪圈旁的一间小砖房，室内一桌一椅一张单人床。虽然简陋，崔满仓收拾得还是很整洁的。

“啊，怪不得人们都说你们当兵的床上功夫厉害。”

田丹丹几乎像喊一样说。

“怎么了？什么功夫?”

崔满仓不解地问。

“看，还真像豆腐块。”

崔满仓这才明白田丹丹是说他平展如镜的床单和折得棱角分明的被子。

说完被子两个人似乎没有什么话题了，屋子本来就小，两个人的呼吸声彼此都应该能听到。

“你们军人真厉害。”

尴尬时田丹丹向门口移动，说：“哥哥，我走了。”

就头也不回地向河套间跑去。

崔满仓站在地塄坎上目送着田丹丹，有两个星期他都心神不宁，他知道，他是喜欢上了田丹丹。不可思议的是他似乎对田丹丹并不陌生，他们好像在哪里见过，田丹丹和他说话是那么自然，就像久别重逢一样。崔满仓睡不着觉了，他拼命地干活，把猪圈打扫得干干净净，把菜地的小路也扫得干干净净，把自己的衣服几乎全部洗了一遍，把多余的泔水都倒进了老田家的猪槽，崔满仓很煎熬，好在也就两周，田丹丹又来了菜地……

二十一、情债血还

崔满仓复员的时候，田丹丹就毅然决然地随崔满仓回到了中洲。崔家崖村对田丹丹来说是个全新的地方，她对村子里的一切好奇而又新鲜，在唢呐声中她被迎进崔家老屋，在崔满仓掀起盖头的一瞬间，在场的所有人都惊呆了，许多人都反复地揉着眼睛，想弄清楚坐在大床上的新媳妇是人还是仙。边疆的广漠和宽阔本来就培养和造就了田丹丹善良、宽容、大方的性格，兄嫂虽说分家另过，但都高看着她，谁家有了好吃的也都让着她，公婆又没有女儿，把这个小媳妇看得比闺女还亲。崔满仓虽然说脾气倔了点，但把田丹丹看成了命根子。生活不只是在炕头，柴米油盐酱醋茶都得有啊！崔满仓在心里暗暗发誓，此生此世绝不辜负自己的妻子。可怜巧妇难为无米之炊，原本家里的几亩薄田又被哥哥分去了一半，父母日渐年迈，手脚越来越迟钝，弟弟也到了该找对象的年龄了，几个月后田丹丹又怀孕了，所幸还有几千元的复员费，要不几口人的生活都成了问题。崔满仓和岳父用电话商量，在边疆小镇包租了百十亩土地，专门种土豆和包心菜。崔满仓重返边疆后，认识的首长和战友都很照顾他，连队的旧家具、旧门窗、旧木料等都送给了他，他种的菜还没有收获就让连队预订了。到田丹丹待产他回家时，崔满仓的储蓄卡上已经有三万元了。田丹丹的肚子也争气，给老崔家生了个大胖小子。崔满仓对老婆和孩子爱若至宝，在家里全心全意地伺候了妻子一个月。到孩子满月时，田丹丹的身材没有受到太大影响不说，脸上的皮肤也更加水灵细腻，双乳饱满，崔满仓尽管欲火攻心，但看到田丹丹一门心思在儿子身上，也就强忍着不去招惹她，直到要再次离家的前夜才飞云播雨，但也是说不尽的怜爱疼惜，枕上的恩爱之情一时也不可尽说，天明后洒泪而别。回到边疆的崔满仓种地和收破烂更为努力，他计划要把用于收破烂的驴拉平板车换成四轮拖拉机，到年底给他的承包地里盖两间土坯房，把父母和田丹丹以及孩子接过来，省得他牵肠挂肚两头奔波。崔满仓也很纠结，他知道边疆虽好，终不是久留之地；奈何故乡水土不养人，他也只能得过且过了。再说岳父母全家都在这里，孩子长大了也不缺亲戚，按现在他包地的情况看，有十年时间挣个百八十万元应该也不成问题。等儿子大了，愿意在哪里买房安家就在哪里买房安家。上辈人经历过民国十八年饥馑，经历过花园口决堤的大水，他们这代人几乎是生在了福窝窝。辛苦算什么，不吃苦中苦，难为人上人呢。惊扰了崔满仓发财致富梦的是田丹丹一次比一次焦急的电话，崔满仓只得让大哥帮他给田丹丹和孩子买了车票，他不能回去接，他得节省费用。田丹丹抱着不到半岁的儿子汽车、火车再汽车将近六天才回到了娘家，见了崔满仓什么话也不说，只是一个劲儿地哭。起先崔满仓还当是旅途劳顿孩子费事，或是受了父母的气，就低声下气地哄着田丹丹，岳父母也帮他抚慰，总算让田丹丹的情绪平静了下来。但在随后的一个晚上，在田丹丹告诉了崔满仓事情的原委后，崔满仓却怎么也淡定不了了。那天晚上他抽了半宿的烟，天未亮他就来到了自己承包的田里，一个人大哭了一场。狗日的赵二锤你欺人太甚！

原来，就在这个月前的一天，田丹丹因为感冒去村卫生室挂吊瓶，赵二锤的父亲开过药后就出诊去了，留下赵二锤负责为病人打吊针。也不知他给药里加了什么，田丹丹挂着吊瓶就睡着了，等醒过来后见药液早已挂完，自己赤身裸体地躺在小床上，赵二锤正摆弄着手中的照相机淫邪地看着她。田丹丹忍受着微微的头疼，穿好自己的衣裤后，愤怒地质问赵二锤："你到底把我怎么了？"

"怎么了？你知道呀，你不是还舒服地直叫唤吗？想看你身子有多好看吗？都存在这照相机里。妹子你就甭生气了。反正满仓又不在，哥给你解心慌。"

"流氓、浑蛋！看我不去告你。"

"骂几句可以，告我，你就不必了，这镇上的派出所所长、法庭庭长都是我哥们儿，你告谁去呀？你安生点，我还可以给你调整点田调整点地，帮你红红火火过日子，这村里任谁也不敢欺负你。你要敢胡说乱折腾，我就把这些照片散发到镇上去，那时候全镇人都会知道你是个破货。"

田丹丹是抹着眼泪离开那家诊所的，赵二锤还在她身后干笑着说："妹子，过几天再过来，哥给你打针。"

趁着夜深人静，田丹丹烧了一大盆水含泪仔细地擦拭了自己身上的每一寸皮肤，哭了一个晚上的她，到天明还是忍不住哽咽着给丈夫打了要离开这个中洲山区小村庄的电话……

几天后，崔满仓一个人回到了崔家崖。他决定拿起法律武器惩处赵二锤，所以他连家都没有回就直奔镇派出所，派出所的一个年轻民警很耐心地接待了他，在听完他的诉求后问他：“有证据吗？”

“证据，什么证据？”

“你控告赵二锤强奸的证据。证人证言，现场遗留物或者阴道擦拭物，搏斗厮打痕迹或者其他的。”

“这些我都没有。可我说的是事实。”

“我们依据什么来立案呢？”

崔满仓立时傻了眼，他突然就想起了一个小学的同学赵立现，在法院工作，好在县法院也不大，在下午下班前，他在赵立现的办公室见到了老同学。虽然说多年没有来往，但同学还是亲啊！待办公室的其他同志走后，崔满仓絮絮叨叨地说了田丹丹遭赵二锤强奸的事儿。

赵立现听他说完后沉思了有半分钟，就拨出去一个电话：“李队长吗，你下班没有？还在忙案子。快完了？那好，等一会儿在满堂红二楼包间吃饭，我外地回来个同学，有个事儿你来给看看。那好，我先去了，等你。”

“我给你约了刑警队的李队长，咱们一块儿去吃饭。你这个事我也吃不准，强奸案子很难办，难就难在取证难。再要有点人为干扰就更难办了。你别急，吃饭的时候咱先跟李队长说。把我这里两瓶中原情带上。”

赵立现说着话从柜子里取了两瓶白酒出来，带着崔满仓来到一个叫满堂红的小饭馆里，进到包间后崔满仓赶忙说：“立现，这顿饭我来请，菜你尽管点，点好的。”

“你快坐下，听说你带回家个漂亮媳妇，不承想却摊上这事。你别和我争了，当年我们家下放到你们村，崔叔、崔婶对我爸妈挺好的。咱俩也多年没见了，客气啥呀!”

说话间李队长也进了包间。中原的初冬，天黑得早，又下班快一个小时了，小城已经沉入暮色之中。赵立现显然是常客，几样下酒小菜很快就摆上了桌。坐下后赵立现介绍说：“这是李队长，这是我的小学同学崔满仓，当兵复员后留疆了，最近遇到点糟心事。这样，咱们边吃边说，先干一个。”

崔满仓虽然心里窝火很不痛快，但见赵立现很给情面，李队长显然和赵立现关系很不一般，自己报仇雪耻应该很有希望，于是也就豪爽地举起杯子。三杯过后就把田丹丹告诉他的一切说给了面前的法官和警察。

李队长听完崔满仓的陈述后，边吃边告诉崔满仓：“你这个事情很麻烦，你现在所说的这一切都是你媳妇作为当事人的控告，但缺乏证据支持，肯定没有证人，你媳妇说人家让她昏睡了过去，没有物证，连她是否被强奸现在都不好说。他相机里到底有没有东西也不好说，就是有也证明不了他实施了强奸。我和赵哥是朋友，我不糊弄你。我们就是勉强立案，没有证据检察院也不会批捕，案子根本就办不下去。”

见崔满仓一时无语、满脸失望，赵立现接过话头说：“李队长，那赵二锤的确不是个东西，他爸和他伯也是村里一霸。我爸妈那时在村里没少受这些人的气。现在有时进城还到我们家套近乎，我爸妈理都不愿理。”

“你父母不愿意理，但有人愿意理，你说的那人我知道，是个热沾皮、自来熟，和咱公检法的好多人都熟。按照目前他说的要取证非常困难，根本就没有物证，这种情况局里立不了案。”李队长边吃喝边说。

崔满仓惆怅地喝着闷酒，时不时地嘟囔一句：“他娘的，太气人了。”

李队长为了宽慰他，就给他举起了例子：“你们俩可能听说了，最近有个妇女去派出所报案，说有人晚上弄开她的门强奸了她，还威胁她不得报案，第二天晚上还要来。妇女是良家妇女，报案前把自己清理得干干净净，连一点痕迹和证据都没留下。派出所所长就给出主意说，今晚上我安排人躲在你床下，再来就抓他现行，还叮咛说一定要让来人射精，这样就有了铁证。晚上在房间里埋伏了两个人，房间外也部署了两个人，辛苦了大半夜，屋外的人明明看到有黑影进屋，但好久听不到屋内响动，等听到屋内吵嚷声冲进去时，嫌犯早从窗户跑了，证据取到了，但人跑了。这一下那妇女不依了。把派出所闹了个灰头土脸。”

“法院系统也遇到了一个可气的案子，有个十四岁的女娃去派出所报案，说本村一个五十岁的光棍男人经常强奸她，派出所也说要有证据，那女娃她婆就叫那女娃多次和那男的发生关系，直到怀上孩子。在孩子生下来后，抱着孩子去派出所报案说证据有了，派出所审查过后，说你这是双方自愿，构不成强奸。如果那男的不出孩子抚养费，你就去法院告他。法院受理后叫那男的答辩，那男的说他愿意抚养，但娃太小离不开他妈，他愿意把母子俩都养上，还闹着让法院判那女娃和他结婚。你说这都是啥事嘛！”赵立现说的这事李队长也知道，两个人相对唏嘘，表情悲苦而又无奈。

眼见得两瓶酒喝完了，可对崔满仓的事也没说出个所以然来。最后三个人商量，让崔满仓先去找赵二锤，赵二锤要认事，就设法取证，取不到证也得让赵二锤把相机里的东西删除，最少得让他赔点钱。要不认事，三个人明天一块儿找赵二锤去。

“兄弟，你是住旅舍还是住我家去？”赵立现热情地问崔满仓。

“不了，我回家去住。”崔满仓瓮声瓮气地回答。

初夏的中洲大地已经氤氲着暑气，即将成熟的小麦和油菜已散发出纯美的清香。虽然天已黑尽，但月亮的清晖洒满原野，山坡、河流、道路、村庄像披上了一层薄纱，刻意掩盖着所有的传说和故事。终于看到崔家崖村了，崔满仓觉得有说不出的无奈和伤感，心口像塞了一团棉花一样堵得慌。父母兄嫂都不知道他回来，这么晚回去他能跟他们说什么呢，他们又能帮他做什么呢？崔满仓不由得在村口停了下来，就在这时他看见了村头那间亮着灯光的医疗站，贴在门上、玻璃上的红十字在晚上看起来血红刺目，崔满仓下意识地用右手捂在了左上臂的外侧。他在瞬间想起了上小学时“种牛痘”的情景，还是赵二锤的父亲在他们上臂用药水一抹，然后就用小刀果断地画出一个十字，看着血流出才又转到下一个同学。对，回去干什么，就去找赵二锤。崔满仓在瞬间下定了决心！

崔满仓敲门进去的时候，屋子里恰巧也就只有赵二锤一个人，认出来人是崔满仓，赵二锤有片刻的慌乱，但很快就镇定了下来，嘴里还说：“噢，是满仓回来了。你来看病？我这就去后面喊我爸去。”

“不必了，我来跟你借个东西，借你照相机用用。”崔满仓阴沉着脸说。

“照相机？我的相机不借人。”

“今晚上你借也得借，不借也得借。老子看看你都照了些啥相片。”

“老子？吃了几年粮就回来给我当老子来了，也不撒泡尿照照你的模样。你想干什么？”

“相机拿出来，把那些照片删了！”崔满仓咬牙切齿地说。

“你说删了就删了？你算老几呀？不给你看是给你面子，我怕你看了你女人在我身子底下的骚样你受不了。”赵二锤显然就没有将崔满仓放在眼里，他倒是敢作敢当。

崔满仓被赵二锤激怒了，新仇旧恨全都涌上心头，一个锁喉就将赵二锤控制在自己的身前。这赵二锤也不是平处卧的，虽然身体有所失重，但右手里已经多了一把银光闪闪的手术刀，嘴里含混不清地嚷嚷着：“你想干什么？信不信俺会杀了你。”

原本，崔满仓控制赵二锤只是为了索要田丹丹的照片，经过这一天的奔波，他已经对依法惩处赵二锤有点儿无望了。如果赵二锤交出那些照片，说点求情的软话，崔满仓也许会放过赵二锤。可惜赵二锤弄错了时空，他还以为身后的崔满仓是多年前任他欺凌的小屁孩，千不该万不该他不该拿那把手术刀。几乎没有费什么周折，赵二锤也就龇牙咧嘴地“啊啊”了两声，手术刀就到了崔满仓的手中，怒从心头起，恶向胆边生，崔满仓在瞬间就想起了连队杀猪的情形，作为操刀手的他何其干净利落。命案就这样发生了。赵二锤还没有反应过来崔满仓要干什么，他只是顺着崔满仓的推力失重地向前扑去，咽喉就准确地扑到了手术刀上，虽然喷溅的血像射箭一样，但身后的崔满仓几乎没有沾染上一滴。眼见得赵二锤在血泊中已经无声了，崔满仓走出医疗站，踏着月光向村外疾步走去……

二十二、英雄无悔

在铁英他们收到中洲公安局清网办的传真后，对情况进行了认真核实。在本县庙香镇上堡子村，确实住着一个年近五十叫梁满囤的外乡人，听村民说十多年前这个叫梁满囤的甘肃人，从在外工作的一个上堡子村的人手中买了这个有三间瓦房的院子，又从其他村民手中承租了近二十亩地，全部种上了苹果。也没有见过家里有其他人，只是养着一条很大的狼狗，一人一狗日子倒也过得滋润。在中洲公安局清网办的传真通缉令和逮捕决定上，明确指出该梁满囤正是他们追捕多年的逃犯崔满仓。

铁英对这次抓捕行动进行了周密的安排，在刑警和武警对梁满囤的独家小院实施了铁桶般包围的同时，自己亲自带领突击队员来到了铁制的大门前。为了防止嫌疑人自残和出现其他意外，铁英安排突击队员赵刚和陈保卫翻墙入院，一个负责解决狼狗，一个负责打开大门。晚上十点半的时候，铁英一个果断的突击手势，在其他队友的协助下，赵刚和陈保卫翻进了院内。铁英他们听到随着赵、陈二人咚的落地声，传来了一个男人低沉的呵斥：“谁，干什么？”

接着就是狼狗的狂吠，在赵、陈二人的惊呼声中一声枪响，随着铁器的剧烈碰撞声，大门哐啷一声从里边打开了。

突击队员冲进院子。

铁英尽管见多识广，还是倒吸了一口凉气。被击中头部的狼狗虽然只是在苟延残喘，但四条腿还是在不甘心地乱蹬。被赵刚用枪逼住太阳穴的男子一只手握着一把铁锹，另一手提着一把斧子。铁锹倒也罢了，那利斧显然是经过精心打磨，月牙形的斧刃在强烈的聚光灯下寒光凛凛、冷气森森，些许血迹却透出了万般恐怖。再看一旁的陈保卫单腿跪地，一手撑着伸缩警棍，一手紧护着肩胛骨处，从指缝里正汩汩地流出血来。随着铁英的口令，一拨人收缴凶器，固定证据，收押犯罪嫌疑人；一拨人赶快送陈保卫去医院，紧急治疗；留下一拨人进一步勘查现场，搜查房间。安排好这一切之后，铁英就心急火燎地往县医院赶。千好万好，因为陈保卫穿着防刺服，利斧只是伤到了肩胛处防刺背心没有防护到的地方，由于危急中陈保卫曾用伸缩警棍一挡，右手的三个指头也被利斧割伤。铁英知道，按目前陈保卫的伤情来看，要是没有防刺背心的话，陈保卫轻则开膛破肚，重则性命不保。还多亏了当时是陈保卫对付嫌疑人，赵刚对付的是狼狗，狼狗毙命没有人追究，要是抓捕对象死伤那就成了大麻烦。民警该不该开枪、开枪得当不得当、有无必要先行警告，等等，都是人家检察院说了算，就算检察院给出合理开枪的结论，恐怕他铁英也难逃局长组织抓捕行动不严密的责骂。现在好了，陈保卫的光荣负伤，只能说明罪犯的凶残和狡诈，证明了抓捕工作的异常困难和惊心动魄。也多亏了陈保卫，身体强壮又身手敏捷，否则的话，又会多一个烈士。铁英本是一个泰山崩于前而面不改色的硬汉，但在看到右手和前胸扎满绷带的陈保卫时，还是情难自抑，抓着陈保卫未受伤的左手只是一个劲儿地摇着，口里低沉地吐出了三个字：“好兄弟——”

两个人的眼眶里都有泪花在打转！

陈保卫明白自己是在鬼门关走了一遭，在他和赵刚翻墙跳进小院的那一瞬间，他就意识到了凶险。院内的人似乎早有防备，借助月光，陈保卫第一眼看到的是狼狗向赵刚扑去，接着就是一个人操着家伙向自己扑来，他本能地甩出伸缩警棍，眼看着一把利斧向自己头上砍来，他在摆头躲避的同时用警棍一挡，怎奈对方势沉力猛，他的肩胛处一痛，整个人差点被击倒。好在赵刚在枪响之后，在那人的愣神间，打开了大门，继而用枪逼住了对方。正式民警还是威武，他们有枪，不像他陈保卫，关键时刻只能用自己的血肉之躯来扛。他继而又想，今天不挡那一下，让人劈死算了，也许还会追认个烈士，做烈士该不会有临时正式之分吧。那样的话，他陈保卫就彻底解脱了，他再也不必去求爷爷告奶奶地看人脸色了，再也不必去面对刘小娟那哀怨的脸。说不定刘小娟还可以去作报告，宣讲他陈保卫的英雄事迹。儿子也许会在十八岁那年被照顾进警队，成为堂堂正正的人民警察，大丈夫不就求个青史留名吗？可惜关键时候有那么本能的一挡，一切还是依旧。其实陈保卫躺在病床上也想过干脆不干了，或者应付着干，让刘小娟给贷点款买个拉煤的大车，凭着自己这十多年积攒的人脉，一年还不挣个十万八万元的。这期间，政法委书记来过，县长也来过，带着营养品、鲜花还有记者，他那时真想告诉他们，他不要这些，他想要一身警服，戴着警衔警号和警徽，让他堂堂正正地穿在身上。可陈保卫还是没有把这些话说出口，别看刘小娟平时说起他来伶牙俐齿，可当着领导和记者的面也只能说两个字——谢谢。

鉴于陈保卫在此次“清网”行动中的出色表现，县公安局在局长亲自过问下，报告有关上级部门，为他请功。最让陈保卫高兴的是，他梦寐以求的成为一名正式人民警察的愿望终于实现了，经过县、市公安机关的共同努力，上级批复决定录用陈保卫同志为人民警察。

当然，上述录为正式人民警察的情况，陈保卫并未跟陈文光说。看着陈保卫那张装出的痛苦的脸，陈文光似乎有所触动。

见陈文光听得认真，陈保卫抬眼看了看墙上的挂钟，已经凌晨两点半了。旁边的进军趴在审讯桌上睡得正酣，陈保卫推了推他，进军一个激灵抬起头来。嘴里嘟囔了一句：“狗日的招了？”

陈保卫连忙说：“你去灶上热几个包子，你看都半夜了，一天没有吃饭了。”

“好的。”进军答应着出了审讯室的门。

为了我能接班顶替当警察，我爸给县政府的某些人送的烟酒能用车拉，他老人家都恨不得给人家跪下，现在连腿都要跑瘫了。可你看看，这么多年来，我老婆从一个代办员干成了信用社主任，听说很快要改任农商行行长，可我是个什么呢？工资连老婆的奖金都不如！你说我冤枉不冤枉！不瞒你说，我有时都不想活了，有时杀人的心都有！”陈保卫说着说着真动了感情，带着哭腔。

“打嘛。”陈文光闷声闷气地说。

“打谁？”陈保卫漫不经心地问，见陈文光又不说话了，陈保卫把头向前探了探，悄声说：“干脆你打我，我给你找把镢头，你砸死我算了。这样我就成烈士了。”

“不打你，你又没欺负我。”

“那打谁?”

陈保卫仍然悄声细气地问。

“打掌柜的。”

“你把掌柜的打了，就是冯广乾?”

“是冯广乾，他经常欺负我。”

“那几个人也是你打的?”

“是我。”

“那打人家丁素素弄啥呢?”

“那婆娘经常跟人说我娃不爱我，这么近都不来看我，我早恨死她了。”

“兄弟，和我比你是个男人。”陈保卫站起身来，在陈文光的肩膀上拍了拍，就起身给陈文光倒了一杯水，恰好进军也推门进来，提着六个热腾腾的大包子。

陈保卫打开审讯椅的约束扣，让陈文光活动了一下双手，把六个包子全推到陈文光面前，和气地说：“吃吧，都一天没有吃东西了，别烫着，喝点水。”

陈文光狼吞虎咽地吃完了三个包子，陈保卫索性打开双脚的约束扣，扶着他在这间不大的房间里走了几圈，又重新把陈文光固定在审讯椅上，看到摄录设备的指示灯显示正常，他才又接着说：“说吧，说说是怎么打冯广乾的?”

陈文光看了进军一眼，略微有点儿迟疑，但还是对陈保卫说：“掌柜的太可憎了……”

二十三、水落石出

黎铧接到铁英电话报告时是四点二十分，铁英激动得上下牙齿都打战：“黎局，陈文光开口了，把什么都说了。”

“好，我来了。”

黎铧进到负一层的审讯指挥室时，杨毅正和铁英兴奋地议论着。通过监控画面可以看到，赵刚、陈保卫还在和陈文光交谈着。铁英用另外一个监控显示屏回放了陈文光对陈保卫的供述：

“掌柜的太可憎了，每次吃饭不敢添第二碗饭，不敢取第二个馍。把我的身份证和工钱扣到他那里，我想买衣裳不给钱，我想看病不给钱，我想去看我娃不给钱。我给他家做活为啥来，就为的是能见上婆娘和娃，可他这里的人，胡说我是骡子不说，还胡说我婆娘和娃呢。我婆娘和娃为啥躲着不见我，还不是他们这些人胡说的原因。叫我住到他家柴房，用一扇门板支个床，连狗窝都不如。他两口子钻苞谷地还嫌黑，专门给门过道安个灯，我住的柴房却不安灯和门。动不动就骂，动不动就打，打，咱看谁打谁呢！”

“你是怎么打的冯广乾？”陈保卫低声问。

“两口子钻苞谷地弄事呢，我跟过去弄出了响动，他就骂我。我这会儿跟你也说不清，当时不知道怎么了，抡起镢头就打了他们两口子。”

“接着打的谁？”

“波波这娃也人五人六的，要说比我们冬冬也大不了几岁，也跟着他爸爸叫我骡子，我进院时，他拉亮灯正下炕呢，我就没客气。波波没死吧？”

“咱不说这个，咱说怎么打的老两口子。”

“我连窑都没进，站到门口就两镢头。”

“你是出门碰上丁素素的？”

“我出门时听到丁素素家门响，我就站在街道上等着。出来的还真是那老婆，丁素素最爱说秀妮的坏话，就像我们家的啥事她都知道似的，我就没给她留情面。”

“给，你喝口水，还饿不？”

“不饿，我心里又慌又乱。你们现在开大会还绑人不？”陈文光问道。

“你啥意思？”陈保卫反问。

“我怕我娃看见。”陈文光回答的声音一下低了很多。

“陈文光我不哄你，咱俩刚才的谈话都录了像、录了音，其实你说不说，情况公安机关都掌握，你说了，自己心里会好受些。再提审你，你如实跟人家说，我会跟队长建议照顾好你。你真的比我男人！”

黎铧看到这里，站起身来低头在指挥室里踱来踱去，杨毅以为他不放心，就关掉正在播放的画面说："我已经安排赵刚正规范地获取陈文光的口供，结合证人证言和检验鉴定结论，这案子应该是没有什么问题了，等天亮我把审讯情况报霍俊副局长，还是由他来宣布破案吧。"

黎铧什么也没有说，只是用力地握了握杨毅和铁英的手，就转身走出了审讯指挥室的门。看到和听到陈文光的供述，他先是咚的一声悬在心上的石头落了地，接着是极度的喜悦和兴奋，继而就是莫名的忧伤和酸楚，一种想哭的冲动控制了他的整个情绪。黎铧知道自己有这样的毛病，每过两个月就要流一次眼泪，或因一个人，或因一件事，或因一本书和一首诗，或因电影电视剧里的一个情节，有时候甚至什么也不为，就是想流泪。

黎铧强忍着从负一层回到五楼办公室，一进卧室卫生间的门，他的眼泪就唰的一下流了出来，内心的酸楚竟翻江倒海，不由自主地哽咽了起来。挟二等战功的少校营长黎铧转业安置还算不错，留在了市委政法委，降一级安排为办公室副主任，对此黎铧倒也能够接受。妻子被安排到图书馆上班，工作倒也清闲。可问题是女儿上小学三年级，儿子才牙牙学语，住房一下子成了问题。如果没有在军区大院住过三室一厅的经历倒也罢了，虽然说人是最可塑的高级动物，但由俭到奢易，由奢到俭难。乍回华南的那两年，黎铧两口子还真没少吵吵闹闹。四口人在市委车库上面占一间平房，窝窝囊囊过了三年。好不容易等到市委在家属院给分了一套四十六平方米的住房，可还没有过几年平静日子，黎铧被调往泾滨县公安局任政委，又成了新的两地分居。那次提职也是一波三折，先是有消息说，他要荣任市政法委的副书记，但后来任命为副书记的却是市委书记的秘书，接下来又说他要任市综治办的副主任，但调来的却是一位公安局长，最后的消息是他要任泾滨县公安局长，但接到的任命却是公安局政委。在泾滨县一干就是八年，黎铧自己倒没有觉得怎么亏，在换届时县委、县人大常委会、县政府、县政协四大班子领导一块儿去市委书记处为他鸣不平，他才觉出了憋屈，回头间才发现他黎铧已经是全市各县区任职时间最长的政委了，也创造了华南公安之最。相对于泾滨来说，渭北是华南市比较偏僻的县，条件相对落后，黎铧来任职时，渭北警力是全市万分比最低的，办公楼也是最破旧的，多亏来了个李克俭，公安局这才充实了警力，更新了装备，改善了办公条件。黎铧也随全市大溜，星星跟着月亮走，被任命为副县长兼公安局长，但系在黎铧心上的石头总是没有落地，还时不时地拽得他生疼。随着新办公楼的启用，渭北公安的各项工作都跃入了全省公安的先进行列，但是黎铧自己能感觉到，他们在全市县区局的排名在急剧下滑，他也听说，连续两年在市局党委会上曾有党委成员为渭北县局叫屈，但刘长河局长一锤定音："就这么定了！"渭北县局就这样被挤出了华南公安的第一方阵。这些充其量也就是让黎铧郁闷，让黎铧难堪的是刘长河动不动就给县长谭永远打电话。"广场一号"项目业主上访，刘长河给谭永远打电话："我管不住黎铧，你都管不住黎铧？为什么不来市上接上访群众？市长安排的工作都不落实了，听谁的呢？"

有群众反映渭北存在用电子游戏机赌博的问题，黎铧安排了几次统一行动，主管治安的副局长张延安收缴了近百台违禁机型，公开在中心广场进行了销毁。说起来也很艰难，这电子游戏厅作为文化产业，人家证照齐全，每个单机上都贴有文化主管部门颁发的文化市场准入证，俗称"标"，按说贴过标的公安机关就无权查封，但因为有群众举报，黎铧和张延安分析认为，凡是有吐币功能的游戏机就有可能用于赌博，他们来了个宁左勿右，有吐币功能的游戏机一律查封。此举受到了省厅治安局的充分肯定，被当作成功经验在全省推广。刘长河却派市局治安支队行动大队的人，深夜来渭北喝令经营业主打开正在歇业整顿的门，对渭北县局贴有封条的机型狂砸一通。第二天给谭永远县长打电话，责骂渭北县局禁赌不力。

本来县公安局是个条块结合管理的单位，局长、政委又是市管干部，从工作上来说，市局这一级本来就是多余机构，按照属地管辖原则，城区由两个分局负责，市局也就是个指挥协调机构。后来把技侦工作下放到了市一级，技侦支队就成了实战单位。从业务上来说，技侦工作成了对县区局最有帮助的部门，相对于区县局来说，市局局长就好当多了。刘长河从事过多年组织工作，深谙当官之道，他从就任华南市公安局长以来，对刑侦、治安、缉毒、经侦、国保等一线单位视而不见，把技侦做一张牌，把交警做一钱袋子，主抓的是指挥中心、政治部、纪检督察。这样一来，全市公安工作的组织指挥、财务装备、考评考核、评功授奖、晋职晋级、人事任免等关乎民警生杀予夺的大权，就全抓到了刘长河局长一人手里。以致在近几年华南市的公安工作实践中出现了一个奇怪的现象：大小会议在主席台上都看不到几位副局长的身影，作为左膀右臂陪坐在刘长河局长身边的是局指挥部主任和政治部主任。这样就树立了刘长河局长在华南公安的绝对权威，当然也导致了华南公安业务工作在全省排名成了年年倒数第一。好在刘长河局长出身组工干部，中组部又明文规定市公安局长要由市政府副职兼任，他荣任市政协副主席已经解决了副厅待遇，业务工作在全省排名倒数第一还是不倒数第一，对刘长河局长来说也没有什么影响。可这就苦了黎铧他们这些在县区局的一把手，处在社会稳定和治安管理的风口浪尖，如履薄冰，步步惊心。许多非警务活动还指望着市局撑腰助力，遮风挡雨，现在倒好，娘亲不爱、婆婆不喜，真成了无依无靠的小媳妇。对黎铧来说还多了一层，眼看着来渭北任局长已近六年，成了全市任职时间最长的县区局长，况且已年过半百，在渭北工作这几年，因为李克俭的看重和提携，工作干得不光顺风顺水而且轰轰烈烈。虽然刘长河不待见，全力打压，但在全省的排名，渭北县局的工作也如同渭北县的经济排名一样，是铁板钉钉的十强县。李克俭书记的提拔是众望所归水到渠成，李克俭若一走，谭永远就地提拔，不要说一朝天子一朝臣，单就这年龄相差一轮的“代沟”就够黎铧跨越的了。黎铧还曾经乐观地认为，凭借自己曾经是华南市局最年轻的政委的年龄优势和在市委政法委工作过的人脉（比黎铧晚两年去县法院和检察院任职的两名县政法委的副书记也都只在县上干了一届，就被调回市内区法院和检察院任院长和检察长），又有李克俭的强力推荐，他回市局任个副局长应该问题不大。可谁能想到财政局长会转任公安局长，谁又能想到，市局局长会对他这个县局局长有着这么大的成见呢。黎铧原本恪守中庸之道，穷则独善其身，达则兼济天下。但现在看来，刘长河恐怕连独善其身的机会都不给他。这起惊天血案如果不破，他在渭北公安局长的位置轻则免职，重则调离，警察生涯和政治生命也许就这样终结了。

约莫有半个小时，黎铧走出卫生间，打开电脑和音响，从电脑收藏里调出他最好的战友和同学发给他的音乐，关了房间的灯静静地坐在桌前的椅子上，随着音乐的响起，他的灵魂和情绪也进入了特定的境界。这两首音乐分别是《斯拉夫女人的告别》和《波基上校进行曲》，他听不懂歌词，也没有探究这些音乐产生的背景，但他喜欢它们的旋律，这两首音乐是他精选的，顺序也是他排列的，他从中能真切地感受到责任、豪迈和美好。音乐起了，哽咽渐止，黎铧微闭上眼，突然就看到了母亲为他缝被子时在土炕上那佝偻的身影，听到了儿子出生时妻子那声嘶力竭的喊叫，女儿和儿子那两双清澈透明的眼睛。黎铧已经将握紧的右拳高高举起并随着音乐的节奏挥舞着，他仿佛又回到了山岳丛林地的猫耳洞里，只有胜利才能维护好生命和赢得尊严。狼若回头，不是报恩，必是复仇。好在悠扬的口哨起了，随着《波基上校进行曲》的口哨，黎铧逐渐地从那种悲恸的情绪中解脱，他不忍心在天不亮时打扰李克俭和谭永远，但同时他又不忍心他们焦虑和煎熬，思索再三他给他们发了一条短信："陈文光已经承认案子是他做的，正在录取口供，上班后省厅霍俊副局长会宣布'5·29'案件告破。"

也许就一分钟吧，李克俭的电话就打了过来，他详细地询问了陈文光的认罪过程和供述的作案经过，还问到了陈文光的作案动机。从李克俭的电话里，黎铧感觉到李克俭也许也是一夜未眠，他庆幸自己给李克俭发了这个案已告破的信息，尽管是领导，但李克俭的心也需要抚慰。

黎铧的感觉没有错，自从"5·29"案发后，李克俭的紧张焦虑不亚于他，那份愤怒、担忧、自责更胜于黎铧。他先是震惊，他来渭北任职七八年了，他对渭北人的评价是实硬犟粗，尽管他也听说过十几年前有灭门惨案且一直未破，但他还是从心理上接受不了渭北人的残忍歹毒，他认为那也许是外来人口流窜作案。但面对被残害的六具尸体，他的看法动摇了，他虽然不具备黎铧那样的专业知识，但直觉告诉他，这应该是熟人作案。震惊过后，他更多的是自责，虽然说刑事案件的发生有其偶然性，在他管辖的区域内发生这样的案件，李克俭自己怎么也说服不了自己，这两天他一直有一种感觉，总是惶恐地感觉自己做错了什么，他不住地反思。反思让他焦虑，其焦点很明确，就是“5·29”案件的侦破。他明白他已经自觉不自觉地身处华南政治生活的中心，人生总是螺旋式上升和波浪式前进，有高潮就有低谷，他在渭北的高潮已经过去了，他已经跌进了低谷。“5·29”案件于他而言，究竟是“二战”期间的“斯大林格勒”，还是拿破仑的“滑铁卢”，就要看黎铧破案及时不及时了。想到黎铧，李克俭的忧虑又平添几分。这个长他两岁的男人优点突出，缺点也更加突出。他从来不知道拐弯，直到了让人无法接受的程度。他也许是一个好人、好警察、好局长，但他不一定是体制认可的好官。从刘长河局长轻松的调侃声中，李克俭听得出来，案破了，一切不用说起；案破不了，黎铧肯定得卷铺盖走人。李克俭知道了黎铧财务上的违规列支是因为自己的承诺，他已经决定在对黎铧的核查结束后，亲自去找市纪委的刘书记承担责任，要处理就处理他李克俭吧！李克俭甚至对自己的去留升迁都无所谓了，但他对黎铧的荣辱却看得很重，他认为对黎铧这样有缺点的战士认同与否，体现着我们组织的用人导向。我们组织崇高的理想和远大的目标的实现，需要千千万万个黎铧们几代人前仆后继的努力，伤害了他们就是损害我们事业的基础，就是挖我们组织的墙脚。一个有远见的统帅，总是在一次战役结束之后，实事求是地做出总结，然后在新的更高的层次和平台上谋划下一次战役。黎铧案已告破的消息无疑是给李克俭吃了一颗定心丸，他几天来悬在空中的心终于落了地。其实听到案已告破的消息后，李克俭纠结和思考的远不只这些，他在内心深处检讨和反思着自己的工作，他在问自己：为什么在渭北的经济发展已进入了全省十强县的今天，会发生这样令人发指的血案？公民的思想道德建设显然出了问题，基层对矛盾纠纷排查也不到位。中央领导同志曾经教导我们：对物质文明和精神文明要两手抓，两手都要硬。作为县委的主要领导，自己显然没有做好。由国不由得又想到了家，现在看来林燕的变心也不应该全怪林燕，在林燕最需要自己的时候，自己毕竟没有在她身边。不错，那的确是为了工作，男人以天下为家，可女人以家为天下，人家没有错呀！再说就因为林燕产后变心，就不允许人家骆慧敏生孩子，李克俭突然觉得自己有点偏执甚至霸道。他立时惊出了一身冷汗，如果把这种情绪带到工作中，那不出问题才怪呢。一个人高贵的品质，不是才华横溢，不是美若天仙，不是财权满贯，而是有一颗真诚善良的心。真诚的人，懂得换位思考；善良的人，懂得以身作则。和真诚的人在一起，没有纠结与烦恼；和善良的人处久了，自己也会更善良。真诚与善良来自一个人的内心，有着坚定的光芒，无须用言语表达，依然温暖如春，依然美丽无限。李克俭有个习惯，但凡工作中有点儿不顺心时，他就在办公桌前坐不住了，要么现场研究解决，要么找知情的老同志了解问题的症结，要么进村入户推进检查别的工作，对热问题冷处理。他把这种情绪归结为不淡定，缺乏大将风度，殊不知就因为他这种锲而不舍、踏石留印的作风和精神，才使得渭北有了翻天覆地的变化。这个五月的早晨，李克俭终于感受到了春暖花开的美好。早饭过后，他安静地坐在办公桌前，认真地写着下步工作：

一、要在全县干部群众中开展一次“三为”教育。“三为”即为富要仁，为人要诚，为官要实。尽快消除“5·29”案件在社会上造成的不良影响。

二、要给公安局开一次庆功大会，重奖在“5·29”案件侦破中有功的民警，当然更要奖励黎铧，要向省厅和市局给黎铧请功。向市委主要领导推荐黎铧。

三、镇上要把冯广乾女儿的生活安排好，同时安抚好那两户邻居。

四、社会治安综合治理要加强。特别是矛盾纠纷的排查化解要到位。

五、要加强公民思想道德教育，特别要从学生抓起，每个学校都要建设少年宫。

想了想，李克俭又在“三为”之后加了一条“为警要忠”，将“三为”改为了“四为”。

直到谭永远县长打电话过来，李克俭才从沉思中回过神来。

谭县长在电话中说：“书记，我有一个建议，案子已破的消息暂时不要向社会公布，因为六位被害人原定今天早上十时出殡下葬，我怕公布了破案消息节外生枝。我安排了县委宣传部长、统战部长两个常委和四个副县长各包一人，保证死者入土为安。”

“好，就按你安排的办。我上来后咱们再碰头。”

李克俭来渭北任职时老书记长他十岁，那真是一个铁杆老大哥，自己当时年轻气盛、不管不顾，也不见得都事事顺书记的意，但书记从来都没有当众拦过他的头、拂过他的意。现在他做书记了，谭永远县长恰好也小他十岁。年轻、脑瓜子灵、点子多，又能吃苦，李克俭是打心眼里认可谭永远，甚至都有点儿喜欢和佩服这个小伙子了。

李克俭不知道，谭永远可一点都不喜欢他，甚至都有点儿鄙视他。谭永远尊重李克俭的一个重要原因是他是县委书记，县委书记是这个县的老大，如果县长和书记闹矛盾，最终吃亏的肯定也只能是县长。谭永远是聪明人，不会在这上面犯糊涂。

再说他还是在李克俭的鼎力举荐下提拔起来的，谭永远绝对不做忘恩负义的人。谭永远讨厌李克俭的是李克俭的粗鲁或者是李克俭假装的这种粗鲁。该死的娃娃尿朝天，这样粗俗的渭北俚语李克俭竟然也常挂在嘴边。不分场合和地点、不管人多人少，你不得有一丁点儿的工作失误，李克俭的批评那是入心入肺，能深入骨髓。还是在谭永远做常务副县长的一天，就因为在汇报落实《劳动法》过程中数字不清，李克俭在县委常委会上整整批评了人事局长和他半个小时，当时谭永远恨不得找个地缝钻进去。谭永远鄙视李克俭的是李克俭的土气，李克俭不抽烟、不品茶、不唱歌，也没见他喜欢哪种乐器和亲近过哪个女人。只是一味好酒，可喝酒又极不讲究。什么牌子的酒都喝，和什么人都喝。谭永远认为这是缺点，他们这些农村出来的干部到了书记、县长这个份儿上，就应该贴近上流社会，崇尚贵族生活。

案子破了，谭永远县长并不显得多么激动，虽然早上睁开眼，老同学留在被窝里的芬芳仍然让他陶醉，乡村清晨的宁静和扑面而来的草花香味使他心旷神怡，但压在谭永远心头那份血腥的阴影并没有抹去。他心里的恐惧孤寂和无助，其实只有他自己清楚，要不是这种特定的环境，吕梦兰、林朵朵这些女人这样轻易地走近他几乎是不可能的。谭永远从内心里不惧怕李克俭的严厉，是因为他知道李克俭是君子，但凡君子都胸怀坦荡、心底无私，绝对不在人后面暗施冷箭、说人坏话，给人穿小鞋。再说李克俭也没有这样的市场，作为从帝都成长起来的本土干部，谭永远自信已经融入了帝都官场这个大家庭里。他和这些兄弟姐妹们是同甘苦、共命运，一损俱损、一荣俱荣，任何外来力量想撕开这张网，都会首先碰得头破血流。在这个五月天，谭永远县长战胜不了自己的内心。早上睁开眼拿起手机就看到了秋虹发来的信息，竟是一封很规范的信：

永远：

我亲爱的夫君，吻你！

知道渭北发生了惊天血案，知道你肯定又忙了，但我想你，就想跟你说几句话，其实所有人的心里都关着一个魔鬼，一旦把这个魔鬼放出来，就会酿成大祸，就会出现你所看到的惨烈现场。所以刘备说莫以善小而不为，莫以恶小而为之。其实就是为了不让心里的魔鬼抬头。曾子曰："吾日三省吾身——为人谋而不忠乎？与朋友交而不信乎？传不习乎？"曾子非常注意修身，每天从三方面检查自己：（1）为人做事有没有尽到心；（2）和朋友交往有没有失信；（3）老师教的东西有没有复习好。更是教导我们要提高做人的修养。我突然感觉很惭愧，我想到了我的名字，本来父亲给我起的名字叫秋红，可我却嫌俗气长大后自己改为了秋虹。父亲希望红旗漫卷西风，万山红遍；可我却追求天生我材必有用，气势如虹。父亲那是理想、期盼！而我是轻狂、自恋！我的格局何其小也。

也许是太想你了，今天我心里有点儿乱，说的拉里拉杂，夫君别见笑。

忙你的吧，吻你！

永远爱你的娘子秋虹

谭永远突然觉得臊得慌，恨不得找个地缝钻进去。秋虹身后像长了一双眼睛！他觉得他的娘子就像如来佛，他就是孙行者，也翻不出她的掌心，他的心里产生了深深的懊悔。

谭永远对案件的破获并不激动，还有一个原因，那就是他坚信案件能破。从他听到黎铧对群众说“案子破不了，我这局长不当咧”这句话起，谭永远就坚信案子能破，虽然他谭永远看不惯黎铧那牛皮哄哄的样子，但他知道黎铧绝对不是绣花枕头，不是言而无信的人。

案子破了好！压在书记和黎铧头上的石头就可以搬开了。谭永远知道，今天是案发的第三天，今天如果案件没有进展，从明天起自媒体上肯定会出现不同声音，渭北警察将会再次被推到风口浪尖上。现在只要受害人入土为安，大的问题也就没有了。许多工作还在等着安排和落实，也不敢把人都捆在这件事上。到吃中午饭时，几位常委和副县长陆续汇报，受害人已安葬完毕，亲友已经离开了坟地。谭永远给镇书记和镇长叮咛了几项注意事项，就匆忙赶回县城。政府办主任已经打了好几回电话，说是交大一附院的院长率领他们相关领导来最后一次对接关于县中医医院托管事宜，有几件具体事情必须和他面谈。

谭永远县长赶到的时候，县卫生局长和发改局长已陪同客人进了宾馆的餐厅。彼此都是熟人，也就没必要客套，茶七酒八依序而行。县中医医院交由一附院托管经营，本来是一件大好事，但县上的多数干部就是想不通。觉得县上投资近亿元改造好了这么个一流的中医院，交由交大一附院管理不划算。谭永远耐心地给大家算了一笔账：按目前县中医院的管理和医疗水平，每年的亏损在两百万元左右，如果由人家交大一附院托管，以人家成熟的管理和专家教授的医疗水平，肯定会获利，就算人家接收后的医院有一部分费用需要县上负担，对县财政来说也不是负担，重要的是给老百姓建设了一个一流医院。渭北甚至周边县的群众，再不需要起早贪黑地去省城医院看病了。

在省市领导的支持下，合作办院的协议已经草签，现在万事俱备，就等着举行挂牌仪式了。所以这顿饭尽管是双方拿事的实权领导参加，但吃得相对轻松。饭罢，一附院的刘院长和毕副院长拉着谭永远县长进了医院的小会议室，这间小会议室门上挂的牌子，是这家医院体检中心的接待室。进了门刘院长就介绍说："为了咱们渭北交大一附院分院挂牌后一炮打响，我们一附院党委已经决定由我们毕副院长率领三十名教授，作为首批专家进驻医院，并由毕副院长兼任院长。"

"那太好了，毕教授可是全国知名的心血管病专家啊！"谭永远县长抓着毕院长的手激动地说。

"县长你别急着叫好，我还有个要求呢。"毕院长说。

"您说吧，您的专家公寓楼我们早就装修好了，说说看，您还有什么要求。"

"你得再增加一台 CT 机、一台核磁共振机。"

谭永远县长略一算计：一千多万元呢。他转向刘院长问："关于设备咱们不是早就说定了吗？"

刘院长笑着说："县长心疼钱了。是这样，毕教授觉得咱们这方面的设备有点儿弱，你斟酌着办吧。"

谭永远县长低头考虑了有一分钟，然后对毕院长说："设备的事情由我来安排，有个事毕院长你考虑一下，原来咱们商量不是说由我们中医院给你出个副院长嘛，我给你推荐一个人，我们这原来的理疗科主任吕梦兰，你把她聘用上吧。"

刘院长见谈完了事，就站起来说："好的，县长，吕梦兰我记下了。那我们就不打扰了，咱们各忙各的。"

三个人轻松地挥手告别。

二十四、人魔相揖

楼裙边的花园里石榴花、丹萍花和月季花争相开放，稍矮一点的格桑花红白紫粉黄互不相让又互相致意。也许是因为工作太紧张，霍俊和路也宽从天色熹微就结伴绕楼转悠，时而高声争论，时而窃窃私语，还不时地比画，在这个五月末的早上，两个人迷恋上了这片花圃，在做完晨练的规定动作后，两个人从不同的角度欣赏着雪松和垂柳。突然间觉得这两棵雪松好高好大，竟然有三层楼高，柳树的枝条在风中微微摆动，飘逸而又稳重，松柳相依，一个高大挺拔、一个婀娜多姿；一个威猛刚毅、一个温婉曼妙，在这个精致的办公楼前成了绝配，与楼浑然一体相得益彰。前两天看似杂乱无章的小花园，原来还是很讲究的，乔灌结合、高矮有序、花期也是互补。两个人品鉴期间不禁相视而笑，霍俊先说："这黎铧看着是个粗头，原来还是个细人。”

路也宽接着说：“黎铧这人脾气太直，说话从来不知道拐弯。”

“我这次来有个感觉，不知道该不该说。只限于咱们俩交流。黎铧我过去没有接触过，这几天我对这人的感觉是敬业、认真、有能力，这个县局班子很团结、队伍很整齐、战斗力很强，和县委、县政府及社会各界关系非常融洽。这个县局的建设在省内都是一流的，在你们华南市局更不用说。我想不通的是你们有这么好的县局，为什么不向省厅推荐和汇报，而且近年来的考评渭北在你们市局排名都不在前面。省厅来的同志在工作之余都在议论这件事。是不是和你说的黎铧脾气太直有关系?”

“唉!”

路也宽未语先叹!

“每年年终总结前的党委会上都有争论，按照考核组的汇报，渭北县局都在前三名，但最后领导平衡的结果就到了后位。几个副局长也争过吵过，但老大不听，连续这么几年，大家也都懒得说了。这黎铧也是个犟怂，现在干脆也很少去市局汇报了。这个案子要是破不了，黎铧这个副县长兼公安局长也就当到头了。”

“路局，说实话，这公安局长还真不能让外行当，你看你们市局，每年考核业务工作都在全省排名最后，这不行呀，你公安机关不讲打击处理，你讲什么呢。总算不错，这个案子及时破了，咱们对省厅对渭北的群众也有个交代了。吃饭吧，吃完饭宣布破案。可我心里总压着一个物件，这物件压在我心里十几年，可今天明白了是什么。关于案件侦破中有功人员授奖的事，我也一并做个安排，你来主持会议，你看这样行不?”

“行啊！这物件也压在我心里十几年了，想起来我就心疼。”

两个人说着话就进了餐厅。

对刑警来说，最大的快乐莫过于破案了，起初就如同走进冬季的晨雾中，寒冷刺骨茫然无助，走着走着云开雾散，霞光满天。在霍、路两位局长由黎铧陪着走进会议室的时候，大家正在热烈地议论着，话题其实只有一个，围绕陈文光在验证着自己的推理。

“同志们：现在开会。首先请省厅刑侦局霍俊副局长宣布案件告破。”

在省厅指导下，省市县三级联合破案对黎铧来说还是第一次，他对路也宽局长这种庄重地主持会议既诧异又兴奋。他专注的目光移向了站起身来的霍俊副局长。

“同志们，我宣布渭北县‘5·29’特大杀人案告破!”

霍俊的话音刚落，会议室就响起了惊雷般的掌声，所有人都把胜利的喜悦倾注到手掌上，还有人情不自禁地发出了欢呼声。黎铧也和大家一样站起身拼命鼓掌，为了抑制住眼中的泪水，他有意扫视着大家。杨毅不知什么时候站在了凳子上，会场角落的陈保卫憨厚的脸憋得通红。持续了有十分钟的掌声过后，霍俊坐下身继续说道：“‘5·29’案件的顺利侦破，得益于省厅、市局领导的正确指挥，得益于渭北县委、县政府的大力支持，得益于专案组的努力和参战民警的辛勤工作。我代表省厅谢谢大家！下面我就后续工作做一下安排，不当之处再请路局和黎局补充。第一件事是请省厅来的同志起草给渭北公安局的贺电，传回省厅请厅领导签发后再正式发给渭北县局。第二件事是由渭北公安局提卷，市局和省厅协助，按程序对嫌疑人采取强制措施并依法进入法定程序。对检验鉴定结论尽快入卷，涉及的物证要妥善保管。第三件事是各组要进行工作小结，总结工作中的经验教训，达到提高队伍素质的目的。还要做好评功授奖工作，省市县可各报一个二等功，三等功省市县按一、二、三的比例报。主要还是为了倾斜基层。我说完了，不当之处请两位局长和同志们批评和补充。”

“霍局长安排得很到位，我没有什么补充的了。黎铧，你说说吧。”路也宽说。

“好，我说几句。霍局长的安排我们坚决落实，保证做好后续各项工作。我在这里要说的是感谢省厅、市局领导和业务部门同志们的指导和支持！感谢在座的各位弟兄的鼎力相助和辛勤工作！还要感谢我们县委、县政府领导和同志们的理解和支持，尽管他们此刻不在这里。谢谢！”

黎铧庄严地行了三次举手礼。

开完会，黎铧立即赶到前埠村。谭永远县长亲自率领几名副县长去了受害者下葬的坟地，只有李克俭一个人在村委会前的广场上踱着步。在接受了黎铧的举手礼后，李克俭握着黎铧的手连声说：“辛苦了！辛苦了！”

黎铧的鼻子一酸，差点落下泪来，他什么话也没有说，只是更紧地握住了李克俭的手。在两个人的情绪都平复了之后，李克俭才问道：“到底是为什么呢？”

“按目前讯问的材料看，是冯广乾一家对陈文光太苛刻，陈文光对冯家人产生了仇恨，冯广乾却没有察觉。直接原因是出事的前一天下午，冯广乾辱骂了陈文光，但我总觉得问题没有这么简单，一气之下连杀六人，这人在性格上绝对扭曲。”

“世界很大，人性复杂。好在案子破了，我们都可以喘一口气了，其他的留待以后再总结，我们还是先做好眼下的事。你们在近期对城乡的治安巡逻，特别是夜间的治安巡逻不能放松，还要加强对矛盾纠纷的排查，防止小事情酿成大案件。对这个案件的侦破也要认真总结，提高队伍素质。”

“是。”

“另外你也抽空去见见纪委那两位主任，毕竟人家也是工作。”

李克俭嘱咐着黎铧。

“到底是为什么呢？”在李克俭问黎铧这个问题的同时，陈文光也在不住地问着自己。在陈保卫给他吃了一顿饱饭，换上了一身干净衣服后，他痛痛快快地供述了他用镢头砸死冯广乾等六人的经过，当问到他的作案动机时，陈文光只说了简单的两个字“我恨”，就再也不吱声了。

嘚嘚喔喔！
额（我）给财主干活，
财主嫌我吃滴多，
额给财主巴（拉：拉屎）一锅！
财主嫌我吃滴少，
额给财主巴（拉：拉屎）一袄！
…………
饿死饿活，
不给财东干活。
豆豆麦仁短把勺，
想搂稠的舀不着。
早上吃饭晌午端，
中午吃饭日压山，
晚上喝汤鸡叫唤，
你看可怜不可怜。

这是谁说的故经，是爸说的还是十三爷说的，或者是秀妮说的，陈文光记不起来了，但这些故经陈文光记下了。表面上看陈文光精神已经彻底垮了，他像被打断了腰的癞皮狗一样蜷缩在审讯椅上，其实他内心的恐惧煎熬和疑惑更甚于表象。他是恨，恨冯广乾一家人待他不好，他更恨这几户人家在他身后指指戳戳说田秀妮、冬冬、霞霞的坏话。他是有砸死他们的心，但那天晚上，他看见冯广乾跟他媳妇钻苞谷地时，他的气就消了，他拄着镢头悄悄跟进地里是看热闹去了。对了，煎熬疑惑之处就在这里，在冯广乾和他婆娘哼哼唧唧地完成动作后，见那婆娘还撅着勾子趴在那里，冯广乾不知从哪里摸出一根胡萝卜来，陈文光呼地瞪大了眼，身体一阵眩晕。他的眼前时而出现的是冯广乾、时而出现的是陈社会，甚至还有二牛叔。他们淫笑着利索地剥开嫩苞谷的外皮，将那枚泛着白光的嫩苞谷插向郭素秋，不，还有秀妮和母亲的隐秘之处。陈文光觉得全身的血都涌上了他的头顶，眼前的冯广乾也幻化成了多年前的二牛叔和陈社会，郭素秋也幻化成了母亲和田秀妮，在郭素秋回过头的一瞬，他分明看到的是幸福、快乐和满足。陈文光觉得他脑袋里边的一根神经一下断了，这究竟是罪恶的暴虐还是幸福的狂欢，是快乐的享受还是被非人的折磨和残害！天旋地转间，陈文光的世界成了混沌，他突然觉得这山、这水、这庄稼、这空气、这所有的人都骗了他，他的恨和狂野瞬间达到了极致……

是该好好想想了，自从那天从刘丽丽的肚皮上逃脱后，他就明白了一切。他曾经愤怒到恨不得去刨二牛叔的祖坟，也曾经失望到想结束自己的生命，但有一件事坚定了他活下去的勇气和信心，那就是他对田秀妮和孩子们的爱。大人的世界孩子不懂，虽然冬冬和霞霞都上了小学，但孩子对父亲的爱和依恋一点未减，每晌放学后，问候过爷爷就撒欢儿地找爸爸。只是田秀妮的性格有所改变，家里有后院，水火原本方便，但她有事没事总爱往田野里跑，特别爱往苞谷地里钻。那天中午惊动了田七秧村的是陈社会的摩托车的突突声。陈社会的摩托车也和陈社会的人一样很有特点，声大且屁股后面一股青烟。陈社会的摩托车每次进村都会引起孩子们好奇地围观，大家会争相高喊："电蹦子"来了——然后跟着摩托车疯跑。摩托车上的陈社会像骑在马上的将军一样，英俊潇洒志得意满。停下车后跨下摩托车的陈社会走路东摇西晃的，仿佛半个身子要随时扑倒在地。所以陈社会轻易不下他的"坐骑"，他半撑着摩托车坐在车座上，用一条好腿支撑着地，另一条拐腿放在摩托车脚踏板上，拿着信、电报或者报纸，大声喊着村民或者村干部的名字。忙完这个，他还要掏出挎包里的账本，给信用社揽储。做完这一切，陈社会就在村民和孩子们嘻嘻哈哈的送别声中，突的一声机器响，摩托车后面一股青烟，随之绝尘而去。在塬上的十里八乡，陈社会铁定是一个人物！五月注定了是一个有故事的月份，随着陈社会和他的摩托车在田七秧村的消失，村民和孩子们也一哄而散，只有陈文光闷着头向村外走去。自从半月前他无意间在路边的草丛里看见陈社会的摩托车，继而在苞谷地里发现陈社会的秘密后，他先是对陈社会产生了敬佩，继而从心底生出了无限的悲哀，再后来竟遏制不住对二牛叔的仇恨。狗日的二牛，你让老子变成了废人，在近几年孤寂的夜晚，从心底诅咒和辱骂二牛成了他陈文光临睡前的必修课，他无数次地想象那个细节：他的右手猛一用力，肩上的镢头随手而起，准确地砸在了二牛的后脑勺上，二牛落水时手忙脚乱地挣扎了一番，眼中是那样哀怨和绝望。每每想到这里，陈文光的心里就有说不出的兴奋和满足，浑身上下就舒坦到极致，也自然就安然入睡。今天陈文光还想看看陈社会的热闹，看到陈社会的摩托车藏在苞谷地头的草丛里，陈文光悄无声息地钻进了苞谷地。他慢慢地向发出声响的地方接近着，终于看到了陈社会掩映在苞谷地中的泛着白光的屁股，随着这白屁股的起伏压在下面的女人快活地呻吟着。陈文光狐狸般伏在苞谷地中看着陈社会的稀罕，他先是从陈社会身下女人的呻吟中听到了一种熟悉，继而从陈社会光腿下看到了那熟悉的原本属于自己的领地，他的心脏陡然间受到了重重一击，整个人虚脱般的难受。可陈社会还觉得不过瘾，在心满意足之后随手掰下一枚正在生长的苞谷，三下两下就去掉了外皮和缠绕其上的暗红色苞谷线……

陈文光痛楚地将脸埋在地上的腐叶和土中好久，他虚脱地在苞谷地中昏昏沉沉地躺了整整一个下午，直到太阳落山才一个人无精打采地回到家里。冬冬在姥爷屋里写作业，霞霞在自己屋里写作业，娃长大了，作业也多了，天黑透后就很少和陈文光聊天了。倒是田秀妮见他回来怪欢实的，一边用小扫把帮他扫着身上的土，一边嘴里埋怨着："看你，一下午也看不见个人影，整得这一身土，都快成个土行孙了。快洗一洗，我熬的米汤，爸跟娃都吃了，我给你热一下去。"

"不热了，这天，凉着好喝。"陈文光闷声闷气地说。

陈文光洗过脸，田秀妮已端着盘子放在了炕上，馍虽说凉了，但还很软和，小米粥还是温热的，青绿的辣椒被田秀妮切碎用盐和醋调在白色的瓷盘里，一下就勾起了陈文光的食欲。他抓过一个馒头一掰两半，在辣椒盘里一蘸，就狼吞虎咽地吃了起来，这才看到田秀妮也在吃。

"你咋也才吃呢?"陈文光嘴里嘟囔着问。

"我等你呢。"田秀妮低眉顺眼地回答。

陈文光的心里一下产生了说不清的滋味，近年来，冬冬陪姥爷去住了，霞霞也单独住隔壁屋了，可他们夫妻俩的话却越来越少了。农忙时节还好，早出晚归，中午有时就在打麦场上、苹果树下打个盹儿，到晚上上炕就乏到了极点，两口子放倒头一觉就到了天亮，也顾不上想啥，生活倒还过得去。可到了农闲时节，特别是天短夜长的冬季，夜里的日子就不那么好过了。田秀妮是个好女人，使出了浑身解数挑逗他，无奈他却怎么也不成。没办法，只得用手来解决问题。行善要人提醒，作恶不用人教。在那个冬天的深夜，陈文光在手忙脚乱中，脑子里突然就映出了二牛在苞谷地里剥苞谷的形象，仇恨也就是闪念之间，剩下的就只有寻欢作乐了。从那以后，家里的萝卜、茄子、香蕉、火腿肠，甚至孩子的胶水瓶就都成了陈文光作为男人的代用品，一番折腾之后，田秀妮也会有些许满足，依偎在陈文光的怀里睡去。陈文光也就会想，过吧，其实一生很短，一切很快就过去了，也没有什么东西是真正属于自己的。但是，今天晚上，陈文光的心理却严重失衡。他的眼前老是晃荡着陈社会的拐腿和苞谷地里那让他伤神而又暧昧的响动和喘息。狗日的陈社会你哪点比老子强了，你走路一瘸一拐，你婆娘还是个侏儒，你也就是嘴皮子好使，你骑个“电蹦子”人模狗样的，这如今竟欺负到我头上来了。陈文光想到这里，腾地坐起身来，他焦躁地跳下地，拉亮灯在地上转着圈。转了多圈后，陈文光无趣地走出屋门，坐在房檐台上抽了支烟。陈文光抽完了烟，低着头走出了院子，并随手带上了院门。这塬上的人有个习惯，家家盖房都不圈院子，不光这样，在这夏季的晚上，有的人家干脆连房门也敞开图个凉快。陈文光信马由缰地在村道上走着，到又一个村头时，陈文光驻足徘徊，这条路他已经走了好几个来回了。还是在陈文光发现陈社会第一次钻苞谷地的那个午后，陈文光就跟踪陈社会到了陈家村，陈文光那时是真的很佩服陈社会，这个自身条件并不比自己好，同样也是外来户的跛子怎么就活得这么好。不光有轻松的工作，还有女人愿意和他钻苞谷地。几次跟踪之后，陈文光弄清楚了这陈社会也并不像他在摩托车上那样光鲜和自得，日子过得也是紧紧巴巴，在村边上盖了两间房也破烂低矮，连个院子也没有。就是嘴巴好使，张口就是甜言蜜语，村里人叫他“蜂糖嘴”。老婆是个侏儒，人称“半截人”，但两个在上学的孩子却非常漂亮，左邻右舍都叫孩子“金童玉女”，也许这就是女人们对陈社会投怀送抱的主要原因吧。了解到陈社会的生活状态，陈文光却无端地妒忌起来，狗日的你不就是能说会道、有个硬锤子吗？你就可以人模狗样地吃香的喝辣的。所以在陈社会钻苞谷地时，陈文光有一次果断地放了他摩托车前胎的气，还有一次打开他的摩托车的油箱盖，让气油洒满草丛，要不是这么做，他陈文光的两条腿要跟上陈社会的“电蹦子”难上加难呢。连陈文光自己都奇怪，怎么就走到陈家村来了。虽然是大晴天，月亮和星星使天际清明灿烂，但陈家村还是被笼罩在静寂之中，五颜六色的花在月光下就如同披上了一层白纱，整个村庄和田野都显得异常诡异，就连风吹花草唰啦啦的响声，都仿佛成了压抑的呜咽。陈文光却如同一条毒蛇在暗夜里双眼闪动着血红的光，头也在兴奋地摆动着，当他的目光聚焦到陈社会屋门口那把“半截人”使用的短把镢头时，陈文光浑身的血一下沸腾开来。在他提着镢头进屋时，屋里大人小孩四口人竟然毫无知觉。陈文光一边挥动镢头砸着炕头并排躺着的四颗头颅，一边狠狠地骂着：“我叫你牛！叫你狂！叫你日！叫你人模狗样！”在整个过程中，陈文光的身体有着说不出的兴奋和舒坦，只是在完成所有动作后，他有点儿心虚腿软，但那不是害怕和胆怯，是高潮之后舒服痛快的疲累。陈文光在充分地享受了这种痛快和舒坦之后，掀倒了放在地上的摩托车并拧开了油箱盖，一间屋就是一家子的所有过活，粮食、柴火、日常生活用品全都堆积在这里，陈文光用打火机点燃了火，就沿着来路像蛇一样溜出了村。

直到今天陈文光都没有弄清楚，连警察花了半年时间都没有破的案，田秀妮却在知道了陈社会一家被杀的当天晚上，就对他有了强烈的反应。那天晚上他的活干得很利索，回到家他亢奋的情绪还没有平复，他轻手轻脚地洗了自己身上的衣服，并顺带着洗了冬冬和霞霞的脏衣服，擦拭干净身体回到炕上时，田秀妮仍然酣睡未醒。第二天早上直到午饭前还一切如常，但下午听说了陈社会全家被杀的事并随着村民去了一趟陈家村后，田秀妮像中风了一样，躺在床上大瞪着眼不吃不喝。陈文光不得不自己招呼着老人和孩子吃了晚饭，他也随别人一起去陈家村看了热闹。在晚饭后，破天荒地站在村头听村民们聊天，好在对他这样不言不语的人村民们也习惯了，并没有人去关注他。可到了晚上他上炕时却出现了不可思议的一幕，当他爬上炕试图用手去亲近裹着毛巾被的田秀妮时，田秀妮突然像被蝎子蜇了般，一个激灵滚到了墙角，裹着毛巾被半坐起身来，一边哆嗦着身体一边低声说："别过来！别到我跟前来！别过来！"

陈文光怔了一下，他只得在离田秀妮稍远点的炕边躺下，想了想，嘟囔着问："你这是怎么了？叫你别去你非要去，看，吓着了吧！"

田秀妮一句话也没有说，只是缩在墙角用惊恐的眼光看着陈文光。

陈文光躺在炕上似睡非睡地过了一夜，田秀妮就这样大瞪着眼坐了一个晚上。

第二天一整天，田秀妮都没有走出屋子。在吃过晚饭后，秀妮爸站在屋门口问："妮儿，你是怎么了？"

“爸，我好着呢，就是头有点儿晕。”

“不看大夫行不？”

“行。爸，不要紧。”

老人家又回头悄声问站在旁边的陈文光：“你俩到陈家村去了？”

“去了。”

“拿几张纸烧一下。”

爷儿俩在院子里烧了几张纸，就各自回到了各自的屋里。想起刚才烧纸时纸灰的纷飞，陈文光却恐惧起来，他蜷缩在炕头似睡非睡的又是一夜，田秀妮仍然大瞪着眼一个晚上。挨到天明，田秀妮倒是下炕了，并且走出了屋，但一整天的忙碌，却掩饰不了她的惊惧。在晚上夜深人静时，当陈文光试图亲近她时，蜷缩在炕一角的田秀妮摊开毛巾被，跪在陈文光面前捣蒜般地磕着头，战战兢兢地说：“哥，你放过我吧，放过我和孩子，我知道我对不住你，来生你还做男人，我还做女人，我一定报答你！”

“咦，你这是咋了？弄这干啥呢？你快起来，你不起来，我也给你跪下了。”

见田秀妮不起来，陈文光也只得起身跪下了。两个人就这样你看着我，我看着你，鳖瞅蛋一样跪了有一个多小时，还是田秀妮先撑不住了，眼泪涌了出来，伏在炕上紧咬着毛巾被不让自己发出哭声。

“你这是弄啥？我又没有欺负你，你这样干什么嘛。”

陈文光嘟囔着安慰田秀妮。

哭够了，田秀妮抬起头来，跪在床上给陈文光重重地磕了三个响头，声音颤抖，但态度坚决地说：“哥，咱俩这辈子的缘分尽了。我害怕你，我不敢看见你。咱们离婚吧。你要不愿离开这个家，我就带着娃走。哥，你就当可怜我们娘儿仨了。”

两口子有一句没一句地说了一晚上话，到天明达成了协议：这个家的一半家产是陈文光的，但陈文光暂时不要，作为冬冬和霞霞的抚养费用。家，陈文光随时可以回来。田秀妮答应永不改嫁。即日起陈文光外出打工，半年后两个人再正式办理离婚手续。

到天亮，孩子们上学之后，陈文光和田秀妮陪着田秀妮老爸吃了早饭，告诉老爸说他要外出打工。在田秀妮的送别下，背着行李出了村。如果说他当初来田七秧村还有着对二牛叔之死的愧疚和自责的话，那么离开田七秧村时，却有着对陈社会灭门惨案的快感和得意。人与魔之间原本只隔着薄薄的一层纸，这层纸被捅破了，一切也就无所谓了。就像一条灵犬尝到了血的味道，想不变成疯狗都不行了。

陈文光先是在离田七秧村百公里外的泾滨县菜农的蔬菜大棚里打工，他这才知道离开的坏处。十余年的相处，已经使他和田七秧村和田秀妮一家融为了一体，他不习惯嗅不到老父亲的旱烟味，他迷恋田秀妮的体温，他更为不舍的是冬冬和霞霞的问候和嬉闹。这个沉默寡言的雇工在白天帮着主家精耕细作，到了晚上就一个人坐在地头简陋的小屋门口，不住地吧嗒着劣质烟卷，只有田野深夜的清风和满天的星斗能知道这个男人的内心是怎样的焦虑和孤寂。几乎每个月他都要偷跑回田七秧村一次，远远地看着那个小院，看着老人和田秀妮，看着冬冬和霞霞，但他没有勇气跨进那个院门。在痛苦的思恋和孤独的挣扎中，陈文光勉强在泾滨农村的蔬菜大棚里过了几年，他挣的钱几乎都花在了路上。一个偶然的机会，他听说前埠村养鸡的冯广乾要雇人打理鸡舍，尽管冯广乾家用工的条件非常苛刻，可陈文光还是答应了。其实他的目的就是离田七秧村近点，他想看到那个小院和小院里他的亲人们。可事情偏偏就这么奇怪，田七秧村离前埠村也就七八里路，他却在一年的时间里从没有看到过田秀妮和孩子，只在果园里看到过田秀妮的老爸佝偻的身影。经多方打听，陈文光才弄清原来田秀妮把娃都转到城里上学去了，她也带着老爸在城里租房给娃做饭，农忙时节老父亲才能回到村里。知道他们都好，陈文光也就把心放下了。他的来历也很快被住在一起的这三户人家弄清楚了。这些总是喜欢议论张家长李家短、王家的媳妇不洗脸的乡邻，也许是有意识地在他的面前议论到田秀妮一家，这种议论其实也是议论者的发泄。议论者心情好时，自然风和日丽花好月圆，议论者心情不好时难免风狂雨骤鸡鸣狗盗，更少不了道听途说煽情演绎。说者无心听者有意，罪恶和仇恨也有种子，漫不经心地种下了，在适当的土壤和适时的节气，就会生根发芽，直到开出血花长出毒果。更让陈文光不理解的是同样在七八里地之外，已经过去了好多年的陈社会灭门案，同样是这几户人家茶余饭后百说不厌的谈资。第一次听到这个话题，陈文光两腿一软，要不是拄着镢头就瘫到了地上，在弄清楚并没有任何人怀疑到他后，陈文光彻底坦然了。在后来的一段时间里，他甚至喜欢听到这个话题，每当听到这个话题，不管说的人怎么演绎，从他的内心里都能生发出得意、满足和兴奋来，就如同一位艺术大师在听人家评论他的艺术作品。到后来，每每冯广乾和左邻右舍辱骂欺负他的时候，陈文光就会从心底说：骂吧、欺负吧，总有一天你们会知道爷是谁。看不吓掉你们的眼珠子！

可惜这么多年了，再也没有见到过田秀妮和两个娃！

二十五、砥砺前进

“5・29”案件表彰总结大会是在渭北大厦二楼渭北厅召开的。

这间多功能厅可坐下两千余人。最抢眼的是演出舞台上足有二十多平米的LED背景屏，把渭北城最亮丽的景观都巧妙地浓缩了上去。所有与会人员在进人会议室的瞬间，都会被眼前气势磅礴、雍容秀美的画面所震撼，你会自觉不自觉地投身到对这个小城的热爱中去。

今天会议的主角非常明显，前五排坐着警容严整的民警，其中前三排直接参与案件侦破的民警都胸戴大红花。后面才是各级领导机关干部和各界代表的座位。

会议由县委副书记、县长谭永远主持。

第一项：县委常委、政法委书记龚敏学通报“5・29”案件侦破情况。

第二项：县委常委、纪委书记华月梅宣读对公安局及破案有功人员的表彰奖励决定。

局长黎铧和政委纪楠身着警服从县委书记李克俭手上接过五十万元支票模型时，面对着摄像机和照相机的镜头，三个人却连一丝笑意也没有。

同举一张牌，心思各不同。除了共同对罪恶的憎恶之外，李克俭更多的是忧虑，他昨天在筹备这个会的过程中碰了一鼻子灰。也是为了给黎铧制造点影响，他昨天一早电话请示并邀请市委常委、政法委书记伊永红和市政协副主席、公安局长刘长河来参加会议。伊永红书记因为要去省政法委汇报工作不能参加，让代他向渭北的公安民警表示祝贺和慰问。刘长河局长不但一口拒绝了他的邀请，还说了一堆莫名其妙的话："庆功？庆的什么功？发生了六人被杀的特大凶杀案还有功了？你们渭北是不是还想借这件事出名？我知道你们是十强县，你们牛！你们想出大名！"李克俭愤怒地挂断了电话。放你娘的狗臭屁，老子给渭北公安局庆功还不是给你脸上贴金，你还这样损老子。骂是骂，李克俭从心底为黎铧忧虑。

纪楠政委的心情更为复杂，他是和黎铧局长同年来的渭北县局，也就小黎铧三四岁，眼看着已经是年过半百的人了。这都六七年了，他和黎铧局长朝夕相处，他最大的感受是舒坦，这黎铧不光是个好领导，还是个好大哥，他能处处时时为别人着想。纪楠的妻子在银行工作，唯一的女儿也上了大学，近几年最大的牵挂也就是早已退休的父母的身体了，三天两头的害病住院，他又没有兄弟，黎铧不但带着班子成员去医院看望两位老人，还经常让他去照顾父母。在黎铧的带领下，他们县局班子团结得像一个人一样。他想不明白的是黎铧这么好的人，刘长河局长怎么就不待见他呢。就说昨天早上吧，市纪委的同志找他谈话，因为对黎铧的离任审计他知道，审计组审计完后的反馈会他也参加了，关键的问题他也明了。知道市纪委来核查这个问题，他早已想好了怎么答复。所以在程序性的问答结束后，纪楠直率地说："关于我们局超范围列支七十八万元的事，我知道，因为县长在我们局调研后，召开的现场办公会上，要求相关部门对公安局的两栋楼要大力支持，涉及方方面面的费用要减免，给民警把好事办好。我还想给你们补充两点，一是产生这些费用的支出项目是两栋楼共有的项目，二是公安局班子分工我管基建，是基建领导小组组长，纪委书记是基建办公室主任，尽管办公会是局长主持召开的，但直接责任在我。"

让纪楠震惊的是谈话人员接下来的一段话，这个看上去还要小他几岁的纪检干部双手抱在胸前，靠桌站在他面前，老到地说："纪政委，我来之前看过你们的简历，我有必要提醒你，这笔钱我是沿用了审计报告的结论叫超范围列支，要真办成了案子，叫私分公款也不为过。人家黎铧是离任审计，你的前程可远大着呢，等一会儿你看看笔录，怎么说、怎么改是你的权力。"

"谢谢你的提醒，你这一说我还真得再说几句。你看我们这两栋楼，是在我们县上盖得最利索的，我们住进来几年了，连一句闲话也没有，可组织为什么老是要抓住不放呢？"

"你这是什么话？是你说的还是黎铧让你说的？什么叫组织抓住不放。这是程序！你懂吗？今后对所有干部的离任审计都要交纪委核查将是常态！"

"我错了，我整改！"

纪楠赶紧应付了几句退出了屋子，他不禁为黎铧担忧：哥呀！你这是雪上加霜、坎上遇坎了！

其实昨天下午黎铧去接受谈话时，遇到的却是另外一种场景，他刚一进屋，那位年轻的纪检干部就说："首先祝贺你侦破了大案。知道你大局长忙，我们就制作了个询问笔录，你先在电脑上看看，有和你的基本情况不符、不是你想说和要说的话你就改。"

黎铧也没有时间计较人家的语气，连忙坐下看。纪检干部工作就是细，把他的基本情况弄得清清楚楚的，关于那七十八万元的决策实施过程，也符合客观事实。看过之后，黎铧长出了一口气，他抬起头来诚恳地说："这个问题是客观事实，作为公安局长我负主要责任。我们局受历史条件的限制，过去一直办公条件很差，警力严重不足。为了调动民警的积极性，我注意了从优待警，没有把握住政策界限，我们做错了事。只是我有个请求，当年决策盖楼，李县长说减免费用也是好心，他现在也不负责政府工作了，就不要出现他的名字了吧，千错万错都是我的错。"

那位年轻的纪检干部听完后认真地说："黎局长，其实通过这几天查账我很敬佩你，你们的班子成员也都维护你，没有一个人推诿。你现在又这样说。你体谅一下我，我是个干活的，我要做的是就审计报告中出现的问题进行核实，至于你说的这个问题，我建议你去找我们领导说说。我负责地告诉你，我核实的是你的超范围列支问题，我核实后仍然认为是超范围列支问题。你负领导责任。"

黎铧是觉得很内疚，李克俭是真诚地为民警干了一件实事、好事，连公安局的一支烟都没有抽过（其实李克俭压根儿就不抽烟），先是受到了上级国土部门没完没了的追究，直到有一天，李克俭陪同那位认真的处长去现场看了，这件事才有了了结。可现在审计局和纪检委又相继来了，不过书记你放心，弟兄们绝对不让你背黑锅，要杀要剐我扛着！

倒是铁英带领着三十名有功民警的宣誓，把会议掀起了一个高潮。三十个握拳高举的手臂既像出鞘利剑，又如铁壁坚盾，从他们嘴里发出的每一句誓词，既是对罪恶的鞭挞和控诉，也是对人民群众和组织的汇报和承诺：

我宣誓，我志愿成为一名中华人民共和国人民警察，我保证忠于中国共产党，忠于祖国，忠于人民，忠于法律；服从命令，听从指挥；严守纪律，保守秘密；秉公执法，清正廉洁；恪尽职守，不怕牺牲；全心全意为人民服务。我愿献身于崇高的人民公安事业，为实现自己的誓言而努力奋斗！

黎铧不禁被铁英他们的情绪所感染，立时心潮澎湃、热血沸腾。全省的警力万分比是万分之十一，也就是说一万人中就有十一名警察，可渭北三十七万人口却只有二百零二名正式民警，弟兄们是一个人干着三个人的活呀！这么多年来，黎铧把渭北的公安工作是当作一个系统工程来抓的，在全局喊响一个口号：一二三四五工程。具体内容是牢记一个宗旨：全心全意为人民服务；提高两个满意度：人民群众对社会治安的满意度和对公安民警的满意度；开展“三讲一比”活动：讲纪律、讲正气、讲担当，比奉献；强化四个意识：政治意识、大局意识、核心意识、看齐意识；打造五个过硬：政治过硬、业务过硬、责任过硬、纪律过硬、作风过硬。听着李克俭的报告，黎铧突然觉得自己有点儿落伍。时代在发展社会在进步，自己应该用更加可行和务实的方法使这一个个生命信息单元产生更加强大的磁场，在相互作用中产生裂变，释放出更为强大的正能量，推动社会的正义事业向更加高远的目标迈进！顶层设计已经提出了创新、协调、绿色、开放、共享五大发展理念，我们也应该以这五大理念为引领，全方位深化公安改革，不断提升公安工作综合能力。我们也应该在科技引领、信息主导、合成作战、规范执法、追赶超越上有新理念。对，就把这五点作为我们渭北县局的五大发展理念。为了协调、共享，我们可以在打击、防范、管理、保障上建立新机制，打破警种壁垒、整合现有警力。整合侦查力量，以合成作战指挥室为依托建立合成作战中心；整合治安力量，以应急处突指挥室为依托建立应急处突中心；整合管理力量，以服务管理指挥室为依托建立服务管理中心；整合保障力量，以执法监督指挥室为依托建立执法保障中心。光有这四大中心还不行，还得加强基层基础工作、服务管理后台和行动队的建设，也就是三所三队建设。这些工作做好了，人民群众对社会治安和公安民警的满意度自然就提高了，人民公安为人民的目标肯定能达到！黎铧一边想着，一边信手在笔记本上划拉着，仔细一看却是一串数字：一二三四五五四三二一。黎铧不由自主地笑了，这是一种宿命吗？难不成自己这个公安局长的生涯真到头了！见台上的李克俭讲得正带劲儿，黎铧赶忙收回思绪，正襟危坐。

李克俭在会议的主题报告中总结了“5·29”案件发生的沉痛教训，肯定了破案人员的辛勤工作，接下来就重点安排了以“为富要仁，为人要诚，为官要实，为警要忠”为主要内容的“四为”教育。只有李克俭自己知道他的心有多疼，为什么在滴血，八九年来他倾全力在创造渭北物质的丰富，却忽视了群众的精神需求，自己不是一个成功而杰出的领导人，一个纯粹而高尚的人，总会在突发事件中找到自己的不足和缺点。到会议结束时，李克俭还在沉思之中……

待与会的人都退出大厅后，纪楠组织参会民警以主席台的LED为背景合影留念，照完相不知队伍中是谁喊了一句：我们唱首歌吧。

纪楠便打着拍子起了个头：

苍茫间、公刘西迁
水草茂盛、牛羊成圈
战胜猛兽、战胜荒蛮
三千年历史走进文明
三千年搏击英勇公安
历史凝成了坚强的信念
一颗忠诚之心对大地对苍天
啊——
我们传承历史
我们服务今天
一颗忠诚之心对大地对苍天

天地间、渭北公安
和谐社会、美好家园
战胜丑恶、打击罪犯
三千年历史铸就警魂
三千年搏击锻造公安
忠诚为民坚定信念
廉洁奉公对大地对苍天
啊——
我们前仆后继
我们服务今天

一颗忠诚之心对大地对苍天

这首名为《苍天》的渭北公安之歌，久久地回荡在渭北大地上……

后 记

岁月真是一把杀猪刀，不知不觉我已经接近退休年龄。

在陕西彬县任公安局长已经十一个年头了，八年县公安局政委、十年县公安局长，我都为自己感到莫名其妙，真不知是该为自己点赞还是砸砖。

彬县已经于今年5月4日被改为彬州市了，成为彬州市的首任公安局长是我的荣幸。在这十年间，我们侦破了七十余起命案，特别是成功侦破了“5·27”六人被杀的案件，成功是说经过我们的艰辛努力，罪犯被抓获并认罪伏法，但案件带给我的震撼和思考却是相当深刻的。人之初，性本善，可在我们的社会中为什么会弥漫这种戾气或杀气呢？

《周书·谥法解》曰：“不悔前过曰戾，不思顺受曰戾，知过不改曰戾。”戾气实为佛教用语，指的是败事要做得狠，偏向一种走极端的心理或者风气。人际关系中，戾气指残忍、邪恶、偏向走极端的行为、心理及风气。同时，戾气也可看做杀心重或杀气的近义词。一般来说，戾气是个体和环境相互作用的产物，纷繁复杂的环境裹挟着精神和物质的多维刺激，在每个不同的个体身上留下不同的烙印，激起不同的反应，因此戾气的源头更多的是环境而不是个体本身。

戾气来源有三：挫折感、不安全感和无力感。深层的原因是社会某些规范的断裂，社会急速转型期，社会负面情绪积累，社会缺乏共情共识。

戾气是毒气，是时代的大患，是精神瘟疫，如不及时驱散和扑灭，势必“转相染易”，引发更多“弱者对弱者的仇杀”。每念及此，心惊胆战，夙夜难寐，不胜忧虑。

必须坚定这个世界会变好的决心，但是这需要我们每个人，用满满的正能量去战胜自身的负能量。既然大家都知道这个社会存在某些问题，问题是用来解决的，光喊口号是没用的，必须拿出正能量，推进我们社会的文明进程。使我们的生活更加美好！

基于此，我创作了这部长篇小说《前埠村疑案》。感谢群众出版社易孟林老师的指导！感谢姜海波老师的精心编辑！感谢所有为此书的出版辛勤工作的领导和同志们！

谨以此书献给为郴州的繁荣富强呕心沥血鞠躬尽瘁的人们！献给为郴州大地平安和谐忍辱负重、除暴安良的警察战友们！献给所有我爱的和爱我的人！

张黎宇

2018. 6. 12